普通話廣州話
用法對比詞典

周無忌　歐陽覺亞　饒秉才　編　著

商務印書館

普通話廣州話用法對比詞典

編　　著：周無忌　歐陽覺亞　饒秉才
責任編輯：楊克惠　趙梅
出　　版：商務印書館（香港）有限公司
香港筲箕灣耀興道 3 號東滙廣場 8 樓
http://www.commercialpress.com.hk
發　　行：香港聯合書刊物流有限公司
香港新界大埔汀麗路 36 號中華商務印刷大廈 3 字樓
印　　刷：中華商務彩色印刷有限公司
香港新界大埔汀麗路36號中華商務印刷大廈14字樓
版　　次：2018 年 3 月第 1 版第 2 次印刷

ISBN 978 962 07 0322 5
Printed in Hong Kong

目　錄

前　言

語言是用來表情達意的。要表達得準確、貼切，一個基本要求，就是對所使用的詞能夠準確地把握。在學習一種新的語言的時候尤其如此。本詞典希望能在這方面為學習普通話或廣州話的人提供一些幫助。

本詞典將普通話和廣州話同一概念的詞集中在一起作為一條條目。同一概念的詞就是廣義的同義詞，而同義詞往往是學習某種語言的難點之一。人們還不很熟練掌握它們時，很容易因其意義上的微小差別、感情色彩上的差異、用語習慣上的不同而使用不當，甚至使人產生誤解。針對這一情況，本詞典着眼於同義詞的對比，比較它們的異同，指出各自的用法。我們進行對比時，不光是普通話和廣州話之間的對比，還包括一種話內部各個同義詞之間的對比。這樣，就每一條目來說，比起其他詞典來可能會解釋得更詳盡、更細緻一些，也可能更通俗、更實用一些。

由於是同義詞的對比，它在形式上就是一個詞與一組詞或一組詞與一組詞的對比（同一概念兩種話都只有一個說法的，讀者可以從《廣州話方言詞典》裏查到，所以本詞典不收）。這樣，雖然全書只是分列了 766 條條目，卻涉及普通話詞 2053 個，廣州話使用的詞 2695 個，其收錄面是比較廣的。

本詞典無論在材料的收集上或編排、寫法上都有自己的特點。它既可以供讀者查閱，也可以讓人依次閱讀，因為它有一定的可讀性。如果我們認真地閱讀，也許會發現，廣州話與普通話的對應是這麼複雜，這麼微妙。如果你只是隨便地瀏覽，或者只是查找某些詞，那也會在了解一些詞的意義和用法方面有所收穫。

這本對比詞典對於打算進一步提高廣州話水準的人士會是一本較好的讀物。讀者最好先掌握廣州話拼音方案，掌握一些常用方言字的廣州話讀音，再來閱讀本書，那樣您的廣州話水準就會提高更快。自然，說廣州話的人，也可以通過普通話與廣州話詞彙的對比，進一步提高運用普通話和廣州話的能力。這是毫無疑問的。

編著者

凡　例

一、本書旨在作普通話和廣州話常用詞彙用法上的對應比較，即舉出普通話和廣州話對同一個事物的一個或多個說法，並比較它們在用法上的同異。對比時，從普通話出發，再闡說廣州話相應同義詞的情況。

二、本書主要進行詞彙對比，也涉及少數片語，以及個別熟語。對比雙方至少有一方是兩個或兩個以上的同義詞。對同一事物雙方都僅有一個說法的（如“桌子——枱，划拳——猜枚，辣——辣”）不收。

三、本書條目，前是普通話詞彙，後是廣州話詞彙。普通話詞彙部分，不收方言詞彙（如“啥、蠻好、巴望、現如今”）。

四、條目按意義或詞性分類排列。條目前的編號僅為編寫、閱讀、查找方便而設。

五、條目中的破音字及方言字，分別注出讀音。普通話詞彙中的破音字注中文拼音；廣州話詞彙中的方言字或破音字用《廣州話拼音方案》（附於正文之後）注廣州話讀音。在同一條目中如有多個字形和讀音都相同的字出現，則只標注第一個字的讀音。

六、舉例有兩種形式：一是對舉。分兩欄對應列出普通話和廣州話的例句，既佐證釋義，又可以對譯。二是在釋義中例舉。闡釋普通話詞彙時，舉的是普通話例句或短語，在其後加括弧譯出廣州話意思。例句間用“|”相隔。反之，闡釋廣州話詞彙時亦然。

七、條目中列出的多個同義詞，多數情況下在例句中可以互換。為避免繁瑣、方便閱讀，不一一列出，只在不能互換時作說明。僅“量詞”部分在一些例句中列出使用頻率最高的兩個同義量詞，用“/”隔開，表示這兩個量詞或短語可以任取一個。

八、廣州話方言詞使用常用的方言字、借用字，包括訓讀字，並在釋文中說明。

筆畫索引

① 收入本書條目出現的詞語，按筆畫多少和起筆筆畫“一丨丿丶乛”的次序排列。

② 條目前的數字編號為條目序號；後為頁碼。

③ 部分有音無漢字的粵音字詞，按讀音次序排列。

四畫

八畫

十畫

[一]

[丨]

[丿]

十一畫

十二畫

十三畫

[一]

十四畫

十五畫

十六畫

十七畫

十八畫

十九畫

二十畫

二十一畫

有音無字

一、自然、時空

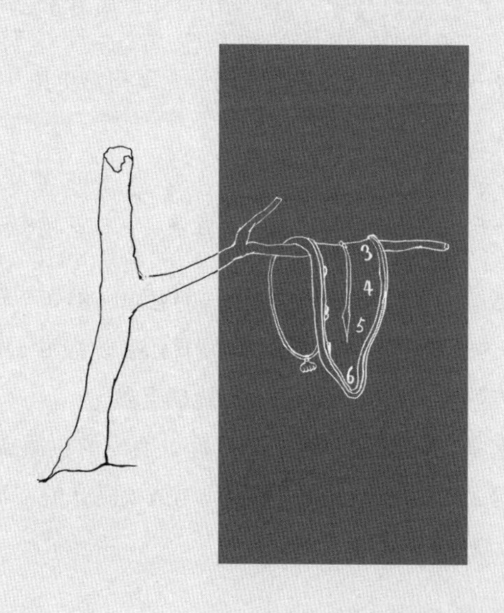

自然

001 普 太陽　　粵 日頭、熱頭

普通話的“太陽”指恆星之一、太陽系的中心天體。廣州話口語裏原來沒有“太陽”這個詞，一般叫“日頭”或“熱頭”。

普	粵
太陽出來了。	出日頭咯。
太陽曬得很熱。	日頭曬到好熱。

“太陽”一詞，普通話兼指太陽光，廣州話也用“日頭”或“熱頭”來指太陽光。

普	粵
中午太陽太大了。	晏晝熱頭太猛喇。
今天太陽很好。	今日日頭好好。

廣州話的“日頭”還有“白天”的意思。例如：日頭去，唔好夜晚黑去（白天去，不要晚上去）。| 呢度日頭夜晚都咁安全（這裏白天黑夜都安全）。普通話的“太陽”則沒有這個含義。

由於普通話的影響，廣州話接近書面語的口語或兒歌裏，有時也使用“太陽”一詞。上面例句裏指太陽或太陽光的“日頭、熱頭”都可以改用“太陽”。

002 普 月亮　　粵 月光、月

月球，普通話叫“月亮”，“亮”字要讀輕聲。廣州話口語不用“月亮”一詞，而用“月光”或“月”。

普	粵
今晚月亮很圓。	今晚月光好圓。
你看，月亮多漂亮！	你睇，個月幾靚！

普通話也有“月光”一詞，但是指的是月色，即月亮的光線。廣州話對月亮光線同樣叫“月光”。

另外，廣州話的“月”又作為月餅的簡稱。如：雙黃蓮蓉月、五仁肉月等的“月”指的都是月餅。

普通話的“月牙兒”廣州話叫“娥眉月”，如俗語“初三初四娥眉月”；半個月亮廣州話叫“半邊月”。

無論普通話或是廣州話，接近文言文的詞語，一般都只用“月”來表示月亮。如“月明星稀、月色迷人、月到中秋分外明”。

普 雨　　粵 雨、水　　003

雲層滴下的水，普通話廣州話都叫“雨”。雨有大小、急緩、久暫之分，普通話和廣州話對各種各樣的雨叫法有同有不同。相同的如：雨量大時間長的雨都叫“大雨”，時間較短、開始停止都很突然的雨都叫“陣雨”，黃梅天下的濛濛細雨都叫“黃梅雨”。不同的如：雨量小時間短的雨，普通話叫“小雨”，廣州話叫“細雨”；雨滴很小不能形成雨線的雨，普通話叫“毛毛雨”或“牛毛細雨”，廣州話叫“雨溦”；霧一樣的細雨，普通話叫“雨霧”，廣州話叫“雨粉”。還有，在有太陽的情況下突然來一陣急雨，雨點大而疏，普通話叫“太陽雨”，廣州話叫“白撞雨”。

也有相互沒有對應說法的情況。如：在普通話裏，來得突然、雨勢急速的雨叫“驟雨”，很多天連續不斷地下的雨叫“連陰雨”，廣州話沒有相應的說法；相反，在廣州話裏，晴天裏突然來了一片烏雲灑下一些雨後烏雲又消失了，這叫“過雲雨”（白撞雨下時有陽光，一般雨勢較猛烈，過雲雨下時沒有陽光）；長時間下的雨，廣州話叫“長命雨”（與“連陰雨”不盡相同，當天連續下個幾十分鐘或幾個小時的雨也可叫“長命雨”）。普通話裏沒有這樣的說法。

廣東鄉村很多地方把雨叫“水”，下雨叫“落水”。

004 普 冰、雪 粵 雪

廣東大部分地區不結冰，廣州也極少下雪，幾千年來有文字記載的就那麼寥寥幾次，很多人一輩子都沒有見過那漫天飛雪遍地冰晶的景象，這就難免冰、雪不分了。廣州話口語裏很少用“冰”這個詞，普通話說“冰”的，廣州話往往都說成“雪”。如：冰棍叫“雪條”，冰激凌叫“雪糕”，旱冰鞋叫“雪屐”，冰箱叫“雪櫃”，冰雹叫“雪珠”或“雹”，冰水叫“雪水”，冰鎮叫“雪藏”，溜冰叫“滑雪”，等。人工製冰也叫“雪”或者“人工雪”。

普	粵
昨天北京下了一場大雪。	琴日北京落咗一場大雪。
湖上的冰有一尺厚，人可以行走了。	湖上面嘅雪有一尺厚，人都行得咯。
買一塊冰來把魚鎮一鎮。	買一嚿雪翻嚟雪住啲魚。

普通話裏也有“雪糕”一詞，這可能是從廣州話吸收過來的，不過與廣州話所指的不一樣。普通話指的“雪糕”廣州話叫“雪批”。

廣州話也不是沒有說“冰”的。如“飲冰、食冰、冰室”，不過這裏的“冰”指的並不是由水致冷而凝結成的那種固體物質，而是指冷食、冷飲。“冰室”就是冷飲店，“食冰”“飲冰”指的是吃冷食、喝冷飲。

廣州話也有把冰、雪分得很清楚的，那就是當二者各指一樣事物的時候，如“冰山”和“雪山”，人們是不會搞混的。

另外，廣州話的“雪藏”涵義要比普通話的“冰鎮”大，它還有比喻故意隱藏或擱置不用的意思。這一意思已被普通話吸收了，但普通話表達這一意思時同樣說“雪藏”而不說“冰鎮”。

005 普 颳風 粵 翻風、打風

起風了，風力增大了，普通話叫“颳風”，廣州話叫“翻風”或者“打風”。“翻風”和“打風”是有區別的：“翻風”指一般的颳風，不管它是東南西北風，而且還含有“天氣要轉涼了”的意思；“打風”則指颳颱風，包括強度還不夠資格稱颱風的熱帶風暴及強熱帶風暴。

普 颳風了，多穿一件衣服吧。	粵 翻風咯，着多件衫啦。
普 昨天颳風，船都不敢出海。	粵 琴日打風，船都不敢出海。

廣州話颱風又叫“風嚿”，颳颱風又叫“打風嚿”。“嚿”是方言字，是團、塊的意思。從衛星雲圖看，把颱風叫“風嚿”倒也形象。不過，這一叫法，現在已經很少用了。

普 閃電、打閃　　粵 攝電、閃爩　　006

這四個詞意思都是一樣的，都指因雲層放電而發出的強烈閃光。只是在兩種語言裏“閃電”、“攝電”略顯文雅一點，“打閃”、“閃爩”更為口語化一些。廣州話裏也有説“閃電”的，但極少説“打閃”。

普 海、河、江　　粵 海　　007

普通話的“海”和較大的“河”，廣州話一般都叫“海”。如橫貫廣州市的珠江，把市區分成南北兩片，乘船過江，當地人多説“過海”，而不説“過江、過河”。珠江支流西江、東江、北江的寬闊河段都可以叫“海”。廣州人説“海皮”，既指海邊，也指河邊、江邊。小的河流，特別是枯水時可以涉水而過的，則叫“河”不叫“海”。

不過，這是大體的情況罷了，實際使用有時會使外地人摸不着頭腦。如從廣州市區珠江北岸到南岸去，人們會説“去河南”，而決不會説“去海南”的（也不説“去江南”）。又如從化市街口鎮附近，流溪河有一條很小的支流，當地人居然稱它為“小海”。可見，有時還要看看人們的使用習慣。

普通話的“泥菩薩過江，自身難保”也説成“泥菩薩過海，自身難保”。這只是個別例子不同地方的人的不同説法罷了。普通話裏江是江、海是海，分得很清楚。

008 普 河、河汊子、河溝　粵 河、涌(cung¹)、河涌、塹、瀝(lég⁶)、滘(gao³)、漖(gao³)、圳

水道。普通話裏不管天然的還是人工開鑿的水道，較大的叫“河”，較小的叫“河溝”，河的分支叫“河汊子”。廣州話裏河也叫“河”或者“海”(見上條)。河汊子、河溝則叫“涌”或者“河涌”，“塹、瀝、滘、漖、圳”，都是小河、河溝的意思。

普 家旁有條河汊子。	粵 屋企旁邊有條涌。
普 這道河溝可不淺。	粵 呢條塹唔淺㗎。

“涌、塹、瀝、滘、漖、圳”多用於珠江三角洲的地名，如：大涌口、塹口、橫瀝、東滘、道漖、深圳等。珠江三角洲水道縱橫，密如蛛網，水道與當地群眾的生活、生產關係十分密切，人們對水道的稱呼也多，且因地而異。瀝、滘本來是水道的名稱。涌、漖、圳是方言字。漖是滘的異體字，指水道相通的地方；圳則指田間通水管道（見下條）。塹、圳多指人工開挖而成的，所以用“土”旁，而不用“氵”旁。

009 普 溝、渠、溝渠　粵 坑、坑渠、圳

普通話“溝”指小水道，多為人工挖成的，也指自然形成的水道。普通話的“溝”廣州話多叫“坑”。

普 這條溝挖得太窄了。	粵 呢條坑挖得太窄喇。
普 去溝裏洗洗吧。	粵 落坑度洗洗啦。
普 山溝裏的水很清。	粵 山坑嘅水好清。

“溝”廣州話有時叫“渠”，如“陰溝、陽溝”叫“暗渠、明渠”，統稱為“坑渠”。

自然形成的水道除了山溝外，廣州話既不叫“坑”也不叫“渠”，而

另有說法，如“河溝”叫“河仔”或“涌、塹、瀝、滘”等。至於比喻意義上的“溝”，如“鴻溝、代溝”等，廣州話還是讀“溝”的。

為甚麼廣州話少說“溝”？大概因為這個字的讀音與某一粗話相同，人們認為不雅，不願意說。非說不可時，也往往故意把音讀偏一點，讀成“摳”keo[1]音。

普通話“渠”指人工開挖的水道，廣州話大型的也叫“渠”，田間引水灌溉用的一般叫“圳”或“水圳”。

那麼，按照上述的對應關係，普通話的“溝渠”是不是就等於廣州話的“坑渠”呢？二者是有區別的。普通話的“溝渠”是人工挖成的灌溉或排水用的水道的統稱，而廣州話的“坑渠”則只指為排水而挖的水道，包括“明渠”（陽溝）和“暗渠”（陰溝）。

普 堤壩、水壩　粵 壩、壆(bog[3])、堤、基圍、坎壆　010

攔水的構築物普通話廣州話都叫“壩”，普通話又叫“水壩”。可是沿着海邊、河邊、湖邊修的防水構築物，兩種語言的叫法就有不同了：普通話叫“堤”，或者籠統地叫“堤壩”，還有“堤堰、堤防、堤圍、堤岸”等說法；廣州話則叫“基圍、壆、坎壆”，“坎”又寫作“墈”，書面化一點也有叫“堤”的。

普 沿着堤圍一直走就到了。	粵 跟住基圍一直行就到嘞。
普 這條堤要加高。	粵 呢條壆要加高。
普 走河堤去要近一些。	粵 行河堤去會近啲。

廣州話的“基圍”可以省稱“基”。但是要注意，廣州話的“基”也指田埂，是“田基”的省稱。珠江三角洲魚塘之間的壟也叫“基”，所謂“桑基魚塘”就是指在魚塘之間的壟上種桑的耕作方式。

“壆”是方言字。

011 普 土、泥、爛泥 | 粵 泥、湴(ban⁶)、泥湴、爛湴

普通話"土"和"泥"是有區別的，乾的叫"土"濕的叫"泥"。廣州話則不説"土"，無論乾濕一律叫"泥"。

普 這裏的土又乾又硬很難挖。	粵 呢度嘅泥乾夾硬好難掘。
普 他滿身都是泥水。	粵 佢成身泥水。

稀爛的泥，普通話叫"爛泥"，廣州話叫"湴"或"泥湴"，再稀一點的叫"爛湴"。

普 這攤爛泥要清理掉。	粵 呢攤泥湴要清咗佢。
普 踩到爛泥坑去了。	粵 踩咗落湴氹度添。
普 一下雨土路就變成爛泥路。	粵 一落雨泥路就變成爛湴路。

"湴"是方言字。

012 普 塵、塵土、灰塵、灰、塵煙 | 粵 塵、沙塵、泥塵、灰塵、塵灰、埲(pung¹)塵、煙塵、煙塵埲

飛揚着的或附在物體表面的細土，普通話廣州話都叫"塵"或者"灰塵"，普通話還叫"塵土、灰"，廣州話又叫"泥塵、塵灰"，這幾種叫法相互間沒有甚麼區別。但是，細究一下，兩種語言又有一些不同：對於飛揚着的細土微塵，普通話還有"塵煙"的叫法，廣州話則顛倒過來叫"煙塵"或者"沙塵"；對於附在物體表面的，廣州話還叫做"埲塵"。

普 大風一颳，四面捲起滾滾塵煙。	粵 大風一颳，周圍煙塵滾滾。
普 桌子上滿是灰。	粵 枱面通都係埲塵。

廣州話還有個別地方把灰塵叫“煙塵墶”的。

廣州話的“沙塵”另有形容人高傲、輕浮、愛炫耀、好出風頭的意思，又叫“沙塵白霍”。

普 窟窿、孔、洞、眼兒　粵 窿 (lung¹)　013

普通話裏“窟窿、孔、洞、眼兒”都指物體穿通或凹入較深的部分，其中穿通凹入的面積較小的叫“孔”或“眼兒”，面積較大的叫“洞”或“窟窿”。廣州話則不管面積大小都叫“窿”。

普 這個山洞沒人敢進。	粵 呢個山窿冇人敢入。
普 窗簾有一個窟窿。	粵 窗簾有個窿。
普 耳孔、鼻孔都要清洗乾淨。	粵 耳窿、鼻哥窿都要洗乾淨。
普 用錐子扎個眼兒。	粵 用錐刮個窿。

廣州話有時也使用“洞”這個詞，多用於書面語言，一般指自然環境中較大的孔穴，例如“防空洞、無底洞、涵洞、引蛇出洞”。

“窿”是方言字。

普 坑　粵 窿 (lung¹)、氹 (tem⁵)　014

地面上窪下去的地方，或者是自然形成的，或者是人工挖成的，不管大小，普通話都叫“坑”，廣州話一般叫“窿”或者“坎（墈）”，如果裏面有水則叫“氹”。

普 種樹先挖坑。	粵 種樹先掘窿。
普 炸藥把山坡炸開一個大坑。	粵 炸藥將山腰炸開一個大窿。
普 留神，前面是個水坑！	粵 睇住，前面係個氹！

普通話的“糞坑”廣州話叫“屎氹”。廣州話有“屎坑”一詞，不過那是對廁所的俗稱。

至於書面語言表示窪下去地方的“坑”，例如“礦坑、坑道、火坑”等，廣州話還是叫“坑”的。

“窿、氹”是方言字。

015 普 山溝、山旮旯兒 粵 山坑、山窿(lung1)山罅(la3)

普通話的“山溝”指的是兩山之間低凹而狹長的地帶，其中有水流的又叫“山澗”，沒水流的又叫“山谷”；廣州話則通稱為“山坑”，山澗又可以叫做“山坑水”。

普	粵
普 山溝的水很清涼。	粵 山坑嘅水好清涼。
普 那條山溝裏有螞蝗。	粵 嗰條山坑水有蜞乸。
普 他滾到山溝裏摔得滿身是傷。	粵 佢碌落山坑度跌到周身傷。

普通話的“山溝”又指偏僻的山區，指偏僻山區時又叫“山旮旯兒”或“大山溝”；廣州話則叫“山區、山窿山罅”或“山卡罅”。

普	粵
普 山溝裏的百姓現在日子好多了。	粵 山區嘅百姓而家日子好過多咯。
普 我家住在山旮旯兒裏。	粵 我屋企住喺山窿山罅度。
普 那裏雖然是大山溝，但是土產很多。	粵 嗰度雖然係山卡罅，但係土產好多。

“山旮旯兒”一詞，是普通話從方言裏吸收來的。廣州話的“山卡罅”其實是“山旮旯兒”的模仿音。

“窿”是方言字。

方位

普 上面、上邊、上頭　粵 上面、上便、上邊、上高　016

普通話的方位詞表示位置較高的地方用“上面、上邊”或“上頭”。廣州話也用“上面”，但近似書面語，一般多用“上便”，有時用“上邊”，位置比較具體的用“上高”。

普 石膏像放在書架上面吧。	粵 石膏像放喺書架上便啦。
普 你在三樓上面就別下來了。	粵 你喺三樓上面就咪落嚟喇。
普 上面派人下來檢查了。	粵 上便派人落嚟檢查喇。

上面的例子，普通話的“上面”可以換成“上邊”或“上頭”，廣州話的“上面、上便、上邊”可以互換，前兩個例子的“上便、上面”都可以換成“上高”。

普通話的“上面、上邊”一般要兒化；“上頭”的“頭”要讀輕聲。

普 面、上面　粵 面頭、面、最面、最面頭　017

表示物體上部的表層時，普通話用“面”或“上面”；廣州話一般用“面頭、面”，有時用“最面、最面頭”。

普 地面還要鋪一層磚。	粵 地面重要鋪一層磚。
普 我要上面那本書。	粵 我要面頭嗰本書。
普 這種糕我喜歡吃上面那一層。	粵 呢種糕我中意食最面頭嗰層。

廣州話這裏的“面”都要讀變調 min[6-2]。

018 普 下面、下邊、下頭、底下 粵 下面、下便、下低、底下、下底

表示位置較低的地方，普通話用“下面、下邊、下頭”或者“底下”。廣州話也用“下面”，但是多用“下便”，有時用“下低、底下、下底”。這些詞的含義和用法都是一樣的。

普	粵
普 下面要墊一塊木板。	粵 下面要墊一塊木板。
普 署名寫在下邊。	粵 署名寫喺下便。
普 放在下面吧，不用抬上來了。	粵 蕙喺下便啦，唔使抬上嚟喇。

廣州話也有說“落便、落邊、落低”的，以廣州郊縣為多。

普通話說“下面、下邊”時一般要兒化；“下頭”的“頭”要讀輕聲。

019 普 外邊、外面、外頭 粵 外面、外便、出便、外底、出底

普通話方位詞“外邊”指超出某一範圍的地方，也叫“外面、外頭”。廣州話也用“外面”，但近似書面語，一般多用“外便”，也有用“出便、外底、出底”的。

普	粵
普 圍牆外邊是條河。	粵 圍牆外便係條河。
普 你爸在外面叫你。	粵 你老豆喺外面嗌你。
普 他在外頭幹甚麼？	粵 佢喺出便做乜嘢？

上述幾個詞，它們的含義、用法都是一樣的，使用時可以互換。

普通話說“外邊、外面”時一般要兒化：“外頭”的“頭”要讀輕聲。

普通話的“外面、外邊”也指物體的外表。廣州話表示這一意思時，一般用“外面、外便”，也可用“外底”，不能用“出便、出底”。

普 裏邊、裏面、裏頭 粵 裏頭、裏面、裏便、入便、裏底、入底、埋便、埋底 020

普通話方位詞“裏邊”又叫“裏面、裏頭”，指一定範圍以內。廣州話與它對應的，一般用“裏頭、裏面、裏便、入便”，也有說“裏底、入底”的。

普	粵
普 手錶放在抽屜裏邊。	粵 手錶放喺櫃桶裏頭。
普 他住在這個社區裏頭。	粵 佢住喺呢個社區入便。
普 書裏面寫得很清楚。	粵 書裏面寫得好清楚。
普 這裏頭問題還不少呢！	粵 呢個裏便問題重唔少呢！

普通話“裏邊”的“邊”可以兒化，“裏面、裏頭”的“面”和“頭”要讀輕聲。這裏所有的“裏”廣州話都讀 lêu5 音而不讀 léi5 音。

如果表示靠裏面的意思，廣州話就不能用上述“裏頭、入便、裏底”等詞，而要用“埋便”或“埋底”。

普	粵
普 靠裏面那張辦公桌是我的。	粵 埋便嗰張辦公枱係我嘅。
普 他坐在靠外面我坐在靠裏面。	粵 佢坐開便我坐埋便。

因為“裏頭、入便、裏底”等詞可以指一定範圍以內的任何地方，而“埋便、埋底”則僅指相對靠裏面的地方。例如“衣櫃入便”指的是衣櫃內任何地方，“衣櫃埋便”則僅指衣櫃靠裏面的地方。

普 左邊、左面 粵 左面、左便、左手便、左手邊 021

這幾個詞意思是一樣的，都指靠左的一邊。普通話用“左邊”多些，廣州話用“左便、左手便”多些。

普 他坐在我左邊。	粵 佢坐喺我左便。
普 我住在左邊那條胡同裏。	粵 我住喺左手便嗰條巷度。

用普通話說“左邊”時，“邊”一般讀輕聲加兒化；說“左面”時，“面”字兒化。

022 普 右邊、右面 粵 右面、右便、右手便、右手邊

這幾個詞意思是一樣的，都指靠右的一邊。普通話用“右邊”多些，廣州話用“右便、右手便”多些。

普 坐在右邊的那位姓劉。	粵 坐喺右便嗰位姓劉。
普 郵局在右面。	粵 郵局喺右手便。

用普通話說“右邊”時，“邊”一般讀輕聲加兒化；說“右面”時，“面”字兒化。

023 普 前面、前邊、前頭 粵 前面、前便

這幾個詞意思一樣，都是指空間、位置或者次序靠前的部分，它們的用法也一樣，使用時兩種語言內部可以相互調換。

普 房子前邊是一片開闊地。	粵 屋前面係一大片平地。
普 前頭那輛車是甚麼牌子的？	粵 前便嗰部車係乜嘢牌子㗎？
普 這個問題，文章前面已經講過。	粵 呢個問題，文章前便已經講過。

用普通話說“前邊”時，“邊”字一般讀輕聲加兒化；說“前面”時，“面”字兒化；說“前頭”時，“頭”字讀輕聲。

普通話還有一個詞“前方”，它也表示空間或位置靠前部分，但不表示次序靠前的部分，因而上面三個例句中它只能用於前兩個，而不適用於第三個例句，即第三個例句中的“前面”不能換用“前方”。

普 後面、後邊、後頭　粵 後面、後便　024

這幾個詞都表示空間、位置或次序靠後的部分，它們的用法也一樣，使用時兩種語言內部可以相互調換。

普	粵
這幢樓的後邊就是公路。	呢棟樓後面就係公路。
他緊緊跟在後面。	佢緊緊跟喺後便。
為甚麼要這樣做，我後面再解釋。	為乜嘢要噉做，我後面再講解。

用普通話說“後邊”時，“邊”字一般讀輕聲加兒化；說“後面”時，“面”字兒化；說“後頭”時，“頭”字讀輕聲。

普通話還有一個詞“後方”，它也表示空間或位置靠後部分，但不表示次序靠後的部分，因而上面三個例句中它只能用於前兩個，而不適用於第三個例句，即第三個例句中的“後面”不能換用“後方”。

廣州話有“後背、後背底”的說法，表示方位時意思同“後面、後便”。它還表示物體背後一面的意思，這時則相當於普通話的“背面、後背”。

普 底　粵 底、篤(dug¹)、篤底　025

物體的最下部分，普通話廣州話都叫“底”。例如“鞋底、箱底、海底”。

容器內部最下部分，普通話也叫“底”，廣州話卻叫“篤”。例如：普通話的“鍋底、桶底、瓶底”，廣州話則分別叫“鑊篤、桶篤、樽篤”。這樣，碰到個別情況說普通話分不清楚的事物，說廣州話倒可以讓人分清楚。例如：普通話裏同是一個“釜底”，在成語“釜底抽薪”裏它指的是鍋底下，在成語“釜底游魚”裏它指的是鍋裏底部。廣州話則可以分別用“鑊底”和“鑊篤”來區別。又如，普通話說“缸底”，人們往往要聯繫上下文才能弄清楚指的是缸內的底部，還是缸的底面；而廣州話把缸內的底部叫“缸篤”，把缸的底面叫“缸底”，二者分得很清楚。不過，在日常生活中人們還是“篤、底”不分而說“底”多的。例如“桶篤、樽篤”往往說成“桶底、樽底”。

廣州話的“篤”，也指條形空間的盡頭處。例如，死胡同的盡頭叫“巷篤”，村子最裏處叫“村篤”，等。“篤”是方言同音借字。

物體下面的空間，普通話廣州話都叫“底”或者“底下”。例如，“牀底、桌子底、蓆子底下、樓梯底下”廣州話分別叫做“牀底下、台底、蓆攝底、樓梯底”。

廣州話還有一個詞“篤底”，指的是最底下、最裏邊、盡頭處，用“篤”的地方，大體都可以改用“篤底”。

026 普 地下 粵 地下、地底、地底下

“地下”指地面上時，“下”字普通話要讀輕聲，廣州話要讀變調 ha^{6-2}。

普	粵
普 針掉在地下。	粵 眼針跌落地下。
普 地下要擦乾淨。	粵 地下要擦乾淨。

廣州話“地下”讀變調時，還指樓房的底層（普通話叫“一樓”）。例如：佢住喺三單元地下（他住在三單元一樓）。

“地下”指地面之下時，普通話廣州話都讀本調。廣州話還叫“地底”或者“地底下”。

普	粵
普 廣場下面是個地下商場。	粵 廣場落面係個地下商場。
普 這裏地下肯定有礦。	粵 呢度地底下肯定有礦。

“地下”作為屬性詞指秘密的、不公開的時，例如“地下組織、地下工廠”等，兩種語言都讀本調。

027 普 旁邊、近旁 粵 側邊、側便、側跟

兩邊或靠近的地方，普通話叫“旁邊”或者“近旁”，廣州話叫“側

邊、側便”，也有叫“側跟”的。

普	粵
普 我家旁邊有一條小河。	粵 我哋屋企側邊有條河仔。
普 絲綢公司近旁有家五金商店。	粵 絲綢公司側邊有間五金商店。

普 附近　粵 附近、左近　028

靠近某地的叫“附近”，廣州話本來叫“左近”，因受普通話影響，現在大多也叫“附近”。

普	粵
普 他就在附近住。	粵 佢就住喺附近。
普 附近有書報亭嗎？	粵 左近有書報亭嗎？

普 周圍、周邊、四邊、四處、四周、四周圍　粵 四圍、周圍、四邊、四便、四邊四便、四處、四周、四周圍　029

上面兩種語言各詞，都指環繞着某一中心的部分，它們的用法都一樣，而且“周圍、四邊、四處、四周、四周圍”兩種語言都使用。只是，普通話還有“周邊”的說法，廣州話還有“四圍、四便、四邊四便”的說法。在兩種語言裏，它們都可以相互調換使用。

普	粵
普 房子周圍都種了樹。	粵 間屋四便都種咗樹。
普 工地四周用圍牆圍着。	粵 工地四圍用圍牆圍住。

普通話的“四處”，廣州話的“四圍、周圍、四處”等，還有“到處、各地”的意思。

普	粵
普 大家四處找你。	粵 大家四圍搵你。
普 這一陣子我四處奔波。	粵 呢輪我周圍嗷趯。

030 普 地方、地兒、處 粵 定(déng⁶)、定方、地方、度、處

指某一區域、某一空間、某一部位，普通話叫“地方”，口語叫“地兒”，書面語叫“處”。“地方”的“方”要讀輕聲加兒化；“處”不單獨使用，只用在“無處藏身、一無是處、絕處逢生、去處、痛處”等詞語中。

廣州話叫“定”或“定方”。例如：呢件嘢好揿定（這件東西很佔地方）。入便有定方（裏面有地方）。也說“地方”，但是已經接近書面語了。口語也叫“度、處”，例如：呢度（這個地方）｜邊處（甚麼地方）。“度、處”不單用。“定”及“定方”的“定”是借字，要讀 déng⁶，不讀 ding⁶。

廣州話的“定”（déng⁶）還有“目的地、地點”的意思。例如：幾時先至到定（甚麼時候才到目的地）？｜邊個識定（誰知道地點）？

時間

普 從前、以前、過去、早年

粵 舊時、舊陣時、舊底、往時、往陣、往陣時、往年、往年時、咸豐年、咸豐嗰(go²)年

031

表示之前的時間，普通話用“從前、以前、過去”或“早年”，廣州話則有條目上列出的那些同義詞。

普	粵
從前的入學手續要複雜得多。	往時嘅入學手續複雜得多。
以前這裏是一片水塘。	舊底呢處係一片水塘。

普通話的“早年”，廣州話的“舊陣時、往陣時、往年時、咸豐年、咸豐嗰年”是“多年之前”的意思，指的時間更久遠些。“咸豐年、咸豐嗰年”是諧謔的說法。咸豐是清文宗的年號，距今已150多年，說“咸豐年、咸豐嗰年”意思是“很久以前”。

普	粵
早年買東西使用過銅錢。	舊陣時買嘢使過銅錢。
那麼久以前的事不提算了。	咸豐年嘅事唔講佢咯。

“嗰”是方言字。

普 小時候

粵 細個嗰(go²)陣、細時

032

童年、兒時，普通話口語叫“小時候”，廣州話叫“細個嗰陣、細時”。

普	粵
他小時候很調皮的。	佢細個嗰陣好跳皮㗎。

普	粵
品質教育要從小時候抓起。	品質教育要由細時抓起。

"嗰"是方言字。

033 普 前些時候、前些日子、前一陣子　粵 先排、先嗰(go²)排、前一排、前嗰排、上一排、早先、早排、早輪、早一輪、前一輪、前嗰輪

表示"前些時候、前些日子、前一陣子"的意思時，廣州話有條目上面列出的一連串的同義詞，還可以再列幾個。我們把這些同義詞分析一下，就可以發現，它們大體是一個三字結構：第一個字是"先、早、前"或"上"，第二個字是"一"或"嗰"，第三個字是"排"或"輪"。第一個字是"先"或"早"時第二個字可以省略。按照上述的規律組合所得出的詞，就是廣州話表示"前些時候"等意思的同義詞。

普	粵
前些時候你去哪裏了？	先嗰排你去咗邊度呀？
前一陣子我一直在忙。	前一輪我一直唔得閒。

例句裏的"先嗰排、前一輪"可以分別換作上述廣州話同義詞中的任何一個。

"排"本應為"牌"，俗多寫作"排"，可讀本調，也可讀變調 pai⁴⁻²。下兩條同。"嗰"是方言字。

034 普 最近、近來　粵 呢排、呢一排、呢輪、近排、近一排、近呢排、最近、近來

普通話的"最近"和"近來"意思相近又有所區別。"最近"指說

話前或後不久的日子，“近來”光是指說話前不久的一段時間。廣州話也說“最近、近來”，其含義和用法跟普通話一樣，不過，書面化的味道重些。廣州話口語還有“呢排、呢一排、呢輪、近排、近一排、近呢排”等同義詞，這些同義詞的用法與“最近、近來”是一樣的。

普	粵
他最近就會回來。	佢最近就會翻嚟。
你近來好嗎？	你近來幾好嗎？
我想最近去一趟香港。	我想呢排去一趟香港。
近來我的腿經常痛。	近排我嘅腳經常痛。

普 晚些時候　粵 遲下、遲啲(di1)、遲一排、過一排　035

再過一些時間，普通話叫“晚些時候”，廣州話叫“遲下、遲啲”或者“遲一排、過一排”。一般來說，“遲下、遲啲”可以指當天晚些時候，也可以指以後一段時間，但不會太久；“遲一排、過一排”所指相對長久一些，可以是數天、數十天甚至更久，一般不指當天。

普	粵
這件事我晚些時候告訴你。	呢件事我遲啲話你聽。
這個問題晚些時候開個會研究一下。	呢個問題過一排開個會研究一下。

“啲”是方言字。

普 一會兒、過一會兒　粵 等陣、聽暇、一陣、一陣間、等一陣、等陣間、等下　036

表示再過一段短暫的時間，兩種語言分別使用條目上列出的同義詞。

普 你先坐坐，一會兒我來叫你。	粵 你坐下先，等陣我嚟叫你。
普 你先走，我過一會兒才去。	粵 你行先，我一陣間先至去。

廣州話上列各同義詞，還有假設過後發生新情況的意思，大致相當於普通話的"待一會兒、待會、過一會兒"。例如：叫佢簽字先，唔係等陣間佢又變卦喇（讓他先簽字，要不然過一會兒他又變卦了）。| 聽暇佢唔肯點算（待會他不願意怎麼辦）？

廣州話上列各同義詞中的"陣"有時也讀變調 zen⁶⁻²；"聽暇"要讀 ting¹ ha⁴⁻¹。

037 普 現在、如今、現今 粵 而家、依家、家下、家陣、家陣時、如今、現今、今時、現時

這個時候，即説話當時，有時包括説話前後或長或短的一段時間，普通話叫"現在、現今"或"如今"，有的地區叫"現如今"。"現在、現今"所指時間可以較長，也可以極短，"如今"卻只能指較長的一段時間。

與之對應，廣州話可以用上面列出的那些同義詞中的任何一個，而且所指的時間沒有長短之分。

普 現在是九時整。	粵 而家還正九點。
普 現今可以出發了。	粵 現時可以出發喇。
普 以前的規矩如今行不通了。	粵 以前嘅規矩今時行唔通咯。

普	粵	
最初、開始、開頭、開初、起初、起先、起頭、起始、起首	起先、起初、起頭、開頭、開初、初時、初初、初不初、先時、頭頭	038

上面列出的兩種語言的那麼多詞，都是一個意思：指最早的時候、開始的時候。它們的用法也沒有甚麼區別。其中"開頭、開初、起初、起先、開頭"，兩種語言都在共同使用着。其實，"最初、開始"在廣州話裏也有人說。

廣州話"頭頭"，第二個"頭"要讀變調 teo4-2。

普	粵	
剛	啱 (ngam1) 啱、剛啱、啱、剛剛、正話	039

表示事情發生在不久以前，普通話叫"剛"，廣州話叫"啱啱、剛啱、啱、剛剛"或者"正話"，它們的含義和用法都一樣，可以相互調換使用。

普	粵
他剛走。	佢啱走。
天剛亮。	天啱啱光。
那時，我剛學會開車。	嗰陣時，我剛剛學會開車。
我剛開口，就被他打斷了。	我正話要講，就畀佢打斷咯。

"啱"是"啱啱、剛啱"的省說。

"啱"是方言字。

040 普 剛才　粵 啱(ngam[1])先、正話、先頭、頭先、求先

指剛過去不久的時間，普通話叫"剛才"，廣州話可以說"啱先、正話、先頭、頭先、求先"中的任何一個。

普	粵
普 剛才你說甚麼？我沒聽清楚。	粵 啱先你講乜嘢？我冇聽清楚。
普 剛才走過的人是誰？臉很熟。	粵 正話行過嘅人係邊個？好面熟。
普 剛才我說的事你要記住啊！	粵 頭先我講嘅話你要記住呀！

"求先"是從"頭先"音轉而來。

"啱"是方言字。

041 普 將來、以後　粵 將來、以後、第日、第時、第世

普通話的"將來"和"以後"相近，"將來"指現在往後的時間，"以後"指現在或所說某時之後的時間。廣州話也用"將來、以後"，含義和用法與普通話一樣，但帶書面語味道。廣州話口語還用"第日、第時、第世"來表示"將來、以後"。

普	粵
普 這些資料將來你會用得上的。	粵 呢啲資料將來你會有用嘅。
普 在這裏投資三年以後就會有好收益。	粵 喺呢處投資三年以後就會有好收益。
普 就這樣吧，以後再談。	粵 就噉先啦，第日再傾。
普 將來發達了，不要忘了我們啊。	粵 第時發達咗，咪唔記得我哋呀。

"第日、第時、第世"是"第二日、第二時、第二世"的省讀。日常生活中，大多使用省讀。"第世、第二世"是"下一輩子"意思，所

指未來的時間更遠，一般用來指不大容易做到的事。你噉嘅水準，又唔努力，想做世界冠軍，第世啦（你這樣的水準，又不努力，想做世界冠軍，下輩子吧）。

普 後來　　粵 後嚟 (lei⁴)、後尾、尾後、收尾、褸 (leo¹) 尾、最尾、䍱 (lai¹) 尾　042

指過去某一時間之後的時間，普通話叫“後來”，廣州話則有“後嚟、後尾、尾後、收尾、褸尾、最尾、䍱尾”等同義詞。

普	粵
他最初不同意，後來答應了。	佢起先唔同意，後尾應承嘞。
那個壞蛋後來抓到了嗎？	嗰個壞蛋褸尾捉到冇呀？
他受了傷，後來怎麼樣了？	佢受咗傷，後嚟點呀？

廣州話上面各詞的“尾”，除“尾後”外，一般讀變調 méi5-1。

普通話的“後來”跟“以後”有區別。“後來”只指過去，“以後”既可指過去，也可指將來。例如，我們可以說“你以後要常來”，不能說“你後來要常來”。“後來”只能單用，“以後”既可單用，也可作後置成分。例如，可以說“春節以後”，不能說“春節後來”。

“嚟、䍱”是方言字；“褸”是借用字。

普 昨天、昨日、昨兒、昨兒個、頭天　　粵 琴日、尋日、昨日　043

今天的前一天，普通話叫“昨天”，帶書面語味道時叫“昨日”，口語叫“昨兒、昨兒個”，有時也說“頭天”；廣州話口語叫“琴日”或“尋日”，帶書面語味道時也叫“昨日”。

普	粵
普 昨天你去哪兒啦？	粵 琴日你去咗邊度呀？
普 店舗昨兒開張。	粵 舗頭尋日開張。

普通話“昨兒個”的“個”讀輕聲。廣州話“琴日、尋日”的“日”在口語中會受前一字音影響，往往音變為“物”音。

“琴”是借用字。

044 普 昨天晚上、昨晚、昨晚上、昨天夜裏、頭天夜裏　粵 琴晚、琴晚夜、琴晚黑、尋晚、尋晚夜、尋晚黑

普通話的“昨天晚上”，也説“昨晚、昨晚上”，口語或説“昨天夜裏、頭天夜裏”；廣州話則説“琴晚、琴晚夜、琴晚黑”或者“尋晚、尋晚夜、尋晚黑”。它們的意思、用法完全一樣。

普	粵
普 昨晚上我睡得可香咧。	粵 琴晚夜我瞓得真捻。
普 昨天夜裏我們去吃夜宵。	粵 尋晚黑我哋去宵夜。

普通話“昨天晚上、昨晚上”的“上”讀輕聲。廣州話“琴”是借用字。

045 普 今天、今日、今兒、今兒個　粵 今日

當前的這一天，普通話叫“今天”，帶書面語味道時叫“今日”，口語叫“今兒、今兒個”；廣州話口語一律叫“今日”。

普	粵
普 我約他今天來談談。	粵 我約佢今日嚟傾下。
普 今兒真高興，做了一筆大生意。	粵 今日真歡喜，做咗一筆大生意。

兩種語言的上列各詞還有“現在、目前”的意思。

普 今兒的山區交通方便多了。	粵 今日嘅山區交通方便多咯。
普 你看，今日的建築風格完全不同了。	粵 你睇，今日嘅建築風格唔同晒咯。

普通話“今兒”是“今”的兒化；“今兒個”的“個”要讀輕聲。廣州話“今日”的“日”在口語中會受前一字音影響，往往音變為“物”音。

普 今天早上、今早　粵 今朝、今朝早　046

普通話的“今天早上”，也說“今早”，廣州話則說“今朝”或“今朝早”。

普 今早我起晚了。	粵 今朝我起身晏咗。
普 今早圖書館一開門，他就進去了。	粵 今朝早圖書館一開門，佢就入去咯。

普通話也有“今朝”這個詞，但是指的是“現在”，一般用於書面語。

普通話“今天早上”的“上”讀輕聲。

普 今天晚上、今晚　粵 今晚、今晚黑、今晚夜　047

普通話的“今天晚上”，也說“今晚”，廣州話同樣說“今晚”也說“今晚黑、今晚夜”。普通話的“今晚”帶有書面語的味道，廣州話的“今晚”則是口語常用詞。

普 今天晚上掃蕩賭場的行動佈置好了。	粵 今晚黑嘅拉賭行動佈置好咯。
普 今晚花好月圓。	粵 今晚花好月圓。

普通話“今天晚上”的“上”讀輕聲。廣州話“今晚”的“晚”也可讀 man$^{5\text{-}1}$。

048 普 明天、明日、明兒、明兒個　粵 聽日

今天的下一天，普通話叫“明天”，帶書面語味道時叫“明日”，口語叫“明兒、明兒個”；廣州話口語就叫“聽日”。

普	粵
明兒再去吧。	聽日再去啦。
這批貨要明天下午才到。	呢批貨要聽日下晝至到。

普通話“明兒個”的“個”讀輕聲。廣州話“聽日”的“聽”是借用字，要讀 ting[1]，不讀 téng[1]（口語“聽到”的“聽”音）。下兩條中“聽朝、聽晚”的“聽”同。

普通話的“明天、明日、明兒、明兒個”都還可以表示不遠的將來的意思，廣州話的“聽日”則沒有這個功能，只能用“第日”來表示。例如“明天會更好”說廣州話時，如果說成“聽日會更好”意思就不同了。

049 普 明天早上、明早　粵 聽朝、聽朝早

普通話“明天早上”又叫“明早”，指明天的早晨，即明天天將亮到八九點鐘的一段時間。廣州話叫“聽朝”或“聽朝早”。

普	粵
明天早上早點起牀趕路。	聽朝早早啲起身趕路。
明早有個重要活動。	聽朝有個重要活動。

普通話“明天早上”的“上”讀輕聲。

050 普 明天晚上、明晚　粵 聽晚、聽晚黑、聽晚夜

普通話“明天晚上”又叫“明晚”，廣州話叫“聽晚、聽晚黑、聽晚夜”。

普 聽説明天晚上的晚會很精彩。	粵 聽講聽晚嘅晚會好精彩。
普 明晚的籃球比賽不要錯過啊。	粵 聽晚嘅籃球比賽唔好錯過呀。

普通話“明天晚上”的“上”讀輕聲。廣州話“聽晚”的“晚”也可讀 man^{5-1}。

普 後天早上 粵 後朝、後朝早 051

後天的早上，普通話説“後天早上”，指的是後天天將亮到八九點鐘的一段時間。廣州話叫“後朝”或“後朝早”。

普 後天早上我才有空。	粵 後朝我至得閒。
普 後天早上你打算去哪裏？	粵 後朝早你打算去邊度？

普通話“後天早上”的“上”讀輕聲。

普 後天晚上、後晚 粵 後晚 052

後天的晚上，普通話口語一般説“後天晚上”，廣州話叫“後晚”。普通話也有説“後晚”的，但已接近書面語了。

廣州話“昨天晚上、今天晚上、明天晚上”分別可以叫“琴晚黑、琴晚夜，今晚黑、今晚夜，聽晚黑、聽晚夜”，而“後天晚上”則一般不叫“後晚黑、後晚夜”，只叫“後晚”。

普通話“後天晚上”的“上”讀輕聲。

普 清晨、清早 粵 清早、大清早、侵早、晨早、一早、一大早 053

日出前後的一段時間，普通話叫“清晨”，口語叫“清早”；廣州話與之相對的同義詞有“清早、大清早、侵早、晨早、一早、一大早”等。

普 清早他就開車走了。	粵 侵早佢就開車走咗咯。
普 清晨的太陽特別美。	粵 晨早嘅日頭零舍靚。

廣州話的“一早”另有“早先、早已”的意思。例如：呢件事我一早就講你知嘅啦(這件事我早已告訴你了)。

054 普 早晨、早上 粵 朝早、朝頭早

天將亮到八九點鐘這一段時間，普通話叫“早晨、早上”，廣州話叫“朝早、朝頭早”。

普 早晨，人覺得特別精神。	粵 朝頭早，人覺得特別精神。
普 早上很多老人來這裏活動。	粵 朝早好多老人嚟呢度活動。

廣州話也有“早晨”一詞，但它不是時間名詞，而是早上乃至上午跟別人第一次見面時的打招呼、問候用語。

普通話“早晨”的“晨”、“早上”的“上”都讀輕聲。

055 普 黎明、濛濛亮 粵 曚曚光

天快亮或剛亮時，普通話叫“黎明”，口語叫“濛濛亮”，“黎明”一般用於書面語。廣州話叫“曚曚光”。

普 天剛濛濛亮我就起牀了。	粵 天曚曚光我就起牀咯。
普 天濛濛亮，看東西還不是很清楚。	粵 天曚曚光，睇嘢重未係好清楚。

普 上午、上半天　粵 上晝　056

普通話的“上午”，口語叫“上半天”，指的是從半夜十二點到正午十二點的一段時間，但日常多指清晨到正午十二點的一段時間。廣州話叫“上晝”。廣州市郊有的地方叫“上晏”。

普 中午、晌午、正午　粵 晏晝、正午　057

白天十二點左右的一段時間，普通話叫“中午”，口語也有叫“晌午”的；廣州話叫“晏晝”。其中十二點的時候，兩種語言都叫“正午”。

廣州話的“晏晝”，有的地方也指下午。

普 下午、下半天　粵 下晝、晏晝　058

普通話的“下午”，口語叫“下半天”，指的是從正午十二點到半夜十二點的一段時間，但日常多指從正午十二點到日落的一段時間。廣州話叫“下晝”，也有叫“晏晝”的。廣州市郊有的地方叫“下晏”。

普 傍晚、黃昏　粵 挨晚、齊黑、踚(nam³)光黑　059

臨近晚上的時候，普通話叫“傍晚”，廣州話叫“挨晚”。普通話的“傍”和廣州話的“挨”都是臨近的意思。

其中，日落以後天黑以前的時候，普通話叫“黃昏”，廣州話叫“齊黑”，舊一點的說法叫“踚光黑”，意思是跨着光亮和黑暗。

其實“黃昏”是書面語，口語極少用，一般用“傍晚”涵蓋了。

廣州話“挨晚”的“晚”也可讀 man⁵⁻¹。

“踚”是方言字。

060 普 夜裏、夜晚、夜間、晚上　粵 夜晚、夜晚黑、晚黑、晚頭黑、晚頭夜

從天黑到天亮的一段時間，普通話叫“夜裏”，又叫“夜晚、夜間”。其中太陽落了以後到深夜以前這一段叫“晚上”，不過“晚上”經常也泛指夜裏。廣州話則不管夜裏還是晚上，都可用“夜晚、夜晚黑、晚黑、晚頭黑、晚頭夜”等詞中的任何一個。

普 這裏夜裏很安靜。	粵 呢度晚頭黑好靜。
普 一連幾個晚上都睡不好。	粵 一連幾個夜晚都瞓唔好。

普通話“晚上”的“上”讀輕聲。

061 普 一陣、一陣子　粵 一排、一輪

這裏說的“一陣、一陣子”，是普通話裏“一段時間”的意思。這段時間可以是好幾分鐘，也可以是若干日子，但不會太長；不過，說話的人想要表達的，是時間不短的意思。廣州話用“一排”或“一輪”表示。

普 他坐在這裏等了你有一陣子了。	粵 佢坐喺度等咗你一排咯。
普 他幹過一陣油漆工。	粵 佢做過一輪油漆工。

廣州話裏“一排”和“一輪”有點差別。“一排”所指時間可長可短，“一輪”所指時間一般較長。所以，上面第一個例句的“一排”不能換成“一輪”，而第二個例句的“一輪”卻可以換用“一排”。

“排”本應作“牌”，這裏從俗。

二、動物、植物

動物

062 普 牲畜、畜生、畜牲、牲口 粵 頭牲、畜生、畜牲、牲口

普通話的"牲畜"一般只指家畜，廣義來說也指家禽。廣州話則叫"頭牲"，"頭牲"是家畜、家禽的總稱。廣州話沒有專指家畜的詞。

普通話有"畜生"一詞，又叫"畜牲"，泛指禽獸，往往用作罵人語。廣州話也有"畜生、畜牲"的說法，其含義和用法與普通話同。

對於幫助人幹活的家畜，如牛、馬、驢、騾等，普通話廣州話都叫"牲口"，用法完全一樣。

063 普 蛋 粵 蛋、春、子

動物所產的卵，普通話叫"蛋"，例如"雞蛋、蛇蛋、鱷魚蛋"等。廣州話一般也叫"蛋"，但對於禽類、魚蝦等的卵，口語更多叫"春"，例如"雞春、魚春、蝦春"等；而魚蝦的卵又叫做"子"，例如"魚子、蝦子"。

廣州話的"子"也指雄性動物的睾丸。

廣州話的"魚蛋"（"蛋"讀變調 dan6-2）並不指魚的卵，而是指魚肉丸子。例如：魚蛋粉（魚肉丸子米粉）| 魚蛋檔（賣魚肉丸子的攤檔）。

"春"是同音借用字。

普 公雞、小公雞、筍雞　粵 雞公、生雞、騸雞、生雞特、生雞仔、童子雞　064

“公雞”廣州話叫“雞公”。

普通話表示動物性別的“公、母”要放在動物名稱的前面，例如“公豬”“母鴨”等；廣州話則相反，表示動物性別的“公、牯、乸、項”等要放在動物名稱的後面，例如“牛牯”(公牛)“鴨乸”(母鴨) 等。

廣州話稱“公雞”還可以細分：未閹的叫“生雞”，閹了的叫“騸雞”，老公雞叫“生雞特”，小公雞叫“生雞仔”。另外，作菜餚用的小而嫩的雞，普通話叫“筍雞”，廣州話叫“童子雞”。

廣州話還用“生雞”來比喻好色的男人，例如，“生雞仔”比喻好色的男青年，“生雞特”比喻多妾的男子，“生雞精”比喻色鬼。

普 母雞、小母雞　粵 雞乸 (na²)、雞項　065

“母雞”廣州話叫“雞乸”。正如上條所述，廣州話表示動物性別的字是放在動物名稱後面的。

未生過蛋的母雞，普通話叫“小母雞”，廣州話則叫“雞項”。值得注意的是，其他未生育的動物，都不叫“項”，例如，未生蛋的母鴨、母鵝，未產仔的母牛、母馬，都不能叫“鴨項、鵝項、牛項、馬項”。“項”是雞專用的，一般讀變調 hong$^{6-2}$。

“乸”是方言字。“項”是同音借用字。

普 野鴨　粵 水鴨、蜆鴨　066

野生的鴨子，也就是“鳧”，普通話叫“野鴨”。由於牠經常活動在江河湖泊水面，善於游泳，廣州話叫牠“水鴨”；又由於牠喜歡吃蜆等貝類，廣州話又叫牠“蜆鴨”。

067 普 老鷹、鳶、雀鷹、鷂子 粵 麻鷹、牙鷹、崖鷹

“老鷹”，鷹的一種，又叫“鳶”；另有“雀鷹”，通稱“鷂子”。廣州話都叫“麻鷹”，也有叫“崖鷹”的。珠江三角洲不少地方叫“牙鷹”。

廣州話只有“紙鷂”（風箏）一詞才使用“鷂”字。北方有些地區“鷂子”也指風箏。

068 普 青蛙、田雞 粵 蛤 (geb³)、蛤蚧 (guai²)、蛤乸 (na²)、田雞

普通話裏兩棲動物“青蛙”通稱“田雞”；廣州話則叫“蛤”或“蛤蚧、蛤乸”。廣州話也有“田雞”的說法，但指的是可供食用的青蛙，範圍比普通話小。

廣州話的“乸”表示動物的雌性。然而“蛤乸”並不只指雌性青蛙，它是對蛙類的習慣叫法而已，這裏的“乸”並無性別意義。

“蛤”是借用字；“蚧、乸”是方言字。

069 普 蟾蜍、癩蛤蟆、疥蛤蟆 粵 蟾蠑 (kem⁴ kêu⁴)

普通話“蟾蜍”通稱“癩蛤蟆”，又叫“疥蛤蟆”；廣州話叫“蟾蠑”，舊的說法有叫“蟾爬”的。

普通話有“蛤蟆”一詞，是青蛙和蟾蜍的統稱。廣州話與之相對應的是“蛤”。

“蟾、蠑”是方言字。

070 普 老鼠、耗子 粵 老鼠

“老鼠”是大家非常熟悉的動物，對牠的叫法也很一致。廣州話地

區雖然對牠的不同種屬有不同的叫法，但是通稱也是叫“老鼠”。

中國北方有的地區叫“耗子”。

普 蝙蝠　　粵 飛鼠、蝠鼠、蝙蝠　　071

“蝙蝠”是一種會飛行的哺乳動物，因為牠的頭部和軀幹像老鼠，所以廣州話叫“飛鼠”，又叫“蝠鼠”。香港和澳門市區叫“蝙蝠”。

普 蜘蛛、蠅虎　　粵 蜘蛛、蟧蟧(kem⁴ lou⁴)　　072

普通話的“蜘蛛”，廣州話根據其種類的不同有不同的叫法：會結網的叫“蜘蛛”，不會結網的叫“蟧蟧”。“蟧蟧”體型較大，腿長，生白色卵塊像個小盒子。蟧蟧不結網，而蜘蛛所結的網廣州話偏偏叫它做“蟧蟧絲網”。

也有一種體型小，不會結網，善於跳躍，捕蠅為食的蜘蛛，北方叫“蠅虎”，廣州話似乎沒有對應叫法。

“蟧、蟧”是方言字。

普 蟬、知了　　粵 蟬、沙蟬　　073

“蟬”的種類很多，普通話說的“知了”其實是蚱蟬的通稱。蚱蟬是身體最大的一種蟬，牠鳴聲像“知了”，因而得名。蟬類廣州話也叫“蟬”，其中蚱蟬又叫“沙蟬”。“沙蟬”很可能是“蚱蟬”的音變。兒歌唱道：“沙蟬喊，荔枝熟。”“蟬鳴荔熟”成了盛夏嶺南風貌的寫照。

珠江三角洲有的地方把蟬叫“啞蟬”或“啞魚”。鳴聲宏亮的蟬為甚麼與“啞”聯繫起來呢？一是“啞”可能是“沙”的音變；二是雌蟬沒有發音器，不能吱聲，可能因此而稱“啞”。

074 普 蟋蟀、蛐蛐兒　　粵 蟀、蟀子

“蟋蟀”，北方有的地區叫“蛐蛐兒”，廣州話叫“蟀、蟀子”。雄的蟋蟀好鬥，受了傷的尤其兇狠，廣州話稱之為“爛頭蟀”，並用來比喻不顧一切的亡命之徒。

“蟀”口語讀 zêd[1]。

075 普 螻蛄、蝲蝲蛄　　粵 土狗

普通話説的“螻蛄”指的是一種生活在泥土中的昆蟲，俗稱“蝲蝲蛄”，有的地區叫“地老虎”；廣州話叫“土狗”。

076 普 孑孓、跟頭蟲　　粵 蚊蟲、沙蟲

蚊子的幼蟲，普通話叫“孑孓”，俗稱“跟頭蟲”；廣州話叫“蚊蟲”又叫“沙蟲”，舊時叫“沙屎蟲”。

普通話也有“蚊蟲”一詞，但那是對蚊子的叫法。

生活在海濱泥沙中的方格星蟲，廣州話也叫“沙蟲”。

077 普 壁虎、蠍虎、蠍虎子、守宮　　粵 鹽蛇

普通話的“壁虎”，又叫“蠍虎、蠍虎子”，舊時叫“守宮”。廣州話叫“鹽蛇”，也有寫作“簷蛇”的。

普 椿象、臭大姐　粵 臭屁蟲、臭屁瘌 (lad³)　078

普通話裏，“椿象”包含很多種類，有的能放出惡臭，北方所説的“臭大姐”就是其中之一。廣州話根據能放惡臭這一特點，稱這類椿象為“臭屁蟲”或者“臭屁瘌”。

普 馬蜂、胡蜂、黃蜂　粵 黃蜂　079

普通話裏“胡蜂”通稱“馬蜂”，又有叫“黃蜂”的。廣州話因其身帶黃色，通稱為“黃蜂”，香港也有叫“大麻蜂”的。廣州話裏沒有“馬蜂、胡蜂”這兩個詞。(普通話的“馬蜂窩”廣州話叫“黃蜂竇”。)

普 蠓、蠓蟲兒　粵 蚊螆 (ji¹)　080

普通話的“蠓”，口語叫“蠓蟲兒”；廣州話叫“蚊螆”。

廣州話的“蚊螆”其實泛指那些叮吸人畜血液的黑色或褐色的小飛蟲，包括“蠓”，也包括蚊、蚋等。普通話大體相對的詞是“蚊蟲”，北方一些地方叫“小咬”。

“螆”是廣州話方言字。

普 鱅、花鰱、胖頭魚　粵 大魚、大頭魚、鱅魚　081

“鱅”是中國重要的淡水養殖魚類，普通話口語叫“花鰱、胖頭魚”。廣州話叫“大魚”或“大頭魚”，過去多叫“鱅魚”。

“鱅”的讀音本為 yung⁴，這裏讀 sung⁴ 音。

082 普 鯇、草魚、黑鯇、青魚、螺螄青　粵 鯇魚、黑鯇

"鯇"是中國重要的淡水養殖魚類，體圓筒形，青黃色，普通話口語叫"草魚"。廣州話叫"鯇魚"。

另有一種"黑鯇"，外形極像鯇，略細而圓，青黑色，普通話口語叫"青魚"，也叫"螺螄青"。廣州話叫"黑鯇"。

083 普 羅非魚　粵 非洲鯽、福壽魚、越南魚

"非洲鯽魚"，普通話又叫"羅非魚"。牠原產非洲東部，後廣泛移殖東南亞，並移入中國。廣州話起初叫"福壽魚"，有人又叫"越南魚"，現在多叫"非洲鯽"，也有叫"羅非魚"的。

084 普 黑魚、烏鱧、花魚　粵 生魚

"烏鱧"，大概因為牠青褐色，身上有三縱行黑色斑塊，普通話叫牠"黑魚"，也有叫"花魚"的；廣州話叫"生魚"，珠江三角洲有的地方叫"斑魚"。

085 普 鯧魚、平魚　粵 鱠 (cong1) 魚

"鯧魚"，是一種海產食用經濟魚類。普通話又叫"平魚"，廣州話叫"鱠魚"。

廣州話俗語有"第一鱠，第二鯠，第三馬鮫郎"的說法，意思是這幾種魚產量大，又好吃。

普 比目魚、鰨目魚、偏口魚 粵 左口魚、撻沙魚 086

“比目魚”是鰈、鰜、鮃、鰨等魚的統稱，牠們共同的特點是：身體扁平，平臥在海底，成長中兩眼逐漸移到頭部朝水面的一側。普通話又叫“鰨目魚”或者“偏口魚”。廣州話則叫“左口魚”，因牠平臥海底沙面上又叫牠“撻沙魚”。

普 鰻鱺、鰻、白鱔 粵 白鱔 087

“鰻鱺”簡稱為“鰻”，普通話又叫“白鱔”；廣州話叫“白鱔”。

另外，普通話說的“鱔魚”，通常指“黃鱔”，不指“白鱔”。廣州話也叫“黃鱔”。

普 鱉、甲魚、團魚、王八 粵 水魚、腳魚 088

“鱉”，普通話又叫“甲魚、團魚”，俗稱“王八”；廣州話叫“水魚”，也有叫“腳魚”的。

另外有一長在山溪中的鱉，普通話叫“山瑞鱉”，廣州話叫“山瑞”。牠個體比一般鱉大些，跟鱉一樣，肉可吃，甲可入藥。

普 螃蟹、蟛蜞 粵 蟹、蟛蜞、蝦瘌 (lad³) 089

普通話的“螃蟹”，廣州話就叫“蟹”。

廣州話一般所說的“肉蟹”是指肉多的蟹，“膏蟹”是指蟹黃很多的蟹，即未產卵的雌蟹，“水蟹”指外形雖大但肉少、不好吃的蟹。普通話沒有相應的說法。

有一種常見的穴居於水邊泥岸的小螃蟹，普通話、廣州話都叫“蟛蜞”，普通話又叫“螃蜞、相手蟹”。

水剛開的時候會泛起一些小水泡，普通話叫“蟹眼”，廣州話則叫“蝦痢眼”。廣州話的“蝦痢”指的是一種小螃蟹。

090 普 螞蟥、蛭 粵 黄蜞、蜞乸(na²)

普通話說的“螞蟥”是“蛭”的通稱。“蛭”的種類很多，有水蛭、山蛭、魚蛭、醫蛭等。廣州話都叫“黄蜞”或“蜞乸”。“山蛭”普通話叫“旱螞蝗”，廣州話叫“山蜞”。

“蜞乸”是習慣叫法。“乸”是方言字，母的意思，但在這裏沒有性別意義。

植物

普 玉米、玉蜀黍　粵 粟米、包粟　091

“玉米”也叫“玉蜀黍”，是重要的糧食作物和飼料作物之一，全國各地普遍種有。廣州地區民眾大多知道“玉米”的名稱，對“玉蜀黍”比較陌生。國內不同地區對玉米有着不同的叫法，例如“包米、苞米、包穀、棒子、玉茭、玉麥、老玉米、珍珠米”等。廣州話一般叫“粟米”，也有叫“包粟”的。

普 甘薯、紅薯、白薯　粵 番薯　092

“甘薯”普通話通稱“紅薯、白薯”，中國南北各地都有種植，有的地區叫“山芋、地瓜、紅苕”等。廣州話叫“番薯”。

普 馬鈴薯、土豆、洋芋、山藥蛋、地蛋　粵 薯仔、荷蘭(lan4-1)薯　093

“馬鈴薯”普通話又叫“土豆”，有的地區叫“洋芋、山藥蛋、地蛋”，全國各地都有栽培。南方溫暖潮濕，與它的習性不合，因而所結薯塊一般較甘薯小，廣州話叫它“薯仔”。馬鈴薯原產於南美洲，大概是從歐洲傳入中國，所以廣州話舊時叫它“荷蘭薯”，至今珠江三角洲仍有不少地方這樣稱呼它。

094 普 南瓜、倭瓜、北瓜 粵 番瓜、南瓜、金瓜

“南瓜”中國各地普遍有栽培，不同地區還有“倭瓜、北瓜、飯瓜”等叫法。廣州話多叫“番瓜”，也有叫“南瓜”的，珠江三角洲還有不少地方叫“金瓜”。

“南瓜”也叫“中國南瓜”，原產亞洲南部，人們卻叫它“倭瓜、番瓜”，不知道為甚麼。

095 普 絲瓜 粵 水瓜、絲瓜、勝瓜

“絲瓜”有兩種：一種是普通絲瓜，瓜長圓筒形，光滑無棱；一種是棱角絲瓜，瓜身有棱角。普通絲瓜中國各地都有栽培，普通話叫“絲瓜”，廣州話叫“水瓜”；棱角絲瓜中國南方栽培較多，北方少見。廣州話說的“絲瓜”指的就是棱角絲瓜，普通話沒有相應的叫法。

廣州市郊區及鄰近廣州的一些地區把“絲瓜”叫做“勝瓜”。這是因為這些地區“絲”與“輸”同音，為了避諱，便改稱“勝瓜”。其他一些地區的一些人，因“勝瓜”字面吉利，也跟着叫了。

096 普 苦瓜 粵 苦瓜、涼瓜

“苦瓜”因它帶有苦味而得名。普通話、廣州話都叫它“苦瓜”。廣州地區有人又叫它“涼瓜”，這是因為認為“苦”字不吉利，依據它性寒涼而改稱。

廣州話有兒歌句子“子薑辣，買蒲達；蒲達苦，買豬肚”。這裏的“蒲達”又叫“芙達”，據認為是指苦瓜。但是把“苦瓜”叫做“蒲達、芙達”也僅僅是這首兒歌罷了，並未見其他地方這樣用。

普 茄子、茄 粵 矮瓜、茄瓜 097

“茄”普通話通常叫“茄子”；廣州話叫“矮瓜”，有又叫“茄瓜”的。一說“茄瓜”是茄子的一種，較短。

普 青椒、甜椒、柿子椒 粵 燈籠椒、菜椒 098

辣椒分兩類，有辣味的叫“辣椒”，無辣味或辣味很淡的叫“甜椒”。

“甜椒”普通話又叫“青椒、柿子椒”；廣州話因它形狀像燈籠而叫“燈籠椒”，又叫“菜椒”。

普 白菜、大白菜、小白菜 粵 白菜、黃芽白、紹菜 099

“白菜”這個詞，在普通話裏通常特指“大白菜”，在廣州話裏指的卻是“小白菜”。其實，“大白菜”“小白菜”都是“白菜”的品種。

“大白菜”即結球白菜，菜株橢圓或長圓形，有的地區叫“菘菜、黃芽菜”；廣州話叫“黃芽白”，又叫“紹菜”。

“小白菜”葉子直立，勺形或圓形，綠色，北方俗稱“青菜”，有的地區叫“小油菜、油白菜”；廣州話叫“白菜”。

廣州話有“白菜仔”一詞，指的是未充分長大即採收的小白菜，與普通話“小白菜”所指不同。

廣州話也有“青菜”一詞，它是綠葉類蔬菜的總稱，與普通話含義不同。普通話“青菜”指的是“小白菜”。

“白菜”的一個變種，普通話叫“菜薹”，又叫“菜心”；廣州話叫“菜心”不叫“菜薹”。

“白菜”的另一個變種，植株塌地而生的，普通話叫“塌棵菜”，俗稱“塌菜”；廣州話叫“矮腳白菜”。

100 ㊟ **蕹菜、空心菜** ㊟ **蕹菜、通菜**

"蕹菜"，是常見蔬菜。普通話因它的莖中空，俗稱"空心菜"；又因它莖蔓生，有人叫它"藤藤菜"。廣州話叫"蕹菜"，又叫"通菜"，相傳吃多了會引起抽筋，有人又叫它"抽筋菜"。

101 ㊟ **莙薘菜、牛皮菜、厚皮菜** ㊟ **莙薘菜、豬乸 (na²) 菜**

"莙薘菜"即葉用菾菜，是菾菜（即"甜菜"）的一個變種，為常見蔬菜。普通話又叫"牛皮菜、厚皮菜"；廣州話也叫"莙薘菜"，俗稱"豬乸菜"。

"乸"是方言字。

102 ㊟ **圓白菜、洋白菜、捲心菜、包心菜** ㊟ **椰菜、包菜**

"結球甘藍"是一種常見蔬菜，普通話通稱"圓白菜"或"洋白菜"，有的地區叫"捲心菜、包心菜"；廣州話叫"椰菜"，也有人叫"包菜"。

103 ㊟ **落葵、胭脂菜、胭脂豆、滑菜、木耳菜** ㊟ **藤菜、潺菜**

"落葵"，普通話又叫"胭脂菜、胭脂豆"，俗稱"滑菜、木耳菜"。廣州話叫"藤菜"，因它煮熟後帶有黏液，所以又叫它"潺菜"。

"潺"，借用字，指動植物分泌的黏液。

普 大豆、黃豆　粵 白豆、黃豆　104

“大豆”是“黃豆、青豆、黑豆”的統稱，其中豆子黃色的叫“黃豆”。廣州話沒有“大豆”這個詞，大豆的各個品種分別叫“黃豆、青豆、黑豆”等。廣州話稱黃豆為“白豆”，例如“白豆咁大粒汗”（像黃豆那麼大的汗珠），也有叫“黃豆”的。

普 豆角、豇豆　粵 豆角　105
普 豌豆　粵 荷蘭(lan4-1)豆、蘭豆、麥豆

“豇豆”有三種，其中的“長豇豆”就是廣州話所說的“豆角”。廣州話按它果莢的顏色不同，又分為“青豆”與“白豆”。

普通話近年從南方方言吸收了“豆角”一詞，但指的是各種鮮嫩可做菜的豆莢，與廣州話所指不同。普通話的“豆角”包括“豌豆”，即廣州話所說的“荷蘭豆”（省稱“蘭豆”），其嫩莢和種子可以做菜吃。廣東還有一種“麥豆”，與豌豆近似，但豆莢不能吃，種子成熟後近球形，灰黃色。

普 豆芽兒、黃豆芽、綠豆芽　粵 芽菜、大豆芽菜、細豆芽菜　106

普通話的“豆芽兒”是用黃豆、綠豆或黑豆發芽而成，做蔬菜用，又叫“豆芽菜”；廣州話叫“芽菜”。

用黃豆發芽而成的，普通話叫“黃豆芽”，廣州話叫“大豆芽菜”或“大豆芽”。用綠豆發芽而成的，普通話叫“綠豆芽”，廣州話叫“細豆芽菜”或“細豆芽”。廣州話這裏的“豆”習慣都讀變調 deo6-2。

107 普 豆薯、涼薯、葛薯、地瓜 粵 沙葛

“豆薯”，有的地區叫“涼薯、葛薯、地瓜”，廣州話因它適宜種在沙地，所以叫“沙葛”，有的地方叫“土瓜”。

108 普 荸薺、地栗、烏芋 粵 馬蹄

“荸薺”，有的地區叫“地栗、烏芋”。廣州話給它起了個古怪的名字，叫“馬蹄”，其實它與馬沒有任何關係。現在也有人說普通話時吸收了廣州話這個詞。

109 普 胡蘿蔔 粵 紅蘿蔔、甘筍

“胡蘿蔔”的肉質根是常見蔬菜，廣州話以其顏色稱“紅蘿蔔”，又因它味帶香甜而稱之為“甘筍”。

110 普 芫荽、胡荽、香菜 粵 芫茜

“芫荽”又叫“胡荽”，普通話通稱“香菜”；廣州話叫“芫茜”。

“芫荽”的“芫”普通話讀 yán 不讀 yuán，“荽”讀輕聲。

廣州話口語常把“芫茜”讀成 yim4 sei1，有的甚至按這讀音寫成“鹽茜”。

111 普 香菇 粵 冬菇、香蕈(sên3)、花菇

“香菇”是優良的食用菌，有冬菇、春菇等多種。廣州話統稱“冬菇”，其中菌蓋上有花紋的品質最好，叫“花菇”，形體較大、品質較差的叫“香蕈”。

“香蕈”有人取其讀音寫作“香信”。

普 木耳、黑木耳、硬木耳 粵 木耳、雲耳 112

“木耳”是一種可以吃的真菌，因它外形略似人耳，黑褐色，普通話又叫“黑木耳、硬木耳”；廣州話把一般的木耳叫“雲耳”，把硬木耳叫“木耳”。

普 銀耳、白木耳 粵 銀耳、雪耳 113

“銀耳”是真菌的一種，一般做滋補品。因它色白，半透明，普通話、廣州話都叫“銀耳”。普通話又叫“白木耳”，廣州話又叫“雪耳”。

普 令箭荷花 粵 霸王花、劍花、量天尺 114

“令箭荷花”，中國各地多溫室栽培作觀賞用，南方多長在牆頭或室外屋角上。廣州話叫“霸王花”，又叫“劍花、量天尺”，廣州話地區人們常用這種植物的花熬湯。

普 葡萄、提子 粵 菩提子 115

“葡萄”是常見水果，也用來釀酒。廣州話叫“菩提子”，其實與菩提樹無關。

“葡萄”種類很多，主要有“歐洲葡萄”和“美洲葡萄”等。“歐洲葡萄”果實多為橢圓和圓形，果皮與果肉不易分離；“美洲葡萄”果實球形，果皮厚，果肉堅韌。

近年，有把進口的葡萄稱為“提子”的，如“美國提子、提子麵包”。其實，“提子”就是葡萄，是“菩提子”的省稱。

116 普 柑橘 粵 柑、桔、橘

“柑橘”是一個總稱，包括“柑、橘、橙、柚”等。北方少產，普通話口語只叫“橘子”，“柑橘”一詞多用於書面；南方多產，各個品種分得比較清楚，柑是柑，橘是橘。

普	粵
這些柑橘怎麼賣？	呢啲柑（或“桔”）點賣？
這個柑橘很甜。	呢個柑（或“桔”）好甜。

一般來説，“橙”“柚”區分明顯，“柑”“橘”較難分辨。其實，“柑”花大，果皮海綿層較厚，剝皮稍難；“橘”花小，果皮海綿層較薄，剝皮易。

“桔”就是“橘”，普通話二者讀音一樣，廣州話二者讀音不同。日常生活中廣州話地區的人多用“桔”，少用“橘”。人們喜歡“桔”，是因為它與“吉”同音，把它看作吉祥的象徵，過年時往往在家裏擺上一盆桔子，以添喜慶。

普通話口語常把“橙”叫做“橘子”，如“橙汁”也叫“橘子汁”。近來受南方話的影響也使用“橙、橙汁”等詞。

117 普 柚子、文旦 粵 碌柚、沙田柚

“柚”，普通話通稱“柚子”，有的地區叫“文旦”；廣州話叫“碌柚”。廣西容縣沙田所產柚子，質優味佳，稱“沙田柚”，為柚中上品，人們往往就用“沙田柚”來通稱柚子。

118 普 山藥、懷山藥 粵 淮山

薯蕷的塊莖入藥，普通話叫“山藥”。因河南省懷慶產的山藥品質最佳，故稱為“懷山藥”。廣州話則不管其產自甚麼地方，一律都叫“淮山”。

普 三七、田七、牛七、田三七、參三七　粵 田七　119

普通話說的"三七"是一種植物，它的根可作藥材，又叫"田七、牛七、田三七、參三七"；廣州話一般叫"田七"，醫家也說"三七、牛七"。

普 楝樹、苦楝　粵 森樹、苦楝樹　120

"楝樹"，普通話又叫"苦楝"；廣州話叫"森樹"，也有叫"苦楝樹"的。

普 毛竹、南竹　粵 茅竹　121

普通話說的"毛竹"，指的是一種常用來作建築材料和製造器物的高大竹子，又叫"南竹"。廣州話叫"茅竹"，"茅"是普通話"毛"的摹音（廣州話"毛、茅"不同音），故稱。

普 鳳仙花、指甲花　粵 指甲花、燈盞花　122

普通話說的"鳳仙花"，因其紅色的花瓣可以染紅指甲，故俗稱"指甲花"。廣州話一般也叫"指甲花"，又因它花形似燈盞，又叫"燈盞花"。

三、人體

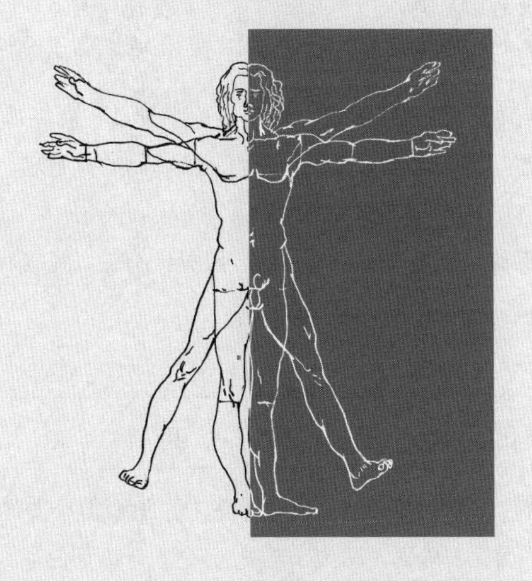

人體

123 普 頭、腦袋、腦瓜、腦袋瓜 粵 頭、頭殼

人的頭部，普通話、廣州話都叫“頭”。普通話又叫“腦袋、腦瓜、腦瓜子、腦袋瓜、腦袋瓜子”；廣州話又叫“頭殼”。

普	粵
普 我的頭很疼。	粵 我個頭好痛。
普 他的腦袋真大。	粵 佢嘅頭殼真大。

普通話的“腦袋、腦瓜、腦瓜子、腦袋瓜、腦袋瓜子”還有“腦筋”的意思，即指思考、記憶等能力。廣州話的“頭殼”不含這樣的意思。

普通話說“腦瓜、腦袋瓜”時一般兒化；說“腦袋、腦袋瓜、腦袋瓜子”時，“袋、子”要讀輕聲。

124 普 臉、面 粵 面

普通話裏“臉”跟“面”指的都是“頭的前部”，即從額到下巴的地方，又叫“面孔、臉面、臉蛋、臉龐、臉盤”。廣州話叫“面”。

普	粵
普 幹嗎繃着臉？	粵 做乜揦埋塊面？
普 他笑容滿面地走過來。	粵 佢滿面笑容噉行過嚟。

不過，在普通話口語裏還是說“臉”的多，而說“面”的多是書面語或接近書面語的，如“面陳、面呈、面貌、面目全非、滿面春風、鐵面無私”等。

廣州話口語裏，沒有“臉”這個詞。普通話用“臉”的地方，廣州

話多說成"面"，例如普通話的"洗臉、臉紅、臉皮、臉色、臉形"等，廣州話分別說"洗面、面紅、面皮、面色、面形"等。

其實，"臉"跟"面"在古代是有區別的："臉"指"目下頰上"，即兩頰的上部；"面"指"顏前"，即現代所說的"臉"。也就是說，在現代普通話口語裏，"臉"已經逐漸代替"面"的作用了。

普通話說"臉蛋、臉盤"時一般要兒化。

普 口、嘴、嘴巴　　粵 口、嘴　　125

"口"通稱"嘴"，普通話廣州話都一樣，而且普通話用"口"的地方廣州話也用"口"，普通話用"嘴"的地方廣州話也用"嘴"。也有個別例外，如普通話的"張開嘴"，廣州話多說"擘大個口"。

普通話"口、嘴"也叫"嘴巴"，"巴"讀輕聲。廣州話沒有"嘴巴"這個詞。

普 舌、舌頭、口條　　粵 脷 (léi6)　　126

"舌"普通話口語叫"舌頭"，廣州話叫"脷"。

"脷"是廣州話方言字。廣州話的"舌"與表示虧損的"蝕"同音，因忌諱而改用"利"字，再加形旁"肉(月)"而成了"脷"。

用作食品的豬舌或牛舌，普通話叫"口條"。廣州話沒有這樣的說法，"醬口條"就分別叫"滷豬脷、滷牛脷"。

"舌頭"的"頭"要讀輕聲。

普 眉毛　　粵 眼眉、眼眉毛、眉毛　　127

生在眼眶上緣成條狀分佈的毛，普通話叫"眉毛"；廣州話叫"眼眉"或"眼眉毛"，珠江三角洲不少地方也叫"眉毛"。

128 普 睫毛　　粵 眼挹毛、眼毛

眼瞼上下邊緣的細毛，普通話叫“睫毛”，廣州話叫“眼挹毛”或“眼毛”。

129 普 脖子、頸項、脖頸、脖梗　　粵 頸

頭和軀幹相連接的部分，普通話叫“脖子”，又叫“頸項”；廣州話叫“頸”。

“頸”是個古詞，現代漢語除個別詞如“長頸鹿、曲頸甑”，個別成語如“燕頷虎頸”之外，基本不用。廣州話卻保持着這個古詞。

普 這小孩脖子真髒。	粵 呢個細路條頸真邋遢。
普 醬鴨脖子味道好。	粵 滷鴨頸好和味。
普 他頸項左邊有塊胎記。	粵 佢左邊頸度有笪胎痣。

普通話另有“脖頸、脖梗”的說法，指的是脖子的後部，和“脖子、頸項”不完全相同；廣州話沒有相應的說法。“脖頸”的“頸”和“脖梗”的“梗”都讀 gěng，口語說這兩個詞時，一般都要兒化。

130 普 腹部、肚子、肚皮　　粵 肚腩 (nam5)、肚煲 (bou1)、肚肱 (dem1)

“腹部”普通話口語叫“肚子”，有的地區叫“肚皮”；廣州話叫“肚腩”，又叫“肚煲、肚肱”。“肚煲、肚肱”原意是稍圓稍突出的肚子，原來多用於小孩，後來也用於大人了。

“肱”是借用字。

普 肝、肝臟　　粵 肝、膶 (yên⁶⁻²)　　131

“肝” 普通話又叫 “肝臟”；廣州話書面語叫 “肝”，口語叫 “膶”。

“膶” 是廣州話方言字。廣州話地區人們喜歡以水喻財，而 “肝” 與乾枯的 “乾” 同音，人們為避諱而改用與濕潤的 “潤” 同音的 “閏”，再加上形旁 “肉 (月)”，便成了 “膶” 字。“膶” 只用於口語。

普通話稱供食用的牲畜的肝臟叫 “肝”，如 “豬肝、牛肝、羊肝”，這裏 “肝” 要兒化。

普 腎、腎臟、腰子　　粵 腎、腰　　132

“腎” 普通又叫 “腎臟”，俗稱 “腰子”，有時也叫 “腰”，如 “炒腰花”。廣州話書面語叫 “腎”，口語叫 “腰”。

普 胃、肚子　　粵 肚　　133
普 肫、胗　　粵 腎 (sen²)

胃是消化器官之一。

人的胃，普通話和廣州話的叫法是相同的，都叫 “胃”；有關胃的一些詞，也基本一樣，例如 “腸胃、胃口、胃痛、胃藥、反胃”。

作為食物的牲畜的胃，普通話和廣州話叫法也基本相同，普通話叫 “肚” (dǔ)，例如 “豬肚、羊肚、炒肚片、拌肚絲、爆肚”，單用時叫 “肚子” (dǔzi)；廣州話基本上也叫 “肚”，也有 “豬肚、羊肚” 等說法，但有時會叫得細一些，例如牛的蜂巢胃叫 “牛草肚”，豬的胃又叫 “豬大肚” (對應 “豬小肚”，“豬小肚” 指豬的膀胱) 等。

禽類的胃，普通話叫 “肫”，也叫 “胗”；廣州話則叫 “腎”，這個 “腎” 是借用字，不同於腎臟的 “腎”，二者讀音也不同。借來指胃的 “腎” 讀 sen² 音，指腎臟的 “腎” 讀 sen⁶ 音。

134 ㊟普 臀部、屁股　　㊟粵 屎窟、囉(lo¹) 柚、八月十五

“臀部”普通話口語稱“屁股”。廣州話口語叫“屎窟”，因它形狀像柚子也叫“囉柚”。又因臀部呈圓形，像中秋的月亮，人們往往戲稱它為“八月十五”。

另外，人們又稱嬰幼兒的屁股為“PAT-PAT”（讀音 péd¹ péd¹）。(PAT-PAT 是一種紙尿片的商標。)

135 ㊟普 手、胳膊、胳臂、臂膀　　㊟粵 手、手骨、手瓜

“手”這個詞，普通話跟廣州話所指不同。普通話的“手”，指的是人體上肢能拿東西的部分，即手腕以下部分；廣州話的“手”指的是人體的整個上肢，即普通話叫“胳膊”的部分。

普	粵
普 他手裏攥着一張字條。	粵 佢隻手揸住一張字條。
普 他把胳膊伸進櫃底去摸索。	粵 佢將手伸入櫃底去摸。

普通話的“胳膊”又叫“胳臂、臂膀”，有的地區叫“臂膊”。“胳膊”的“膊”、“胳臂”的“臂”要讀輕聲。

廣州話還有“手骨、手瓜”的說法。“手骨”指胳膊或上肢骨，兼指胳膊；“手瓜”指上臂。

136 ㊟普 膝、膝蓋　　㊟粵 膝頭、膝頭哥

大腿和小腿相連的關節的前部，普通話叫“膝”，通稱“膝蓋”；廣州話叫“膝頭”或“膝頭哥”。

普 髕骨、膝蓋骨　　粵 菠蘿蓋　　137

膝蓋部一塊略呈倒三角形的骨，普通話叫“髕骨”，俗稱“膝蓋骨”；廣州話叫“菠蘿蓋”。

普 腳、腿　　粵 腳　　138

“腳”這個詞，普通話跟廣州話所指不同。普通話的“腳”，指的是人和動物的腿的下端接觸地面的部分，即腳腕子以下部分；廣州話的“腳”指的是人的整個下肢和動物的整條腿。其實，廣州話所說的“腳”，就是普通話所說的“腿”。

普 走得兩腳都起了泡。	粵 行到兩隻腳都起咗泡。
普 他的左腿受過傷，短一些。	粵 佢嘅左腳受過傷，短啲。

器物下部像腿那樣起支撐作用的部分，普通話也叫“腿”，廣州話叫“腳”。例如：椅子的腿壞了，別坐（張椅隻腳爛咗，咪坐）｜這張大桌子有六條腿（呢張大枱有六隻腳）。

普 大腿、小腿　普 腿肚子　　粵 大髀、腳骨　粵 腳瓜、腳瓜瓤（nong4-1）、腳瓜肶（dem1）、腳肚、腳肚瓤　　139

普通話腿的上節叫“大腿”下節叫“小腿”。“大腿”廣州話叫“大髀”；“小腿”廣州話叫“腳骨”。

小腿的腓腸肌普通話口語叫“腿肚子”，廣州話叫“腳瓜、腳瓜瓤、腳瓜肶、腳肚、腳肚瓤”。

“肶”是借用字。

140 普 腳掌、腳板、腳底、腳底板 粵 腳板底

腳接觸地面的部分，普通話叫“腳掌”，又叫“腳板、腳底”，也叫“腳底板”；廣州話叫“腳板底”。

141 普 汗孔、毛孔 粵 毛管

起雞皮疙瘩 —— 毛管鬆、毛管戙 (dung6)、起雞皮

皮膚排泄汗液的外口，普通話叫“汗孔”又叫“毛孔”；廣州話叫“毛管”。

人感到驚恐或者受冷，皮膚上會起許多小疙瘩，像去掉毛的雞皮，普通話叫“起雞皮疙瘩”；廣州話叫“毛管鬆、毛管戙”，也叫“起雞皮”。

“雞皮疙瘩”的“瘩”要讀輕聲。

“戙”，廣州話方言字，“豎、立”的意思。

142 普 唾液、唾沫、吐沫、口水 粵 口水

“唾液”，普通話通稱“唾沫、吐沫、口水”，廣州話叫“口水”。

143 普 痰 粵 痰、口水痰

“痰”，普通話、廣州話所指相同。廣州話又叫“口水痰”。

普 鼻涕、清鼻涕　　粵 鼻涕、鼻水　　144

“鼻涕”，普通話、廣州話所指相同。其中的稀鼻涕普通話又叫“清鼻涕”，廣州話叫“鼻水”。

普 屎、糞、大便　　粵 屎、屙(ké1)　　145

“糞便”，普通話、廣州話都通稱“屎”。普通話書面語多稱“糞、大便”等；廣州話口語又叫“屙”。

廣州話的“屙”僅指人的糞便。廣州話其他說“屎”的地方，例如“眼屎（眵）、耳屎（耵聹、耳垢）、鼻屎（乾鼻涕）、牙屎（牙垢）”等的“屎”，都不能用“屙”代替。

“屙”是方言字。

普 痣　　粵 痣、瘼(meg6)　　146

“痣”普通話跟廣州話所指不同。普通話指的是皮膚上生的斑痕或小疙瘩，多是青色、紅色或黑褐色的；廣州話指的僅是這種斑痕，而這種小疙瘩，廣州話另叫“瘼”。也就是說，普通話說的“痣”，包括廣州話說的“痣”和“瘼”。

另外，普通話說的“雀斑”廣州話叫“瘼屎”。

“瘼”是廣州話方言字。

四、稱謂

親屬稱謂

147 普 **祖父、爺爺** 粵 **亞爺、爺爺** (yé⁴ yé⁴⁻²)

父親的父親，普通話叫“祖父”，口語叫“爺爺”，後一個“爺”字讀輕聲；廣州話一般叫“亞爺”，面稱也叫“爺爺”。廣州附近有八、九個縣有稱祖父為“亞公”的，但總的來説還是叫“亞爺”的多。

廣州話對親屬的稱呼前面往往加一個“亞”字（又寫作“阿”），如“亞爺、亞嫲、亞爸、亞姐”等。以下各條相關之處不另作説明。

其他方言有稱父親為“阿爺”的，廣州話裏沒有這個用法，不能弄混。

148 普 **祖母、奶奶** 粵 **亞嫲** (ma⁴) **、嫲嫲**

父親的母親，普通話叫“祖母”，口語叫“奶奶”，後一個“奶”字讀輕聲；廣州話一般叫“亞嫲”，面稱也叫“嫲嫲”。廣州附近有八、九個縣叫祖母為“亞婆”，也有四、五個縣叫祖母為“亞人”的，但總的來説還是叫“亞嫲”的多。

“嫲”是方言字。

149 普 **外祖父、姥爺、老爺** 粵 **亞公、外公**

母親的父親，普通話叫“外祖父”，口語叫“姥爺”，又作“老爺”；廣州話叫“亞公”，背稱又叫“外公”。

“姥爺、老爺”的“爺”要讀輕聲。

普 外祖母、姥姥、老老 粵 亞婆、外婆 150

母親的母親，普通話叫“外祖母”，口語叫“姥姥”，又作“老老”；廣州話叫“亞婆”，背稱又叫“外婆”。

“姥姥、老老”後一個“姥、老”要讀輕聲。

普 父親、爸爸、爸、老爸 粵 老豆、爸爸、爸、亞爸、爹哋(di4)、伯爺(yé4-1) 151

父親，普通話口語叫“爸爸、爸”，近年有些人叫“老爸”。“爸爸”的後一個“爸”一般讀輕聲。

廣州話口語叫“老豆、爸爸、爸、亞爸”。“老豆”原寫作“老竇”，過去只用於背稱，現在也用於面稱了。新起的叫法稱父親作“爹哋”，“爹哋”是英語 daddy 的音譯。舊時有稱父親為“伯爺”的，只用於背稱，現在已很少人使用了。“爸爸”的前一個“爸”、“亞爸”的“爸”一般讀 ba1-4。

“豆、竇”是借用字。“哋”是方言字。

普 母親、媽媽、媽、老媽 粵 老母(mou5-2)、媽媽、媽、亞媽、媽咪(mi4)、老媽子 152

母親，普通話口語叫“媽媽、媽”，近年有些人叫“老媽”。“媽媽”的後一個“媽”一般讀輕聲。

廣州話口語叫“老母、媽媽、媽、亞媽”。“老母”只用作背稱。“媽媽”的前一個“媽”一般讀 ma1-4。新起的叫法稱母親作“媽咪”，“媽咪”是英語 mammy 的音譯。另一個新起的叫法是稱上了年紀的母親為“老媽子”，這稱呼不太莊重，一般用作背稱。

普通話也有“老媽子”一詞，是舊時指年齡較大的女僕，與廣州話的含義不同。

153 普 **公公** 粵 **家公、老爺、大人公**

丈夫的父親，普通話叫“公公”。後一個“公”讀輕聲。

廣州話叫“家公”，但只用於背稱。舊時背稱也叫“大人公”，現在已經很少人説了。面稱舊時叫“老爺”，現在也基本沒人叫了；現在面稱多隨丈夫叫。

154 普 **婆婆** 粵 **家婆、奶奶**(nai$^{5-4}$ nai$^{5-2}$)**、安人**(yen$^{4-2}$)**、大人婆**

丈夫的母親，普通話叫“婆婆”。後一個“婆”讀輕聲。

廣州話叫“家婆”，但只用於背稱；面稱叫“奶奶”，或隨丈夫叫。舊時面稱“安人”，背稱“大人婆”，現在都基本上沒人叫了。

155 普 **岳父、岳丈、丈人、泰山** 粵 **外父**(fu$^{6-2}$)**、岳丈、老外**(ngoi$^{6-2}$)**、丈人佬**

妻子的父親，普通話叫“岳父”，也叫“岳丈、丈人”，別稱“泰山”。“丈人”的“人”要讀輕聲。

廣州話叫“外父”，也叫“岳丈”，有時稱“老外”。以上多用於背稱，日常生活中面稱多隨妻子稱呼。舊時有俗稱“丈人佬”的，現在已極少叫。

普 岳母、丈母娘、泰水 粵 外母 (mou$^{5-2}$)、岳母 (mou^{5})、外母 (mou^{5}) 乸 (na^{2})、丈人婆 156

妻子的母親，普通話叫"岳母"，口語叫"丈母娘"，別稱"泰水"；有的地區叫"丈母"。

廣州話叫"外母"，也叫"岳母"，帶諧謔意味時叫"外母乸"。以上多用於背稱，日常生活中面稱多隨妻子稱呼。舊時有俗稱"丈人婆"的，現在已極少叫。

"乸"是方言字。

普 伯父、大爺、伯 粵 伯、亞伯、伯父 157

父親的哥哥，普通話叫"伯父"，口語叫"大爺"。廣州話叫"伯、亞伯"，也叫"伯父"；"亞伯"原來多用於背稱，現在也用於面稱。

單用的"伯"，一般前面要加上排行，如"大伯、二伯"。這點，兩種語言是一致的。

廣州話的"伯父"要讀原調。如果讀變調 bag^{3} fu$^{6-2}$，則是"老頭兒"的意思。

普 伯母 粵 伯娘、伯母、伯有 158

伯父的妻子，普通話叫"伯母"。

廣州話叫"伯娘"，也叫"伯母"。由於"伯母"與"百有 (甚麼都沒有)"同音，有些人認為不好，便改稱"伯有"，取"甚麼都有"的意思。

159 普 叔父、叔叔、叔 粵 亞叔、叔

父親的弟弟，普通話叫“叔父”，又叫“叔叔、叔”；廣州話叫“亞叔、叔”。

單用的“叔”，一般前面要加上排行，如“二叔、三叔”。這點，兩種語言是一致的。

受普通話影響，廣州話也用“叔叔”一詞，但僅用來稱呼跟父親同輩分而年紀較小的男性（如“張叔叔、警察叔叔”），並不用於稱呼親屬。

160 普 叔母 粵 亞嬸、叔母

叔父的妻子，普通話叫“叔母”；廣州話叫“亞嬸”，港澳及其鄰近一些地區也有叫“叔母”的。

161 普 舅父、舅舅、舅 粵 舅父 (fu6-2)

母親的兄弟，普通話叫“舅父”，口語叫“舅舅”，或用“舅”加上排行，如“大舅、二舅”。廣州話叫“舅父”，前面可以加上排行。

162 普 舅母、舅媽、妗子 粵 妗母、舅母、妗有

舅父的妻子，普通話叫“舅母”，口語叫“舅媽、妗子”。

廣州話叫“妗母”，也叫“舅母”。由於“母”與“冇”同音，而“冇”是“沒有”的意思，有些人便改稱“妗母”為“妗有”。

“妗子”的“子”讀輕聲。

普 姑父、姑丈、姑夫 粵 姑丈（zêng$^{6-2}$） 163

姑母的丈夫，普通話叫“姑父”，也叫“姑丈、姑夫”；廣州話叫“姑丈”。

“姑父、姑夫”的“父、夫”要讀輕聲。

普 姑母、姑媽、姑姑 粵 姑媽、姑姐（zé$^{2-1}$） 164

父親的姐妹，普通話叫“姑母”，也叫“姑媽、姑姑”。“姑媽”指已婚的姑母。廣州話叫父親的姐姐作“姑媽”（注意與普通話“姑媽”的區別），叫父親的妹妹作“姑姐”。

“姑姑”的後一個“姑”一般讀輕聲。

普 姨父、姨丈、姨夫 粵 姨丈（zêng$^{6-2}$） 165

姨母的丈夫，普通話叫“姨父”，也叫“姨丈、姨夫”；廣州話叫“姨丈”。

“姨父、姨夫”的“父、夫”要讀輕聲。

普 姨母、姨媽、姨 粵 姨（yi^{4}）媽、亞姨（yi^{4} 或 yi^{1}）、姨（yi^{4} 或 yi^{1}）、姨（yi^{1}）仔 166

母親的姐妹，普通話叫“姨母”，口語叫“姨媽、姨”。“姨媽”指已婚的姨母。廣州話叫母親的姐姐作“姨媽”（注意與普通話“姨媽”的區別）；叫母親的妹妹作“亞姨”，或者叫“姨”前面加排行，也叫“姨仔”。注意“姨媽”和“姨仔”兩個“姨”字讀音不同。

167 普 丈夫、愛人、老公、先生　粵 老公、先生

丈夫，無論是普通話還是廣州話很長一段時間都叫“愛人”（背稱），現在已慢慢少說，口語上叫“老公”的多。“老公”原是廣州話以及一些南方方言對丈夫的背稱，後來逐漸也用於面稱，同時被普通話吸納並廣為使用。

兩種語言還稱呼丈夫為“先生”，不過不用於面稱自己的丈夫，只用於稱呼別人的丈夫或對別人稱自己的丈夫，而且前面一定要帶有人稱代詞或專有名詞作定語。

普 你先生剛才來找你。	粵 你先生啱先嚟搵你。
普 我先生喜歡打籃球。	粵 我先生中意打籃球。
普 李大姐的先生是醫生。	粵 李大姐嘅先生係醫生。

普通話“丈夫”的“夫”必須讀輕聲。如果讀成 zhàngfū，則是指一般成年男子。

168 普 妻子、愛人、老婆、太太、夫人　粵 老婆、太太

妻子，無論是普通話還是廣州話很長一段時間都叫“愛人”（背稱），現在已慢慢少說，口語上叫“老婆”的多。“老婆”原是廣州話以及一些南方方言對妻子的背稱，後來逐漸也用於面稱，同時被普通話吸納並廣為使用。

兩種語言還稱呼妻子為“太太”，不過不用於面稱自己的妻子，只用於稱呼別人的妻子或對別人稱自己的妻子，而且前面多帶人稱代詞作定語。

普通話還尊稱一般人的妻子為“夫人”，多在知識分子範圍內使用。廣州話較少使用。

普通話“太太”中後一個“太”讀輕聲。

普 哥哥、兄、兄長　粵 哥哥、亞哥、大佬　169

哥哥，普通話也叫“兄、兄長”，但多用於書面語。廣州話口語也叫“哥哥”，讀音為 go1-4 go1，更多的是叫“亞哥”或“大佬”。“亞哥”多用於面稱；“大佬”多用於背稱。

普通話“哥哥”中後一個“哥”讀輕聲。

普 嫂、嫂子　粵 亞嫂　170

哥哥的妻子，普通話叫“嫂”或“嫂子”，有的地區叫“嫂嫂”；廣州話叫“亞嫂”。

要注意的是，廣州話有“家嫂”一詞，並不是指“嫂”，而是公婆對兒媳的客氣稱呼。

普 弟弟、弟　粵 細佬、弟弟　171

弟弟，普通話也叫“弟”；廣州話叫“細佬”或“弟弟”，面稱、背稱都可以。

廣州話的“弟弟”一般讀成 dei6-4 dei6-2，如果讀成 di4 di2，指的卻是家中年紀尚小的小弟弟。這兩個叫法都是受普通話影響所致。

普 弟婦、弟媳、弟妹　粵 亞妗、弟婦、弟嫂、亞嫂、亞嬸　172

弟弟的妻子，普通話叫“弟婦、弟媳”，口語叫“弟妹”。

廣州話叫“亞妗”，珠江三角洲不少地區叫“弟婦”，還有叫“弟嫂、亞嫂、亞嬸”等的。“亞妗、亞嬸”原是女性稱弟弟的妻子，“亞妗”為背稱，“亞嬸”為面稱，後來逐漸變成通稱了。其實“亞妗”是隨子稱自己弟媳；“亞嬸”為隨子稱丈夫的弟媳。“弟婦”一般用於背稱。

“弟嫂”一般用於引稱，或作為書面語使用。“亞嫂”本指哥哥的妻子，逐漸又用於指弟弟的妻子。

173 普 姐姐、姐 粵 亞姐、姐、家姐、大姊

姐姐，普通話也叫“姐”。

廣州話叫“亞姐、姐”或“家姐”。“家姐”只指同父母的姐姐及近房的堂姐，不包括表姐。“亞姐、姐、家姐”的“姐”要變調讀 zé$^{2-1}$。特別是“家姐”的“姐”必須變調，如果讀原調 zé^{2}，“家姐”指的就是父親的妾。

“姐”也可以面稱比自己年長的同輩女性，但要在前面加上對方的姓或名，如“李姐、珍姐、秀芬姐”等。注意：這裏的“姐”必須變調讀 zé$^{2-1}$，如果讀原調 zé^{2} 則是對女傭人的稱呼。(參看 216 條)。

長姐，普通話、廣州話都叫“大姐”。廣州話對人稱自己的大姐時也可說“大姊”；舊時面稱大姐時也可叫“大家”，這是“大家姐”的簡說，現已極少用。

174 普 妹妹、妹 粵 妹妹、妹、亞妹、細妹

妹妹，普通話也叫“妹”。

廣州話也叫“妹妹、妹”，也叫“亞妹、細妹”。

廣州話的“妹”本讀 mui^{6}，讀本調時一般不單用。單用的“妹”讀 mui$^{6-2}$；“亞妹、細妹”的“妹”讀 mui^{6} 或 mui$^{6-2}$；“妹妹”讀 mui$^{6-4}$ mui$^{6-2}$。

廣州話“妹”還有 mui$^{6-1}$ 的讀法，有“婢女”或“妞兒”兩個含義。表示“婢女”的如“妹仔、妹釘、妝嫁妹”等；表示“妞兒”的如“肥妹、傻妹、鬼妹、打工妹”等。

普 堂房兄弟、堂兄弟　粵 疏堂兄弟、叔伯兄弟、禾叉髀兄弟　175

同宗而非嫡親的兄弟，普通話統稱“堂房兄弟、堂兄弟”，單個稱呼時叫“堂兄、堂弟”。廣州話統稱“疏堂兄弟、叔伯兄弟、禾叉髀兄弟”（“禾叉髀”指禾叉的兩個分叉。禾叉：叉稻草的農具），單個稱呼時叫“堂大佬、堂細佬”或“禾叉髀大佬、禾叉髀細佬”。

普 我和他是堂房兄弟。
普 他是我的堂兄。

粵 我同佢係疏堂兄弟。
粵 佢係我嘅禾叉髀大佬。

普 堂房姐妹、堂姊妹　粵 疏堂姊妹、叔伯姊妹、禾叉髀姊妹　176

同宗而非嫡親的姐妹，普通話統稱“堂房姐妹、堂姊妹”，單個稱呼時叫“堂姐、堂妹”。廣州話統稱“疏堂姊妹、叔伯姊妹、禾叉髀姊妹”，單個稱呼時也叫“堂姐、堂妹”。

普 我們不是親生姐妹，而是堂姊妹。
普 我的堂姐在讀大學。

粵 我哋唔係親生姊妹，而係叔伯姊妹。
粵 我嘅堂姐讀緊大學。

普 子女、兒女、孩子、小孩　粵 仔女、細路　177

兒子和女兒，普通話叫“子女、兒女”，口語叫“孩子、小孩”。“小孩”要兒化，多指未成年的子女。

廣州話叫“仔女、細路”。“細路”多指未成年的子女。

指單個子女，普通話分別叫“兒子”或“女兒”，廣州話分別稱“仔”或“女”。

178 普 長(zhǎng)子、大兒子 粵 大仔、頭長(zêng²)仔

排行最大的兒子，普通話叫“長子”，口語叫“大兒子”；廣州話叫“大仔”，也叫“頭長仔”。“頭長仔”只用於背稱。

179 普 幼子、小兒子、老兒子 粵 細仔、䆀(lai¹)仔

排行最小的兒子，普通話叫“幼子”，口語叫“小兒子”或“老兒子”，有的地區叫“幺兒”。廣州話叫“細仔”或“䆀仔”。

普通話的“老”、廣州話的“䆀”都有“排行在末了”的意思。

“䆀”是方言字。

180 普 幼女、小女兒、老閨女 粵 細女、䆀(lai¹)女

排行最小的女兒，普通話叫“幼女”，口語叫“小女兒”或“老閨女”，有的地區叫“幺女”。廣州話叫“細女”或“䆀女”。

“老、䆀”參見上條。

181 普 外甥 粵 外甥、姨甥

姐姐或妹妹的兒子，普通話、廣州話都叫“外甥”。

但是，普通話“外甥”與“舅父、舅母、姨父、姨母”相對；廣州話“外甥”卻只與“舅父、妗母(舅母)”相對，而與“姨丈(姨父)、姨媽、亞姨(姨母)”相對的叫“姨甥”，即姐妹互相稱呼對方的兒子為“姨甥”(背稱)。

普 外甥女　粵 外甥女、姨甥女　182

姐姐或妹妹的女兒，普通話、廣州話都叫“外甥女”。

但是，普通話與廣州話的“外甥女”所指不盡相同。廣州話另有“姨甥女”的說法。參見上條。

普 妾、小老婆、姨太太　粵 妾侍、二奶(nai⁵⁻¹)、細婆　183

男子在妻子以外娶的女子，普通話叫“妾”，又叫“姨太太”，口語叫“小老婆”(背稱)，有的地區叫“小婆”。

廣州話叫“妾侍(背稱)、二奶”或“細婆”。近年受廣州話影響，普通話也用“二奶”的叫法，指的是有配偶的男人暗地裏非法包養的女人。

在實行一夫一妻制的社會裏，納妾是違法行為。

普 庶母　粵 亞姐(zé²⁻¹)、細姐(zé²)　184

父親的妾，普通話叫“庶母”；廣州話叫“亞姐”或“細姐”。

人稱代詞

185 普 我們、咱們、咱　　粵 我哋（déi[6]）

稱包括自己在內的若干人，普通話叫“我們”或“咱們、咱”。一般來說，說“我們”時不包括談話的對方，說“咱們、咱”時包括談話對方。例如：我們住在河東，你們住在河西，這河就是咱們的母親河。不過，實際使用時說“我們”往往也包括談話對方。例如：我們大家一起去。

“咱”在某些方言裏指的是“我”，而在普通話裏跟“咱們”的意思是一樣的。

普通話的“我們、咱們”廣州話都說“我哋”。廣州話口語裏沒有“咱們、咱”的說法。

“哋”是方言字。

186 普 你、您　　粵 你

人稱代詞“你”一般稱對方一個人，有時也用來指稱“你們”，如“你單位、你公司”等。這點，普通話、廣州話是一致的。

普通話還有一個“您”，含義與用法跟“你”一樣，只是加強了尊敬的意思。例如：老師，您好！｜您幾位需要甚麼幫忙嗎？值得注意的是，由於“您”已經含有“你們”的意思，或者說“您”就是“你們”的合音，所以口語中不說“您們”。而且兩字讀音不同，“你”讀 nǐ，“您”讀 nín。

廣州話口語沒有“您”這個詞，對對方再尊敬也是稱“你”。書面上使用“您”字的，多是知識分子，唸起來也與“你”字相同。

普 他、她　粵 佢 (kêu⁵)　187

第三人稱代詞，普通話書面上有性別之分：男性單數用“他”，複數用“他們”；女性單數用“她”，複數用“她們”。在“五四”以前是沒有這樣的區分的，“他”兼稱男性、女性，還可稱其他事物。不過，在普通話裏，在沒有必要區分性別或性別不明的情況下，一般還是用“他”。

廣州話沒有“他、她”性別之分，寫説都用“佢”。“佢”是方言字。

普 誰　粵 邊個、乜 (med¹) 人、乜誰 (sêu⁴⁻²)、亞誰 (sêu⁴⁻²)　188

普通話問人的疑問代詞“誰”，廣州話叫“邊個”，珠江三角洲有的地方叫“乜人”或“乜誰”、“亞誰”。

“乜”是借用字。

普 別人、別的人　粵 第二個、第個、第啲 (di¹) 人　189

自己以外的人，或某人以外的人，普通話叫“別人”或“別的人”，廣州話叫“第二個、第個”或“第啲人”。

普	粵
這裏沒別人，你有甚麼就説甚麼吧。	呢度冇第二個，你有乜就講乜啦。
如果是別人，就沒那麼好説話了。	如果係第個，就冇咁好講話嘞。
你不要告訴別的人。	你咪話畀第啲人聽。

“啲”是方言字。

190 普 大家、大夥　粵 大家、大朋、大朋人

指一定範圍內所有的人時，普通話、廣州話都叫“大家”，用法完全一樣。普通話口語叫“大夥”。廣州話還有“大朋”或“大朋人”的說法。

普 大家一起去吧。	粵 大家一齊去啦。
普 這樣的事要告訴大家。	粵 噉嘅事要話畀大家知。
普 東西這麼少，怎麼夠大夥分？	粵 咁少嘢，點夠大朋人分呀？

普通話的“大夥”說話時一般要兒化。

各種人的稱謂

普 客人　　粵 人客、客人　　191

受主人邀請或接待的人，普通話叫“客人”，廣州話叫“人客”或“客人”。

廣州話的“人客”是一個集體概念，而“客人”則是個體概念，這是與普通話不同的地方。廣州話可以說“一位客人”，卻一般不說“一位人客”；普通話不管集體個體都叫“客人”。

普 客人們個個都説好。	粵 人客個個都話好。
普 這位客人有甚麼要求？	粵 呢位客人有乜嘢要求呢？

普 張三李四　　粵 亞保亞勝、亞茂亞壽、亞貓亞狗　　192

泛指某些人或隨便甚麼人，普通話用“張三李四”，使用時往往帶有輕蔑意味，其輕蔑程度完全用語氣表示；廣州話用“亞保亞勝”，輕蔑程度重一些時用“亞茂亞壽”，再重一些則用“亞貓亞狗”。

普 隨便讓張三李四去吧。	粵 隨便搵亞保亞勝去得啦。
普 你以為這些事張三李四都能幹嗎！	粵 你以為呢啲事亞貓亞狗都做得呀！

民國初年廣州一些戲劇裏傻裏傻氣的僕人角色往往叫“亞保”或“亞勝”，以後社會下層人士又多用亞保、亞勝作名字，於是“亞保亞勝”在廣州話裏就成了一般人的代稱。又，廣州話“茂”與“謬”同音，“壽”含有“愚笨傻呆”的意思，“亞茂亞壽”就是指傻頭傻腦既蠢笨又呆板的人。

	普	粵
193	普 老伯、老大爺、老人家、老爺爺、老爺子、老太爺、老頭、老丈	粵 伯爺(yé$^{4-1}$)公、伯父(fu$^{6-2}$)、老伯、亞伯、老人家
	普 老頭子、老傢伙、老不死	粵 老坑、老坑公、老嘢(yé^{5})、老傢伙、老柴、老而不

尊稱老年男子，普通話叫“老伯、老大爺、老人家、老爺爺”，也叫“老太爺”，含有親熱意味時叫“老爺子、老頭”，書面語叫“老丈”。其中“老大爺”多用於稱呼不相識的老年男子；“老爺爺”是小孩尊稱老年男子所用。説話時，“老頭”要兒化；“老人家、老爺爺、老爺子”最後一個字要讀輕聲。

廣州話一般稱老年男子為“伯爺公、伯父”，尊稱叫“老伯、亞伯、老人家”。

稱呼老年男子帶厭惡情緒時，普通話叫“老頭子、老傢伙”，非常厭惡時叫“老不死”。廣州話略帶厭惡時叫“老坑、老坑公”，比較厭惡時叫“老嘢、老傢伙”，非常厭惡時叫“老柴、老而不”。兩種語言非常厭惡的叫法都顯得很粗俗。

	普	粵
194	普 老太婆、老太太、老大娘、老奶奶	粵 伯爺(yé$^{4-1}$)婆、老太婆、亞婆、老太太、老人家
	普 老婆子	粵 老坑婆(po$^{4-2}$)、老婆(po^{4})乸(na^{2})

稱呼老年婦女，普通話一般叫“老太婆”；廣州話叫“伯爺婆”，背稱也有叫“老太婆”。

尊稱老年婦女，普通話叫“老太太、老大娘、老奶奶”。其中“老大娘”多用於稱呼不相識的老年婦女；“老奶奶”是小孩尊稱老年婦女所用。說話時，“老太太、老奶奶”最後一個字要讀輕聲。

廣州話尊稱老年婦女叫“亞婆、老太太、老人家”。

稱呼老年婦女帶厭惡情緒時，普通話叫“老婆子”，廣州話叫“老坑婆、老婆乸”。“乸”是方言字。

普 小伙子、小伙、小子　粵 男仔、後生仔、後生哥、亞哥、哥仔、哥記、靚(léng¹)仔、靚□(kéng¹)、後生細仔、世姪　195

青年男子，普通話口語叫“小伙子”，含親熱、讚美意時叫“小伙”，含輕蔑意時叫“小子”。“小伙”要兒化，“小子”的“子”要讀輕聲。廣州話口語叫“男仔、後生仔”，含親熱、尊重意時叫“後生哥、亞哥、哥仔、哥記”，帶有輕蔑意時叫“靚(léng¹)仔、靚□(léng¹ kéng¹)”或“後生細仔、世姪”。

普	粵
普 你認識那個小伙子嗎？	粵 你識嗰個後生仔嗎？
普 這小伙真棒！	粵 呢個後生哥真使得！
普 這小子辦不成事的。	粵 呢個靚(léng¹)仔唔做得乜嘢嘅。
普 你懂甚麼呀，年輕人！	粵 你識得乜嘢呀，世姪！

“世姪”原指通家的後輩或朋友的兒子，這裏借指一般年青人，意思有所變化。

“靚”是借用字，讀léng³時，是漂亮、美麗、好的意思；讀léng¹時一般用於“靚仔、靚□(kéng¹)、靚妹、靚姐”等詞，帶輕蔑意思。

196 普 女孩子、丫頭、姑娘、大姑娘、女郎、小姐 粵 女仔、後生女、姑娘、小姐、靚(léng³)女、大姐仔、靚妹(léng¹ mui¹)、靚(léng¹)姐、妹(mui¹)釘、褸髧妹(leo¹ yem⁴ mei⁶⁻²)

未婚女子，普通話統稱“女孩子”，口語叫“丫頭”；其中青年女子叫“姑娘、大姑娘、女郎、小姐”。廣州話叫“女仔、後生女”，客氣點叫“姑娘、小姐、靚（léng³）女”，對少女稱“大姐仔”，帶點厭惡意味叫“靚妹（léng¹ mui¹）、靚（léng¹）姐”，很厭惡時叫“妹釘”。

“靚”是借用字，請參看上一條。

廣州話還有“褸髧妹”一詞，指未婚少女或處女。褸：披蓋；髧：劉海。“褸、髧”都是方言字。

197 普 兒童、小孩、小孩子、孩子 粵 細佬哥、細路、細路仔、細蚊仔、豬

較幼小的未成年人，普通話叫“兒童”，口語叫“小孩、小孩子、孩子”；廣州話口語叫“細佬哥、細路、細路仔”或“細蚊仔”。

廣州話還叫小孩為“豬”。這是對自己的幼年兒女的親昵叫法，不單用。例如“乖豬（乖孩子）、爛瞓豬（愛睡覺的孩子）、邋遢豬（髒孩子）、妹(mui¹)豬（丫頭）”等。

198 普 小女孩、小妞、小妞子 粵 女仔、細路女、姐姐(ze² ze²)仔、姑娘仔

女童，普通話叫“小女孩”，口語叫“小妞”或“小妞子”，有的地區叫“妮子”。廣州話叫“女仔、細路女”，帶點親昵意味叫“姐姐仔”或“姑娘仔”。

199

普 嬰兒、嬰孩

粵 臊蝦仔、牙呀仔、啤啤 (bi^{4} bi^{1})、啤啤 (bi^{4} bi^{1}) 仔

不滿一歲的孩子，普通話叫“嬰兒、嬰孩”；廣州話叫“臊蝦仔、牙呀仔”或“啤啤（bi^{4} bi^{1}）、啤啤（bi^{4} bi^{1}）仔”。“啤啤”是英語 baby 的音譯。

200

普 單身漢、光棍

粵 寡佬、單身寡佬、單身寡仔、光棍、光棍佬、王老五

沒有妻子的成年人，普通話叫“單身漢”或“光棍”；廣州話叫“寡佬、單身寡佬、單身寡仔”，也叫“光棍、光棍佬”，還叫“王老五”。

20 世紀三四十年代，上海拍了一部電影叫《王老五》，主角王老五是個單身漢，從此有些地區（包括廣州話地區）人們便戲稱單身漢為“王老五”。

普通話指單身漢的“光棍”要兒化，不兒化則是指地痞流氓。

廣州話的“光棍、光棍佬”兼指騙子。

201

普 好朋友、好友、鐵哥兒們

粵 老友、老友記、老朋、死黨、砂煲 (bou^{1}) 兄弟

要好的朋友，普通話叫“好朋友、好友”；廣州話叫“老友、老友記、老朋”。特別要好的朋友，普通話叫“鐵哥兒們”；廣州話叫“死黨”或“砂煲兄弟”。

“砂煲兄弟”字面意思是同吃一個砂鍋所煮的飯、相互稱兄道弟的朋友，比喻非常要好的朋友。

“老朋”的“朋”一般讀變調 pang$^{4-2}$。

202 普 富人、財主、有錢人、富翁、富婆　粵 財主佬、有錢佬、闊佬

財產多的人，普通話叫“富人”，口語叫“財主、有錢人”；還有一個文雅點的叫法“富翁”，指擁有大量財產的人。近年從“富翁”衍生出“富婆”，指擁有大量財產的女性（不管年齡大小）。

廣州話叫“財主佬、有錢佬”，較多財產的叫“闊佬”，但沒有“闊婆”的説法。

203 普 聰明人、機靈人　粵 叻(lég1)仔、精(zéng1)仔、醒目仔

心思敏捷的人，普通話叫“聰明人”或“機靈人”；廣州話叫“叻仔、精仔”或“醒目仔”。“叻仔”偏重指聰明、能幹；“醒目仔”偏重指機靈；“精仔”略含貶意。

普	粵
普 他是個聰明人，這些問題難不倒他。	粵 佢係個叻仔，呢啲問題難佢唔倒。
普 他是個機靈人，暗示一下他就明白了。	粵 佢係個醒目仔，暗示一下佢就明嘞。
普 他這個聰明鬼，不會吃虧的。	粵 佢呢個精仔，唔會蝕底嘅。

“叻”是方言字。

204 普 傻子、傻瓜　粵 傻佬、傻瓜、大傻、戇(ngong6)佬、戇居佬、神經佬、亞福、亞茂

糊塗、不明事理的人，普通話叫“傻子、傻瓜”；廣州話叫“傻佬”，也叫“傻瓜”，還叫“大傻、戇佬、戇居佬、神經佬、亞福、亞茂”等。

這是罵人的話，有時也用於開玩笑。

“戇”是訓讀字。

普 笨蛋、蠢人、蠢材、蠢貨、笨伯

粵 笨仔、蠢仔、蠢豬、薯頭、薯佬、侲(sen5)仔、亞壽、壽頭

205

愚蠢的人，普通話口語叫“笨蛋、蠢人、蠢材、蠢貨”，書面語叫“笨伯”；廣州話叫“笨仔、蠢仔、蠢豬、薯頭、薯佬、侲仔、亞壽、壽頭”等。以上各詞多用於罵人。

“侲”是借用字。

普 吝嗇鬼

粵 孤寒種、孤寒鐸、鐸叔、鐵沙梨、青磚沙梨

206

過分愛惜自己的錢財，當用而捨不得用的人，普通話叫“吝嗇鬼”；廣州話叫“孤寒種、孤寒鐸、鐸叔”，又比喻為“鐵沙梨、青磚沙梨”。

廣州話“孤寒”是吝嗇的意思。文言文裏也有“孤寒”一詞，但是指的是出身貧寒、無可依靠，與廣州話的不同。相傳過去有一位叫“鐸叔”的演員，他以演吝嗇鬼角色出名，後來人們就以“鐸叔”或“孤寒鐸”來稱吝嗇的人。

“鐵沙梨、青磚沙梨”都是別人“啃”不動的東西，比喻無法從他身上取得好處。

207 普 **煙民、煙鬼** 粵 **煙友、煙精、煙鏟、煙槓**

抽煙的人，普通話叫“煙民”，這是一個歷史不長的詞；廣州話叫“煙友”。

抽煙厲害的人，普通話叫“煙鬼”；廣州話叫“煙精、煙鏟、煙槓”。普通話的“煙鬼”和廣州話的“煙精、煙鏟、煙槓”，原指抽吸鴉片上癮的人，禁絕鴉片之後，便轉指嗜抽香煙的人了。

208 普 **迷、粉絲** 粵 **擁躉、粉絲**

影視明星、歌星、戲曲名伶、著名運動員等的崇拜者、追捧者，普通話叫“迷”，例如“歌迷、影迷、戲迷”，對某人崇拜可以叫“某人迷”。廣州話叫“擁躉”，意思為“最基本最堅定的擁護者”。近年人們把這些崇拜者、追捧者改叫“粉絲”，普通話、廣州話都這樣叫。“粉絲”是英語 fans(歌迷、影迷) 的音譯，這個詞最早出現於台灣。

職業人士稱謂

普 先生　粵 先生、生　209

在普通話裏，"先生"是對知識分子和有一定身份的成年男子的尊稱，也用來稱呼別人的丈夫或對別人稱自己的丈夫（參看 167 條）；此外還可以用來稱呼教師，以及某些職業人士，如以看風水、相面、看卦、説書等為業者，以及管賬的人等。例如"風水先生、算命先生、賬房先生"。

廣州話的"先生"，其用法與普通話基本一致。不過它還可以用來指中醫醫生，普通話沒有這個用法。

廣州話口語帶姓氏稱呼某一"先生"時，往往省略"先"字。如稱李先生、王先生為"李生、王生"。不帶姓氏面稱某一"先生"時，可以叫"亞生"。如：亞生，我有乜可以幫到您（先生，我能幫您甚麼嗎）？

普 醫生、大夫 (dàifu)、郎中　粵 醫生、先生　210

"醫生"，普通話口語叫"大夫"，有些地區稱中醫醫生為"郎中"；廣州話一般叫"醫生"，舊時也叫中醫醫生為"先生"。

普通話"大夫"如果讀成 dàfū 指的就是古代一種官職。

普 護士　粵 護士、姑娘　211

醫療單位裏擔任護理工作的人員，普通話、廣州話都叫"護士"；廣州話還叫"姑娘"（指女護士）。

廣州話的"姑娘"原來是對天主教修女的稱呼，後來因為教會醫院裏的護士都由修女擔當，人們接觸護士比接觸修女的機會多，慢慢便轉稱護士為“姑娘”了。

---

212 普 **農民、農夫** 粵 **農民、農夫、耕田佬、農民頭、𢱕(bog¹)佬、耕仔**

從事農業生產的人，普通話、廣州話都叫“農民”，舊時叫“農夫”；廣州話還叫“耕田佬、農民頭、𢱕佬”。“耕田佬、農民頭”是不尊重的叫法，“𢱕佬”叫法帶侮辱性，都不能作“農民”的代用語。

廣州話還有“耕仔”一詞，指的是以租種土地為生的農民，普通話叫“佃農”。

“𢱕”是方言字。

---

213 普 **警察、民警** 粵 **警察、民警、亞蛇(sê⁴)、二叔、老二、差(cai¹)人、差佬**

“警察”又叫“民警”。“民警”是“人民警察”的簡稱。這點普通話與廣州話是一致的。廣州話對警察還有下面一些叫法：

“亞蛇”。“蛇”(sê⁴) 是英語 sir(先生) 的近似音譯，用以稱警察並無不敬之意。這用法從香港起始。“蛇”是借用字。

“二叔、老二”。這是帶有諧謔意味的叫法，用在內地的廣州話。先跟小孩們稱解放軍戰士為“叔叔”，警察排列隨後，叫“二叔”；再回過來以大人的口吻叫“老二”。

“差人、差佬”。“差人”是舊時的叫法；“差佬”則是不尊重的稱呼。

普 商人、生意人　粵 商家佬、生意佬　214

從事商業經營的人，從小販到資本家，普通話都可以稱之為“商人”。不過，一般所說的“商人”往往指有一定資本和經營規模的商業人員，口語叫“生意人”。廣州話叫“商家佬”或“生意佬”。

普 老闆　粵 老闆、事頭 (teo4-2)、波士 (xi6-2)、老細　215

私營工商業的財產所有者，普通話、廣州話都叫“老闆”；廣州話還叫“事頭、波士、老細”。“波士”是英語 boss 的音譯。

廣州話叫老闆娘為“事頭婆”，這裏的“頭”須讀本調 teo4，不能像“事頭”那樣讀變調。

普 保姆、傭人、阿姨　粵 工人、保姆、妹 (mui6-1) 仔、使 (sei2) 媽、使婆 (po4-2)、老媽子、姐 (zé2)　216

受僱替人照管兒童或作家務勞動的人，普通話叫“保姆”或“傭人”，口語叫“阿姨”。廣州話舊時叫“工人”，因受普通話影響，現在多叫“保姆”。

普 家裏要請個保姆才行。	粵 屋企要請個工人至得。
普 這裏僱個阿姨每月要多少錢？	粵 呢度請個保姆一個月要幾多錢？

由於保姆基本上由女性充任，廣州話舊時還稱保姆為“妹仔、使媽、使婆、姐”。“妹仔”指年輕的，“使媽”指中年的，“使婆”指老年的；對中老年的都可以叫“姐”。現在對上年紀的稱“老媽子”，對年

輕的叫“姐”。這幾個稱呼除“姐”外都是背稱。“姐”可以面稱，但前面要加上對方的姓或名，如“陳姐、娟姐”等。注意：以上稱呼都必須按標出的讀音讀，否則別人聽起來會覺得彆扭，甚至會產生歧義。例如，“姐”如果讀變調 zé[2-1]， 指的就是自己的親姐或堂表姐，或昵稱同輩的女性。(參看 173 條)。

另外，普通話稱專門伺候產婦的保姆為“月嫂”。廣州話沒有這個稱呼，都叫“保姆”。

217 普 廚師、大師傅、大廚、炊事員 粵 候鑊 (wog[6-2])、廚房、伙頭、伙頭軍

以烹調為業的人，普通話叫“廚師”，口語叫“大師傅、大廚”；廣州話叫“候鑊”。“候鑊”原指酒樓裏的廚師，現在也作為對廚房裏掌勺師傅的尊稱。

在廚房裏煮飯做菜和幹其他工作的人，普通話叫“炊事員”，廣州話叫“廚房”，舊時叫“伙頭、伙頭軍”。稱“伙頭軍”帶有詼諧意味。

受普通話影響，現在廣州話也叫“廚師、炊事員”了。

218 普 媒人、月老、媒婆 粵 媒人、大葵扇、媒人婆、媒人公

婚姻介紹人叫“媒人”，普通話也叫“月老”，廣州話也叫“大葵扇”。叫“月老”源於“月下老人”的故事；叫“大葵扇”是因為在粵劇裏媒人角色總是拿着一把大葵扇的緣故。

女性媒人，普通話叫“媒婆”，廣州話叫“媒人婆”。男性媒人，廣州話叫“媒人公”，普通話沒有相應的叫法。

非正當職業者稱謂

普 妓女、娼妓、娼　粵 老舉、雞　219

以賣淫為業的女人，普通話叫“妓女、娼妓、娼”。廣州話也這樣叫，但多用於書面語；廣州話口語叫“老舉、雞”。“老舉”舊時指掛牌娼妓，“雞”指暗娼。

普 騙子　粵 滾友(yeo5-2)、老千、拐子佬、白撞　220

玩弄騙術以取得財物或名譽的人，普通話叫“騙子”；廣州話一般叫“滾友”，江湖騙子叫“老千”，拐賣人口的叫“拐子佬”，白天入屋撞騙、伺機盜竊者叫“白撞”。

普 小偷、扒手、掱手　粵 賊、插手、三隻手、荷包友(yeo5-2)、鉗工　221

偷東西的人，普通話叫“小偷”，廣州話叫“賊”。從別人身上偷竊財物的小偷，普通話叫“扒手”，廣州話叫“插手”，戲稱“三隻手、荷包友、鉗工”。

普通話的“扒手”又寫作“掱手”，廣州話稱之為“三隻手”倒是異曲同工。廣州話叫小偷做“荷包友”，是由於他們專門偷竊荷包（錢包）的行為；戲稱他們為“鉗工”，是因為廣州話的“鉗”有用兩指夾取物品的意思。

222 普 強盜、匪徒、土匪 粵 賊、賊佬、土匪、大天二

用暴力奪取別人財物的人，普通話叫“強盜、匪徒”；廣州話叫“賊、賊佬”。帶武裝的，兩種語言都叫“土匪”。廣州話還有“大天二”一詞，指舊時珠江三角洲一帶的土匪惡霸頭子。“大天二”源於天九牌用語。

223 普 賭徒、賭棍 粵 爛賭仔、爛賭二

參加賭博的人，普通話叫“賭徒”，廣州話沒有相對應的詞。

賭博成性的人，普通話叫“賭棍”，廣州話叫“爛賭仔、爛賭二”。“爛賭二”的“二”要變調讀 $yi^{6\text{-}2}$，它沒有順序或其他意義。

五、動作

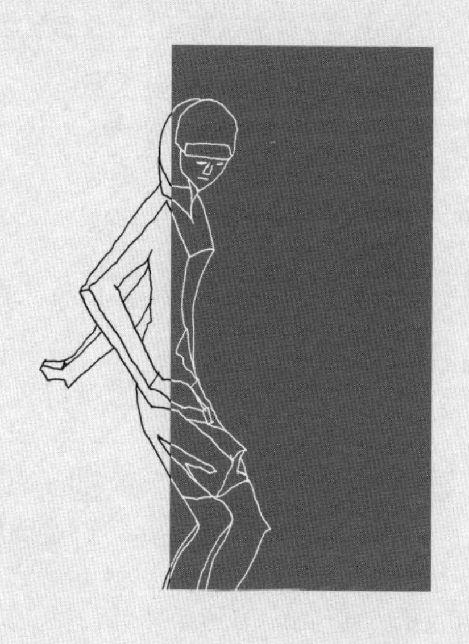

一般動作

224　普 上　　粵 上（sêng⁵）、上（sêng⁶）

"上"，普通話一般讀 shàng，作趨向動詞或用在名詞之後的方位詞時讀輕聲。廣州話有兩個讀音：作動詞、趨向動詞用時讀 sêng⁵，作方位詞等時讀 sêng⁶。"上"的用法與讀音列表如下：

用法	普通話讀音	廣州話讀音	舉例
動詞	shàng	sêng⁵	上山、上茶、上課
趨向動詞	shang	sêng⁵	爬上去、鎖上門
方位詞	shàng	sêng⁶	上面、上次、上月
方位詞（用在名詞後）	shang	sêng⁶	樹上、思想上

另，"上聲"的"上"，普通話本讀 shǎng，現多讀 shàng；廣州話應讀 sêng⁵。

225　普 倒、退、倒退　　粵 褪（ten³）、褪後、倒褪、打倒褪

使向相反的方向移動，普通話叫"倒、退"或者"倒退"；廣州話叫"褪、褪後"或者"倒褪、打倒褪"。

普 麻煩你把車倒一點。
普 倒退二十年，我保證學好兩門外語。
普 那輛車上不了坡，反而倒退。

粵 唔該你將車褪啲啲。
粵 褪後二十年，我保證學好兩門外語。
粵 嗰部車上唔倒斜，反為打倒褪。

廣州話裏"褪、打倒褪"與"褪後、倒褪"略有區別，不是所有情況都可以交換使用。"褪、打倒褪"多指倒行，其中"褪"着重指倒行

這一動作，"打倒褪"着重指倒行這一現象，也不是所有情況二者都能調換使用。例如：你向嗰邊褪一啲"(你向那邊退一點)｜呢輪真黑，行路都打倒褪(這段時間真倒楣，走路都往後退——比喻幹甚麼都不成功)。這兩個句子的"褪"與"打倒褪"就不能調換，這也與使用習慣有關。"褪後、倒褪"多指時間、空間方面的往後退，兩者意思、用法一致，可以交換使用。

普 掉頭、調頭、掉轉、調轉　粵 調轉頭、調頭、翻轉頭、屈尾十　226

改變成相反的方向，普通話叫"掉頭、調頭"或者"掉轉、調轉"；廣州話叫"調轉頭"或者"調頭"。

普 走錯路了，掉頭吧。	粵 行錯路咯，調頭啦。
普 掉轉船頭，向對岸駛去。	粵 船調轉頭，駛過對岸。

普通話"掉轉、調轉"要帶賓語，"掉頭、調頭"不帶賓語。

廣州話的"翻轉頭"也有"掉頭"意思，但更強調的是"往回、回頭"。廣州話還有個"屈尾十"，意思也是"掉頭"，但它不是動詞，往往與"一個"組成短語，強調"往回、回頭、轉身"。例如："佢一個屈尾十又翻嚟咯"(他一轉身又回來了)。

普 離開、走人、走、溜、溜走、溜之大吉、溜之乎也、　粵 走人、扯、扯人、鬆(sung1)人、走投、走雞、走記、溜雞、溜之趷(ged6)之、溜之大吉、較腳　227

人從某地離去，普通話、廣州話都叫"走人"。普通話又叫"離開、走"，偷偷地離去叫"溜、溜走、溜之大吉、溜之乎也"。廣州話離去叫"扯"，又叫"扯人、鬆人、走投"，詼諧一點叫"走記"，偷偷地離去叫

"溜雞、溜之趷之、溜之大吉"。

普	粵
他早就走人了。	佢早就走人咯。
這齣戲不好看，咱們走吧。	呢齣戲唔好睇，我哋扯喇。
看着不對勁，他就溜之乎也了。	睇下唔對路，佢就溜之趷之咯。

廣州話裏"走人、鬆人、走投、走雞"，也可以用來表示"溜走"的意思，與一般的表示離去沒有很明顯的區別。

表示走人、溜走的意思，廣州話還有一個詞"較腳"。這本來是黑話，相當於北京話的"撒丫子、顛"（"顛"要兒化），現在使用的人也不少。

228 普 逃、逃走、逃跑　粵 趯 (dég³)、趯更、趯路、走路 (lou⁶⁻²)、走雞

離開對自己不利的環境或事物，普通話叫"逃"，口語多說"逃走、逃跑"；廣州話叫"趯、趯更、趯路、走路"。

普	粵
他不知逃到哪裏去了。	佢唔知趯咗去邊度咯。
那小偷翻牆逃跑了。	嗰個賊仔爬牆趯更咯。

廣州話的"走雞"多表示"溜走"，也可以表示"逃"的意思。"走咗雞、走甩雞"則表示"逃脱"。（"走雞"另有錯過機會的意思。）

"趯"是借用字。"走路"的"路"要讀變調 lou⁶⁻² 音。

229 普 滾、滾蛋、滾開　粵 躝 (lan¹)、躝屍、躝屍趷 (ged⁶) 路、躝開、行開

責罵別人要他離開，普通話說"滾、滾蛋、滾開"。叫人"滾、滾蛋"，是讓他離得遠遠的，不願見到他；叫人"滾開"，則僅僅是要他離

遠點。廣州話叫"躝、躝屍、躝屍趷路"，相當於普通話的"滾、滾蛋"；又叫"躝開、行開"，相當於普通話的"滾開"。

普	粵
普 這個人真討厭，叫他滾蛋！	粵 呢個人真討厭，叫佢躝！
普 這裏不歡迎你，滾吧！	粵 呢度唔歡迎你，躝屍趷路啦！
普 別礙手礙腳的，滾開！	粵 咪阻手阻腳嘅，躝開！

"躝"是借用字。廣州話單用時是"爬行"的意思。

普 打滾　粵 掂(din²)地、碌地、碌地沙、掂牀掂蓆　230

躺着滾來滾去，普通話叫"打滾"；廣州話叫"掂地、碌地、碌地沙"。"打滾"不限在甚麼地方，"掂地、碌地、碌地沙"則限指在地上。如果在牀上打滾，廣州話則叫"掂牀掂蓆"。

"掂"是借用字。

普 摔倒、摔跤、摔跟頭、跌跤　粵 跌倒、搨(deb⁶)跤、碌低、仆、仆低、趺(lêu¹)、趺低、躀(guan³)、躀低、躀直　231

身體失去平衡而倒下，普通話叫"摔倒、摔跤、摔跟頭、跌跤"等，這幾個詞沒有甚麼差別。廣州話一般叫"跌倒、搨跤"，但是根據摔倒的具體情況還可以有不同的說法：

帶點滾動的摔倒，可以叫"碌低"。

向前倒下，叫"仆、仆低"。

栽倒，或頹然倒下，叫"趺、趺低"。

直直地倒下的，叫"躀、躀低、躀直"。

"搨"是廣州話方言字。

232 普 餵　粵 餵、餼

給人或動物東西吃，普通話、廣州話都叫“餵”。

給動物東西吃，廣州話還可以叫“餼”，特別是鄉村多用。例如：餼雞、餼豬、餼狗。“餼”僅對動物，不用於人，不能說“餼小孩”等。“餼”原意為贈送人的糧食、活的牲口等，廣州話表示的意思與古義有變化。

233 普 放、擱　粵 擠、放、躉(den²)、抌(dem²)、擠低、放低、躉低、抌低、呫(ded¹)、坐

放置東西，使處於某個位置，普通話叫“放”或“擱”；廣州話叫“擠、放、躉、抌”等，還有“呫、坐”等說法。

普	粵
手機放在桌面上。	手機擠喺枱面度。
這麼大的一件東西不知往哪兒擱好。	咁大件嘢唔知放喺邊度好。

廣州話“擠、放、躉、抌”在使用時有細微的區別：一般叫“擠”，文一點叫“放”，放置較大較重的東西叫“躉”，隨便放叫“抌”。它們都可以帶“低”字，分別說成“擠低、放低、躉低、抌低”，相當於“放下、擱下”的意思。

放置東西，廣州話還可以視具體情況說成“呫、坐”。“呫”指隨便放、亂放，例如：啲嘢咪亂呫（東西別亂放）。“坐”指將物體放置在與它相配的座子上，或指把東西放在爐子上加熱，例如：個大櫃坐喺邊處好（大櫃放哪兒好）？｜將啲粥坐熱佢（把粥熱一下）。

廣州話“擠、躉”是借用字，“呫”是方言字。

普 塞　　粵 抰(zed[1])、揨(zang[6])、扤(nged[1])　　234

往有空隙的地方裏填入東西，普通話叫“塞”，廣州話叫“抰、揨、扤”。“抰”是一般的“塞”；“揨”指填塞使撐大；“扤”有“硬塞”的意思，近似北京話的“擠壓”。

普	粵
箱子裏還能塞東西嗎？	個箱重抰得嘢落嗎？
袋子裝不了，再塞就要破了。	個袋裝唔落，再揨就會爛㗎。
怎麼塞也塞不進罐子裏。	點扤都扤唔入個罐度。

廣州話“抰、扤”是借用字，“揨”要讀 zang[6]。

普 蓋、蒙　　粵 冚(kem[2])、扱(keb[1])、褸(leo[1])　　235

用東西自上而下地遮掩，普通話叫“蓋”或“蒙”，廣州話叫“冚、扱、褸”。“冚”是一般的“蓋、蒙”；“扱”指用器皿蓋着、倒扣；“褸”指用布等蒙蓋、披上。

普	粵
天氣涼了，睡覺要蓋好被子。	天冷咯，瞓覺要冚好被。
蒸籠的蓋子要蓋嚴點。	蒸籠個蓋要扱冚啲。
這堆東西要用帆布蒙好。	呢堆嘢要用帆布褸好。

廣州話“冚、褸”是方言字。“扱”是同音借用字。

普 綁、捆、捆綁、捆紮、綁紮　　粵 綁、綯、紮、抓　　236

用繩、帶等把東西纏緊，打上結，普通話叫“綁”或“捆”，廣州話叫“綁”。

普通話有“捆綁”一詞，意思一樣，但是多用於人。

廣州話相同意思的還有“綯”，但是多用於牲畜，如“綯牛、綯豬、綯狗”等。“綯”是古詞，原意為繩索，現代漢語已少用，廣州話用作動詞，動作的對象仍然是牲畜。

普通話的“捆紮、綁紮”，意思也是“綁、捆”，表達的是把東西捆在一起使不分散。廣州話相對應的詞是“紮、抓”。其中“抓”用於用鐵絲等把東西牢牢地捆緊，例如：枱腳壞了，攞條木枋嚟用鐵線抓好佢（桌子腿壞了，拿根木條來用鐵絲把它捆紮緊）。這裏“抓”讀 zao², 不讀 za¹。

眼口動作

普 看、瞧、望、盯、瞄、偷看、窺、窺視、偷窺、掃、掃視、瞥、瞟、睨視、睥睨、瞪

粵 睇(tei²)、望、睺(heo¹)、N(keb⁶)、瞍(zong¹)、瞄(miu⁴)、攞、睄(sao⁴)、覼(lei⁶)、掘、單

使視線接觸人或物，普通話叫“看”或“瞧”，廣州話叫“睇”。

普 今晚去看戲。
普 你看見他嗎？
普 你瞧，這德行！

粵 今晚去睇戲。
粵 你睇見佢嗎？
粵 你睇，個衰樣！

不同情況下的“看”，普通話、廣州話都有好些同義詞：

向遠處看，普通話、廣州話都叫“望”。

注意力集中地看，普通話叫“盯”或“瞄”，廣州話叫“睺”或“N”。

通過孔隙看、暗中察看，普通話叫“偷看”，文一點叫“窺、窺視、偷窺”；廣州話叫“瞍”或“瞄”。

目光迅速移動地看，普通話叫“掃”，文一點叫“掃視”，迅速地看一眼叫“瞥”（書面語）；廣州話叫“攞”或“睄”。

斜着眼睛看，普通話叫“瞟”，書面語叫“睨視、睥睨”；廣州話叫“覼”。

帶有怒意的看，普通話叫“瞪”，廣州話叫“掘”。

另外，用一隻眼睛看，廣州話叫“單”，例如：單下條線直唔直（用一隻眼睛瞄瞄這條線直不直）。“單”也可表示不很嚴肅的看，例如：去單下佢喺唔喺度（去看看他在不在）。普通話沒有與之相對應的詞。

“睺、N、攞、掘”均為借用字。

238 普 睜、瞪 | 粵 擘 (mag³)、瞠 (cang³)、睩 (lug¹)、瞪

張開眼睛，普通話叫“睜”，廣州話叫“擘”或“瞠”。

普	粵
你睜大眼睛看清楚，這是真貨。	你擘大眼睇清楚，呢的係真嘢嚟㗎。
光線很強，睜不開眼。	光線好猛，瞠唔開眼。

“擘、瞠”在使用時一般後面要帶“大”或“開”字。

“擘”還可以用於口、腿等，例如：擘大個口（張大嘴巴）｜擘開對腳坐，好難睇（張開兩腿坐，很難看）。“瞠”僅用於眼。

用力睜大眼睛，普通話叫“瞪”，廣州話叫“睩”或“瞪”。

“擘、睩”是借用字。

239 普 閉 | 粵 瞇、瞌、瞸 (hib³)

合上眼睛，普通話叫“閉”，廣州話叫“瞇”或“瞌”，廣州郊區有叫“瞸”的。

普	粵
他閉上眼睛假裝沒看見。	佢瞇埋眼詐諦冇睇見。
別閉着眼睛亂說。	咪瞌埋雙眼亂噏。

在使用時，“閉”後面往往帶“着”或“上”字；“瞇、瞌、瞸”後面一般要帶“埋”或“實”字。

240 普 眨 | 粵 𥉌 (zam²)、霎

眼睛閉上立刻又張開，普通話叫“眨”，廣州話叫“𥉌”，也叫“霎”。

普	粵
他眼皮也不眨一下。	佢眼皮都唔𥉌一下。
眨眼就不見了。	霎下眼就唔见咗。

普 吃　　粵 食、喫(yad³)、擦、噍(jiu⁶)、掙(zang⁶)、枳(zed¹)　241

吃東西的"吃"，廣州話叫"食"。廣州話口語裏沒有"吃"這個詞。

普	粵
他吃飯很快。	佢食飯好快。
我很喜歡吃水果。	我好中意食生果。

廣州話的"食"還包含"喝、吸"的意思，例如"喝粥"叫"食粥"，"吸煙"叫"食煙"。其實，普通話的"吃"也包含"喝、吸"的意思，例如"喝藥"叫"吃藥"，"吸奶"叫"吃奶"。不過，普通話表示"喝、吸"意思的"吃"，廣州話可以說"食"，例如"食藥、食奶"；而廣州話表示"喝、吸"意思的"食"普通話卻不能說成"吃"，例如一般不說"吃粥、吃煙"。

廣州話表示"吃"的詞除"食"以外還有好些，例如通俗一點叫"喫"，粗俗一點叫"擦"（相當於北方有的地區說的"撮"），帶點諧謔味道叫"噍"，勉強吃或者帶有鄙薄色彩叫"掙"，無節制地填塞叫"枳"等。

"喫"字在普通話裏是"吃"字的異體字，在廣州話裏則是"食"的一個同義詞，其讀音為 yag³，與"吃、食"的讀音都不同。

"擦、枳"是借用字。

普 喝、抿　　粵 飲、呷、食、抿　242

把液體或流質食物嚥下去，普通話叫"喝"，廣州話叫"飲"或"呷"。

普	粵
他喝了一大杯水。	佢飲咗一大杯水。
這麼大一瓶果汁他都喝光了。	咁大樽果汁佢都飲光咗。
他只喝了一口。	佢只係呷咗一啖。

普通話也說"飲"，但是限於一些書面語詞語，如"暢飲、豪飲、飲

水思源、飲食衛生”等。

廣州話的“呷”與“飲”不盡相同。一般來説，“呷”喝進液體的量相對不多，動作不大（相對“豪飲、痛飲”等）。除個別詞（如“呷醋”）外，“呷”都可以用“飲”代替；反過來，一些習慣用語、固定片語如“飲茶（在茶館喝茶吃點心）、飲勝（乾杯）、飲頭啖湯（拔頭籌、試頭水兒）、飲飽食醉（吃飽喝醉）”等的“飲”一般不能用“呷”代替。

嚥下半流質食物（如粥、糊等），普通話也説“喝”，廣州話則要説“食”。

普	粵
普 很多人早上喜歡喝粥。	粵 好多人朝早中意食粥。
普 那裏的芝麻糊真香，很想喝。	粵 嗰度嘅芝麻糊真香，好想食。

普通話的“喝”和廣州話的“飲”都可以特指喝酒。

略微喝一點點，普通話、廣州話都叫“抿”。

綜合上一條和本條，普通話和廣州話有關吃、喝的用詞對比如下：

普	粵
普 吃飯、吃藥、吃奶，吃回扣	粵 食飯、食藥、食奶，食回扣
普 吃醋	粵 呷醋
普 喝水、喝酒、喝牛奶	粵 飲水、飲酒、飲牛奶
普 喝粥，喝西北風	粵 食粥，食西北風
普 喝一口	粵 呷一啖
普 抽煙	粵 食煙（也説“燒煙”）

243 普 嚼、咀嚼　　粵 噍、□ (mui²)

用牙齒磨咬把食物弄碎，普通話叫“嚼、咀嚼”，廣州話叫“噍”。

普	粵
普 他狼吞虎嚥嚼都不嚼就吃完了。	粵 佢狼吞虎嚥噍都唔噍就食完咯。
普 飯太硬了，多咀嚼幾下。	粵 飯太硬，多噍幾下。

沒有牙齒的人用牙齦咀嚼食物，廣州話叫“□（mui²）”。例如：老

喇，食花生口（mui²）唔嘟喇（老了，吃花生嚼不動了）。普通話沒有相對應的說法。

“嚼”單用讀 jiáo，“咀嚼”的“嚼”讀 jué。

普 咬、啃　粵 咬、噬、趿(keb⁶)、噒(lên¹)　244

用牙齒夾着或切斷東西，普通話、廣州話都叫“咬”。

廣州話還有較細的說法：大口地咬叫“噬”，大口而迅速地咬叫“趿”。“噬、趿”多用於動物。普通話也說“噬”，但僅限於“吞噬、反噬、噬臍莫及”等幾個書面詞語。

用牙齒一點一點地咬下來，普通話叫“啃”，廣州話叫“噒”。

“噒”是借用字。

普 嚥、吞、吞嚥、吞食　粵 吞、鯁(keng²)　245

在普通話裏，使食物等通過咽喉到食管裏去叫“嚥”；把成塊食物等整個嚥下去叫“吞”或“吞嚥、吞食”。這兩種情況廣州話都叫“吞”，廣州話口語裏沒有“嚥”這個詞。

勉強吞下去，廣州話叫“鯁”。普通話沒有相應的說法。

“鯁”是借用字，原讀音為 geng²。

普 吸、吮吸、嘬　粵 嗍(sog³)、啜　246

把氣體、液體等引進體內，普通話叫“吸、吮吸”，口語也叫“嘬”；廣州話叫“嗍”或“啜”。“嘬”和“啜”僅用於吸液體。

普	粵
普 深吸一口氣。	粵 猛嗍一啖氣。
普 盒裝牛奶要用吸管吸。	粵 盒裝牛奶要用飲筒啜。

247 普 舔　　粵 舐(lai^{2})、斂(lim$^{5-2}$)

用舌頭拖過東西表面，普通話叫“舔”；廣州話叫“舐”或“斂”，舔嘴唇也叫“斂”。

普	粵
連汁也舔了。	連汁都舐埋。
他一定很渴，老舔嘴唇。	佢好頸渴定喇，猛斂嘴唇。

“舐”是方言字。“斂”是借用字。

248 普 吻、親　　粵 惜(ség^{3})、疼(tung^{3})、啜、嘴

用嘴唇接觸人或物表示親愛，普通話叫“吻”，口語多說“親”。廣州話多叫“惜”或“疼”，俗一點叫“啜”，年輕人有不少叫“嘴”的。“疼、啜”一般只對人。

普	粵
他吻一下妻子，就跟隊伍出發了。	佢疼一啖老婆，就跟隊伍出發咯。
她回到家裏，總要親一下孩子。	佢翻到屋企，總要惜個仔一啖。
他拿起金牌吻一下。	佢攞起金牌嘴一下。

“惜”讀音是 xig^{1}；“疼”讀音是 teng^{4}。

説話

普 説、講、言語　粵 講、話、講話　249

用話表達意思，普通話叫“説”，也叫“講”，口語有時叫“言語”。廣州話叫“講”或“話”。

普	粵
普 他説得很在理。	粵 佢講得好啱。
普 你説這樣對不對？	粵 你話咁啱唔啱？
普 他氣得話都講不出來。	粵 佢嬲到話都講唔出。
普 你想參加就跟我言語一聲。	粵 你想參加就同我講聲。

廣州話還有一個“講話”用來表示“説”的意思，它只用於轉達別人的話。例如：小黃講話佢唔自在要請假（小黃説他不舒服要請假）。

其實，廣州話的“講”與“話”在表示“説”時，二者是有區別的。“講”可以不帶賓語，例如：等我嚟講（讓我來説）｜你聽我講（你聽我説）。“話”則一定要帶賓語，例如：佢話佢唔嚟（他説他不來）｜你話噉唔得，你嚟（你説這樣不行，你來幹）。

普 説話、吭聲、吭氣　粵 講話、出聲、開聲、聲　250

説出話來，普通話叫“説話”，口語也叫“吭聲、吭氣”；廣州話叫“講話”，口語也叫“出聲、開聲”或簡説為“聲”。

普	粵
普 你要説話現在就説吧。	粵 你要講話而家就講啦。
普 別吭聲。	粵 咪出聲。
普 不敢吭一聲。	粵 聲都唔敢聲。

普通話"說話"有"責備、非議"的意思，廣州話與之相對應的不是"講話"而是"講"。例如：做好啲，咪畀人講（做好一點，別讓人家說話）。

"吭聲"的"聲"、"吭氣"的"氣"一般要兒化。

251 普 胡說、瞎說、亂說、胡謅、胡說八道 粵 亂噏（ngeb[1]）、噏風、亂噏風、亂噏廿四

沒有根據地信口編說，普通話叫"胡說、瞎說"，也叫"亂說、胡謅、胡說八道"；廣州話叫"亂噏"或"噏風、亂噏風、亂噏廿四"。

普 不要聽他胡說。	粵 唔好聽佢亂噏風。
普 哪有這樣的事，胡說八道！	粵 邊處有噉嘅事，亂噏廿四！

"噏"是借用字，廣州話單用時是"說、胡謅"的意思，含貶義。這裏"廿"讀 ye[6] 或 ya[6]，一般不說成"二十"。

252 普 說謊、撒謊、扯謊 粵 講大話、車大炮 普 捏造、編造、胡編亂造 粵 安、生安白造

有意說不真實的話，普通話叫"說謊、撒謊、扯謊"，廣州話叫"講大話、車大炮"。

普 小孩不要說謊。	粵 細路仔唔好講大話。
普 他撒謊，別信他。	粵 佢車大炮，咪信佢。

無中生有、假造事實也是說謊，但是有另外的說法。普通話叫"捏造"，又叫"編造、胡編亂造"；廣州話叫"安、生安白造"。

普 這件事是他憑空捏造的。	粵 呢件事係佢安嘅。
普 胡編亂造只能騙小孩。	粵 生安白造只能夠呃細路。

普 吹牛、吹、吹牛皮、說大話　粵 車大炮、車、放葫蘆、掟葫蘆　253

說虛誇的話、誇口，普通話叫“吹牛、吹牛皮”，簡說“吹”，也就是“說大話”；廣州話叫“車大炮”，省說為“車”，又叫“放葫蘆、掟葫蘆”。

普	粵
別吹牛，你做來看看。	咪放葫蘆，你做出嚟睇睇。
別聽他吹，我哪有這麼能幹啊。	咪聽佢亂車，我邊有咁叻呀。

普通話的“說大話”指說虛誇的話，廣州話的“講大話”指說謊，二者有區別。

普 閒談、談天、聊天、閒聊、神聊、瞎扯、扯閒篇、扯閒天、侃、侃大山　粵 傾閒偈(gei6-2)、車大炮、車天車地　254

沒有固定的話題、漫無邊際地談話，普通話叫“閒談、談天、聊天”，又叫“閒聊、神聊、瞎扯、扯閒篇、扯閒天”，俗稱“侃、侃大山”；廣州話叫“傾閒偈、車大炮、車天車地”。

普	粵
幾個退休工人經常在一起侃大山。	幾個退休工人經常一齊車大炮。
他常來我這裏閒聊。	佢時時嚟我呢度傾閒偈。
大家一個小時就聽他瞎扯。	大家一個鐘就係聽佢車天車地。

綜合本條和上兩條可以看到，廣州話的“車大炮”有幾個含義，要根據具體的語言環境去分辨。

“偈”是借用字。

255 普 說粗話、說髒話 粵 講粗口、講爛口
普 滿嘴髒話、嘴巴不乾淨 粵 粗口爛舌、爛口、媽媽聲、炒蝦拆蟹

說話帶有粗俗字眼，普通話叫“說粗話、說髒話”，廣州話叫“講粗口、講爛口”。

普	粵
普 從小就要教育他不要講粗話。	粵 細細個就要教育佢唔好講粗口。
普 在人家面前說髒話是很丟臉的。	粵 喺人哋面前講爛口係好丟架㗎。

指人粗話、髒話不離口，普通話說“滿嘴髒話、嘴巴不乾淨”，廣州話則說“粗口爛舌、爛口、媽媽聲、炒蝦拆蟹”。

256 普 聽說 粵 聽講、聽講話、聽聞、聽聞講

聽人說，普通話叫“聽說”，廣州話叫“聽講、聽講話、聽聞、聽聞講”。

普	粵
普 聽說公司要組織職工去旅遊呀。	粵 聽講話公司要組織職工去旅遊呀。
普 聽說又要漲工資了。	粵 聽聞講又要加人工咯。

257 普 罵、說、責備、責罵、呵斥、斥責、訓斥 粵 鬧、話、喝、徇、揗 (sang²)、誅、質

“罵”廣州話一般叫“鬧”。廣州話口語裏沒有“罵”這個詞。

普	粵
普 他捱了父親一頓罵。	粵 佢畀老豆鬧咗一餐。
普 不要動不動就罵人。	粵 唔好嘟啲就鬧人。

“罵”有不同的情況，有輕重之分，普通話和廣州話都因此有不同的說法。對對方作輕度的批評指摘、甚至僅是勸說時，普通話用“說”，廣州話用“話”。

普	粵
普 爸爸說了他幾句。	粵 爸爸話咗佢幾句。
普 他這樣幹是不行的，你說說他吧。	粵 佢噉做唔得嘅，你話下佢啦。

嚴重的批評指摘，普通話用“責備”，廣州話用“鬧”；再嚴重一點的，普通話用“責罵、呵斥”，廣州話用“喝”。“呵斥”、“喝”一般是態度兇而聲音大。

普	粵
普 因為這件事他受到經理的責備。	粵 因為呢件事佢畀經理鬧。
普 我呵斥他他才不敢幹。	粵 我喝佢佢先至唔敢做。

上級對下級、長輩對晚輩的罵，往往帶有教訓和強制的意味，普通話用“斥責、訓斥”，廣州話則用“徇、揞”。

普	粵
普 他經常斥責兒子。	粵 佢經常徇個仔。
普 讓老闆訓斥了一通。	粵 畀老細揞咗一餐。

廣州話還有“誅”和“質”兩個說法。“誅”指針鋒相對的指斥、質問，例如：佢講乜都係誅住我嘅（他說甚麼都是針對着我指責的）。“誅”讀 ju[1] 或 zê[1]。“質”指通過質問、責問使對方閉嘴，例如：我質到佢冇聲出（我責問得他無話可說）。

“徇、誅、質”是借用字；“揞”是廣州話方言字。

普 責怪、怪、怪怨、怪罪、賴　　粵 怪、怪責、執怪、怪意、賴　　258

因不滿意而責備、埋怨，普通話叫“責怪、怪”，又叫“怪怨、怪罪、賴”；廣州話也叫“怪、賴”，還叫“怪責、執怪、怪意”。

普	粵
我們自己沒做好，不要責怪人家。	我哋自己冇做好，唔好怪責人哋。
上面要是怪罪下來怎麼辦？	上面執怪落嚟點算？
大家都有責任，不能賴誰。	大家都有責任，唔能夠賴邊個。

廣州話把“責怪”説成“怪責”，與普通話詞素的順序不一樣，相類的例子還有好些。這是廣州話詞彙的一個特點。

259 普 氣 粵 激、翳(ngei³)、攞(lo²)景

使別人生氣、發怒，普通話叫“氣”；廣州話叫“激、翳、攞景”。

普	粵
他是故意氣我的。	佢係有意激我嘅。
氣得我説不出話來。	翳到我講唔出話。
人家這麼難受，你還在這裏氣他！	人哋咁閉翳，你重喺度攞景！

廣州話的“激、翳、攞景”相互有區別。“激”是故意用語言等刺激對方使生氣，與普通話差不多，但是普通話的“激”不單用；“翳”是故意使人生氣，而且讓他在心裏憋悶，不能發作；“攞景”則是在人家失意或心中不舒暢的時候，故意奚落，使他生氣或難堪。

“翳”是借用字。“攞”是方言字。

260 普 爭吵、吵、吵嘴、拌嘴、吵架、抬槓 粵 鬧交、嗌(ngai³)交、爭交、嘈交、嗌、爭、嘈、嗌霎、拗(ngao³)頸、拗、頂頸

因意見不合而大聲相爭，普通話叫“爭吵、吵”，較輕微的爭吵叫“吵嘴、拌嘴”，激烈的爭吵叫“吵架”，無謂的爭吵叫“抬槓”。廣州話

叫“鬧交、嗌交、爭交、嘈交”，也可以省說為“嗌、爭、嘈”（不能省說為“鬧”，“鬧”是“罵”的意思），也有叫“拗霎”的，無謂的爭吵叫“拗頸、拗、頂頸”。

普	粵
普 不要爭吵，有問題坐下來談吧。	粵 唔好嗌交，有問題坐落嚟傾啦。
普 他們兩口子從來沒有拌過嘴。	粵 佢兩公婆從來冇嘈過。
普 他是存心跟我抬槓。	粵 佢係存心同我拗頸嘅。

“嗌”是借用字。

普 爭論、爭辯　　粵 爭、理論　　261

雙方堅持自己的意見並企圖說服對方，普通話叫“爭論、爭辯”；廣州話一般叫“爭”，有時叫“理論”。

普	粵
普 這個原則問題一定要爭辯清楚。	粵 呢個原則問題一定要爭清楚。
普 他要去跟人家爭論誰對誰錯。	粵 佢要去同人哋理論邊個啱邊個唔啱。

廣州話的“理論”在這裏是動詞，是“用道理去辯論是非”的意思。

普 訴苦、哼哼　　粵 呻 (sen1)、喊、哭　　262

向人訴說自己的苦難，普通話叫“訴苦”，口語叫“哼哼”；廣州話叫“呻”，有時叫“喊、哭”。

普	粵
普 一見面他就訴苦，說工作太難了。	粵 一見面佢就呻，話工作太艱難。
普 有困難想辦法解決，別盡哼哼。	粵 有困難想辦法解決，咪一味喊。

“呻”讀音是 sen1。廣州話裏“喊”就是“哭”的意思，也說“哭”。

263 普 發牢騷 | 粵 呻 (sen1)、嘥、咕咕 (gu4 gu2) 聲、□□ (ngeng4 ngeng4-2) 聲

用語言發洩煩悶不滿的情緒，普通話叫“發牢騷”。廣州話叫“呻”或“嘥”，“嘥”不是指流淚的嘥，而是指訴述不滿；形容人這情形，叫“咕咕聲”或“□□聲”。

普 這次升職沒他，他就到處發牢騷。
粵 呢次升職冇佢，佢就周圍呻。

普 這件事他很不服氣，整天發牢騷。
粵 呢件事佢好唔忿，成日咕咕聲。

264 普 閉嘴、住嘴 | 粵 收聲、收口

停止或止住說話，普通話叫“閉嘴、住嘴”，廣州話叫“收口、收聲”。多用於強制別人停止已經說着的話。

普 誰在亂嚷嚷，讓他閉嘴！
粵 邊個喺度嘈喧巴閉，叫佢收聲！

普 看見主任來，他馬上住嘴。
粵 睇見主任嚟，佢即刻收口。

265 普 沉默、不說話、一聲不吭 普 不聲不響 | 粵 唔 (m4) 講話、粒聲 (séng1) 唔出 粵 唔聲唔氣、唔聲唔聲

沉默，普通話口語叫“不說話、一聲不吭”，廣州話叫“唔講話、粒聲唔出”。

普 她坐在角落裏，一直不說話。
粵 佢坐喺角落頭，一直唔講話。

普	粵
無論你怎樣問，他都一聲不吭。	無論你點問，佢都粒聲唔出。

表示人不出聲的狀態，普通話用"不聲不響"，廣州話用"唔聲唔氣、唔聲唔聲"。

普	粵
他不聲不響地走進來。	佢唔聲唔氣噉行入嚟。
別看他不聲不響的，鬼點子可多啦。	咪睇佢唔聲唔聲噉，好多屎計㗎。

普 啞口無言、瞠目結舌　粵 冇(mou5)聲好出、口啞啞、擘(mag3)大口得個窿　266

因理虧或驚訝等說不出話來，普通話叫"啞口無言、瞠目結舌"，廣州話叫"冇聲好出、口啞啞"或"擘大口得個窿"。

普	粵
他讓我駁斥得啞口無言。	佢畀我駁到冇聲好出。
我拿出證據來他當場瞠目結舌。	我攞出證據嚟佢當場擘大口得個窿。

"啞口無言"多因理虧，"瞠目結舌"則是驚訝的表現。廣州話上述三個詞語含義和用法都差不多。

"擘"是借用字。

四肢動作

267 普 拿、取、抓、夠　粵 拎、搦(nig¹)、攞(lo²)、揸(za¹)、揦(la²)、擙(ngou¹)

用手抓住或搬動東西，普通話叫"拿、取"，廣州話叫"拎、搦、攞"。

普 誰拿走我的筆記型電腦？	粵 邊個拎走我嘅手提電腦？
普 把書櫃上的地球儀取下來。	粵 將書櫃頂嘅地球儀攞落嚟。

用手拿住、握住東西（不搬動），普通話叫"抓"，廣州話叫"揸、揦"。

探身往遠處或引身往高處伸手取物，普通話叫"夠"，廣州話叫"擙"。

"搦"是借用字；"攞、揸、揦、擙"是廣州話方言字。

268 普 提(tí)、拎、提(dī)溜　粵 拎、秤、撽(qig¹)、抽、挽、的、椗(ding³)

垂手拿着東西的提梁等把整個東西帶起來，普通話叫"提"也叫"拎"，口語叫"提溜"。廣州話有許多說法：一般叫"拎、秤、撽"，提提籃、手袋等可以叫"挽"，把東西略抬起叫"抽"，短暫的提叫"的"，隨便提着叫"椗"等。

"秤、撽、抽、的、椗"是借用字。

普 拉、扯、拽、扽　粵 拉、扯、掹(meng1)、剒(cog3)　269

用力使物體向自己移動，普通話、廣州話都叫“拉、扯”，二者沒有甚麼區別。表示這個意思的，普通話還有一個“拽”，廣州話還有一個“掹”。但是“拽、掹”有時會顯得動作粗魯些，例如“把那小孩拉過來讓我仔細看看”，這個“拉”如果換成“拽、掹”，感情色彩就不同了。

猛然用力地拉，廣州話叫“剒”。普通話原來沒有相應的說法，後來從其他方言中吸收一個“扽”來表示這一意思。

“掹”是方言字；“剒”是借用字。

普 托、捧、掬　粵 托、捧、兜、拪(deo6)　270

用手或其他東西向上承受着物體，普通話、廣州話都叫“托”；用雙手手掌托，普通話、廣州話都叫“捧”。

普通話表示“捧”似乎沒有其他口語詞，書面語倒是有一個“掬”。這個“掬”除了個別詞語如“笑容可掬”之外，現代兩種語言都極少使用。廣州話表示“捧”，還有“兜、拪”。“兜”表示從物體底部托起；“拪”表示輕輕地托。

“拪”是方言字。

普 碰、觸摸　粵 鬥(deo3)、玷　271

用手指或掌接觸東西，普通話叫“碰”或者“觸摸”，廣州話叫“鬥、玷”。

普	粵
普 桌子上面那些書，你們別碰。	粵 枱面嘅書，你哋咪鬥。
普 觸摸一下都不行。	粵 玷玷都唔得。

普通話的“觸摸”原意應為連觸帶摸，但使用上多只指“觸”，程度上比“碰”輕。廣州話的“玷”要比“閂”程度輕。

“閂”是借用字。

---

272 普 扔、丟、甩　　粵 掉、丟、掟(déng³)、抌(dem²)、擗(pég⁶)、揈(wing⁶)

拋棄東西，普通話叫“扔”或“丟”，往外扔叫“甩”。廣州話一般叫“掉、丟”，還有多個叫法：帶有摔、擲味道的扔叫“掟”，隨意丟放叫“抌”，用力扔叫“擗”，往遠處扔叫“揈”。

普	粵
普 不要隨地扔果皮、紙屑。	粵 唔好隨地掉果皮、紙碎。
普 甩手榴彈要甩 30 米才合格。	粵 掟手榴彈要掟 30 米至合格。
普 丟到河裏去了。	粵 掟咗落河。
普 我的書你扔哪兒去了？	粵 我本書你抌咗去邊度？
普 這些沒用的東西扔了吧！	粵 呢啲冇用嘅嘢擗咗佢啦！

“掉、掟、擗”俱借用字；“揈”是方言字。

---

273 普 摔　　粵 摜(guan³)、撻(dad³)

用力使落下，普通話叫“摔”；廣州話叫“摜”或“撻”。

普	粵
普 茶壺讓他摔碎了。	粵 茶壺畀佢摜碎晒。
普 摔到牀下。	粵 撻落牀底下。

一般來説，廣州話摔硬的東西用“摜”，摔軟的東西用“撻”；用於人則兩者都可以。

“摜”是借用字；“撻”是方言字。

普	粵	
打、揍	打、扰 (dem²)、舂、揼 (deb⁶)、擂、揈 (feng⁴)、摷 (jiu⁶)、摑、升、拍、扲 (kem²)、撻、毆、敲、摼 (heng¹)、㩧 (bog¹)、揇 (nam⁵)、扮 (ban³)、揀 (sog¹)、□ (fid¹)、□ (fag³)、鞭	274

"打"這個動作十分常見，普通話有好幾個説法，廣州話的同義詞也特別豐富。一般的"打"，廣州話也叫"打"；但是細分一下，不同情況的"打"，廣州話卻有着不同的叫法。例如：

用拳頭打，一般叫"扰"，由上而下打或直打叫"舂"，語氣稍重叫"揼"，拳頭密集或重拳出擊叫"擂"，使勁地橫擊叫"揈"，兇狠地用拳擊叫"摷"。

用手掌打，一般叫"摑"，力量重一點叫"升"，表示絕不輕打用"拍"，從上往下打叫"扲"，用手背打叫"撻"。

用棍棒打，一般叫"毆"，力量輕的打叫"敲"，力量略重的打叫"摼"，再重一點叫"㩧"，用長棍打叫"揇"，狠勁打叫"扮"。

用筷子等細棍子打叫"揀"，用細長的枝條打力量輕的叫"□ (fid¹)"，力量重點的叫"□ (fag³)"，抽打叫"鞭"。

普通話關於"打"也有一些同義詞，例如"揍"，有的地區叫"剋(kēi)"。有些同義詞和廣州話一樣，例如用手掌打叫"摑"，用棍子輕打叫"敲"。但是總的來説，關於"打"的同義詞廣州話要比普通話豐富得多。

上面列出廣州話"打"的同義詞中，有好些其實是古代就有的，例如"㩧、搉、扰"等，這些古詞廣州話一直到今天還在使用着。

275 普 狠揍 粵 砌、擂、搧、嘟(yug¹)、做、做低、做世界

狠打一頓，而且把人打得很傷，普通話叫"狠揍"。廣州話一般叫"砌"，另外還有幾個說法：

"擂"，指拳頭密集地打。例如：擂到佢腍（揍到他趴下）。

"搧"，重重地打。例如：畀人搧餐死嘅（被人好一頓狠揍）。

"嘟"，這是黑話，指動手打。例如：大家嘟佢（大家揍他）！"嘟"的本義是"動"。

"做"，用隱蔽的手段打。例如：得罪咗佢，你唔知幾時實會畀佢做一餐（得罪了他，不知道甚麼時候你一定會被他狠揍一頓）。

"做低"，指打趴下、打死、幹掉。例如：做低佢（打死他）！

"做世界"，指對某人下手。"做"後面可帶賓語。例如：人哋放聲氣話要做佢世界（人家放出風聲說要狠狠的揍他）。

廣州話的"嘟"是方言字。

276 普 摑、打耳光、掌嘴、扇(shān) 粵 摑、扇、升、揿(kem²)

用巴掌打臉，普通話、廣州話都叫"摑"。普通話口語叫"打耳光"或"掌嘴"，還叫"扇"；廣州話也說"扇"，還叫"升、揿"。

普	粵
打他一個耳光。	摑佢一巴掌。
一巴掌扇過去。	一巴升過去。

"升"是借用字；"揿"是方言字。

277 普 鑿栗暴、打栗暴、敲 粵 搉(kog¹)、鑿

用彎曲的指節打人頭頂，普通話叫"鑿栗暴、打栗暴"，也說"敲"。廣州話叫"搉"，用勁點的叫"鑿"。

普	粵
普 小心老爸來鑿栗暴。	粵 當心老豆嚟推頭殼。
普 你這麼缺德，我敲你腦袋。	粵 你咁抵死，我鑿你。

普 撕、撕扯、掰　　粵 撕、搣(mid¹)、煎、擘、拸(qi²)　278

用手使東西裂開或分離，普通話叫“撕、撕扯”，又叫“掰”；廣州話也叫“撕”，還叫“搣、煎、擘、拸”。

普	粵
普 他把信撕了。	粵 佢將信撕爛咗。
普 撕一張紙給我。	粵 搣張紙畀我。
普 把信封上的郵票撕下來。	粵 將信封上面嘅郵票煎落嚟。
普 一個餅掰兩半。	粵 一個餅擘開兩份。
普 別撕扯我的衣服。	粵 咪拸我件衫。

這裏，普通話的“掰”只能與廣州話的“擘”對應。第三個例句的“擘”，不能換成“撕、搣、拸”。

“搣”是借用字。

普 刺、扎　　粵 刮(ged¹)、簽、錐　279

使尖銳的東西進入或穿透物體，普通話叫“刺”，口語叫“扎”；廣州話叫“刮”，又叫“簽、錐”。

普	粵
普 讓玫瑰花的刺兒刺破了手。	粵 畀玫瑰花嘅簕刮損手。
普 在紙箱上扎兩個洞。	粵 喺紙箱上面錐兩個窿。
普 用刀殺豬。	粵 簽豬。

“刮”是借用字。

280 普 捅、戳、杵 粵 督、𢳂(dêu²)、揰(cung³)

使長條形的東西頂端觸動或穿透物體，普通話叫“捅、戳”或“杵”；廣州話叫“督、𢳂”或“揰”，其中“揰”一般用於向上捅。

普	粵
這塊木板太薄，一杵就破。	呢塊板太薄，一督就穿。
拿棍子往裏戳一戳。	攞條棍嚟𢳂一下裏面。
把樹上的馬蜂窩捅下來。	將樹上面嘅黃蜂竇揰落嚟。

“督”是借用字；“𢳂、揰”是方言字。

281 普 走、跑 粵 行、走、趯(dég³)

人或鳥獸的腳交替向前移動，普通話叫“走”，廣州話叫“行”；如果這樣移動得很迅速，普通話叫“跑”，廣州話卻叫“走”。也就是說，兩種語言的“走”，其含義是不同的。

普	粵
走快點，要不趕不及了。	行快啲，唔係就趕唔切喇。
跑得他直喘氣。	走到佢氣羅氣喘。

上面説的是廣州話口語的情況，或者説是“行、走”單用時的情況，而名詞、術語、成語、固定片語等帶有書面語性質的，廣州話還是跟普通話一樣，走是“走”，跑是“跑”。例如“走廊、走私、走後門、鋌而走險，跑步、跑車、長跑、賽跑”等，説廣州話時，其中的“走、跑”都不能分別説成“行、走”。

廣州話還有一個“趯”，相當於普通話“跑、逃跑、走動”的意思。

“趯”是借用字。

普 踩、踏、踹　　粵 踩、跤 (ca1)　　282

腳底接觸地面或物體，普通話、廣州話都叫“踩”。普通話還叫“踏、踹”；廣州話叫“踩”或“跤”。普通話的“踏”帶書面語性質，廣州話的“跤”有誤踩、亂踩的意思。

普 踩穩了再走。	粵 踩穩至行。
普 不小心踹到水坑裏。	粵 唔小心跤落水氹度。

“跤”是方言字。

六、心理

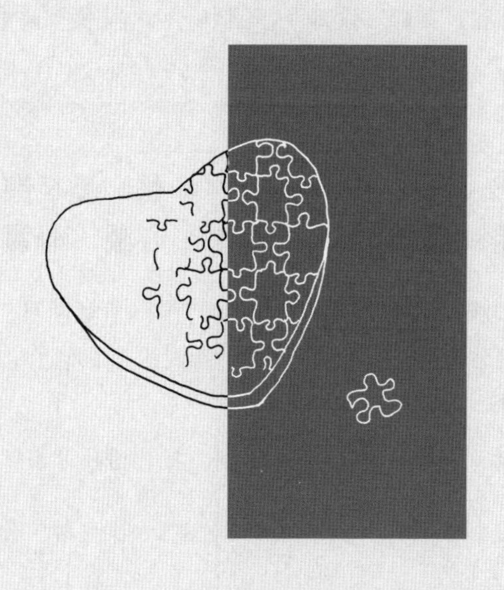

心理

283 普 快樂、開心、高興、歡喜 粵 開心、歡喜、心爽、氣順、安樂

感到滿意而心情愉快、舒暢，普通話叫“快樂、開心、高興”，又叫“歡喜”；廣州話也叫“開心、歡喜”，還叫“心爽、氣順、安樂”等。

廣州話的“氣順”強調的是心情愉快；“安樂”偏重於舒適安閒。

284 普 憂愁、發愁、犯愁、鬱悶、憂悶 粵 愁、憂、閉翳(ngei3)、心翳、心實、心罨(ngeb1)

因為遭遇到困難或不如意的事而苦悶，普通話叫“憂愁”，口語叫“發愁、犯愁”，還有“鬱悶、憂悶”等說法；廣州話叫“愁、憂”，口語多說“閉翳、心翳、心實、心罨”。

普	粵
你別發愁，會有辦法的。	你唔使閉翳，會有辦法嘅。
這樣安排，你就不必犯愁了。	噉樣安排，你就唔使憂啦。
這小孩不想學習，鬱悶呀。	個細路唔想學習，心罨呀。

普通話的“發愁、犯愁”，廣州話的“愁、憂、心實”意義上偏於憂慮；普通話的“鬱悶、憂悶”，廣州話的“閉翳、心翳、心罨”意義上偏於心情不舒暢。

“翳、罨”是借用字。

普 憋氣　粵 翳(ngei³)氣、屈氣、掬(gug¹)氣、扽(den³)氣、摣(za¹)頸　285

心裏有委曲、煩惱又不能發洩出來，普通話叫“憋氣”；廣州話叫“翳氣”，又叫“屈氣、掬氣、扽氣、摣頸”。

普	粵
怎麼做都不是，真憋氣。	點做都唔啱，真翳氣。
硬要我背黑鍋，憋氣啊！	夾硬要我食死貓，屈氣呀！
在他手下幹事，很憋氣的。	喺佢手下做嘢，好摣頸㗎。

廣州話的“翳氣”比較強調因受氣而心情不好；“屈氣、掬氣、扽氣”偏重於指生悶氣；“摣頸”偏重於指忍氣吞聲。

“翳、掬、扽”是借用字；“摣”是方言字。

普 煩躁　粵 煩、心躁、心火盛、猛(meng²)憎(zeng²)、猛　286

心情不舒暢而激動不安，普通話叫“煩躁”；廣州話叫“煩”，又叫“心躁、心火盛”，還叫“瘟瘤、瘟”。例如：

普	粵
這幾天我心裏真煩躁。	呢幾日我好煩呀。
他很煩躁，不要去惹他。	佢心火好盛，咪惹佢。
你別煩躁，有話好好說。	你咪瘟瘤，有話好好講。

廣州話的“煩、心躁、心火盛”偏重指內心的煩躁不安，“瘟瘤、瘟”偏重指因煩躁而表露出粗暴、焦急態度。

“瘟、瘤”是方言字。

287 普 發怒、發火、生氣、發脾氣、冒火、火

粵 嬲(neo[1])、發嬲、嬲爆爆、激氣、勞氣、火起、火滾、撞火、一把火、火遮眼、火紅火綠

因憤怒而聲色行動粗暴，普通話叫“發怒、發火”，口語叫“生氣、發脾氣、冒火、火”。相對來説，“生氣”程度較輕，指內心活動多些；“發怒、發脾氣”指把憤怒發作出來；“發火、火、冒火”指憤怒的言行較為激烈。

廣州話叫“嬲、發嬲”，也叫“激氣、勞氣”等。“勞氣”指動氣，與“嬲”一樣相對程度較輕，“發嬲、激氣”指內心活動多些，“火起、撞火”表示憤怒的程度要激烈一些，“火滾、一把火、火遮眼”則指更為憤怒；“嬲爆爆、火紅火綠”指的是人憤怒的樣子，“火紅火綠”程度要激烈得多。

普 這些小事您就別生氣了。	粵 呢啲小事你咪嬲啦。
普 孩子不聽話，真讓人生氣。	粵 細路仔唔聽話，真激氣。
普 對方這麼蠻橫，他也冒火了。	粵 對方咁野蠻，佢都撞火嘞。
普 一見他我就火了。	粵 一睇見佢我就一把火。
普 看他那生氣的樣子，誰都不敢吭聲。	粵 睇見佢嬲爆爆噉，邊個都唔敢開聲。

有關人發脾氣的詞語，普通話還有“氣呼呼、氣沖沖、吹鬍子瞪眼、氣不打一處來、氣惱、氣急敗壞、大發雷霆、怒氣沖天、歇斯底里大發作”等。相對於這些詞語，廣州話也有“面紅面綠、吹鬚睩眼、眼火爆、發啷厲、發爛渣”等。以上詞語所指生氣的程度各有不同，很難一一對得上。

普通話這裏的“火”要兒化。廣州話的“嬲”是方言字。

普 氣壞、氣死　粵 激死、激奀 (ngen¹)、激爆、吹脹、吹爆　288

被氣得極不舒服，普通話叫“氣壞、氣死”：廣州話叫“激死”，也叫“激奀、激爆、吹脹、吹爆”。

普	粵
碰上這件事，氣死我了。	碰啱呢件事，激死我咯。
真的讓他氣壞了。	真係畀佢吹到爆。

廣州話的“奀”有瘦小、瘦弱的意思，“激奀”意為被氣得消瘦了。“奀”是方言字。“吹脹”含有生氣而又無可奈何的意思，例如：我就係噉做，吹脹呀（我就是這麼幹，你奈何得了嗎）！

普 打算、想　粵 打算、想話、諗 (nem²) 住　289

考慮、計劃、想法、念頭，普通話、廣州話都叫“打算”；普通話還叫“想”，廣州話還叫“想話、諗住”。

普	粵
這個報告你打算怎麼寫？	呢個報告你諗住點寫？
下一步你有甚麼打算？	下一步你有乜嘢打算？

普通話的“想”和廣州話的“想話、諗住”要帶賓語。

普 預料、料想、料定　粵 諗、諗住、睇白、睇死　290

事先推測可能會發生某種情況，普通話叫“預料、料想”，廣州話叫“諗住”或“諗”。推測後加以斷定，普通話叫“料定”，廣州話叫“睇白”或“睇死”。“睇白”多用於事後，“睇死”多用於事前，兩者都含貶義。

普	粵
普 人們早就預料這事不會成功。	粵 大家早就諗住呢件事唔會成功。
普 我早就料想他不會答應。	粵 我早就睇白佢唔會應承。
普 我料定他明天不會來。	粵 我睇死佢聽日唔會嚟。

"預料、料想"可以作名詞用，如"成績超出預料"，"你的料想不錯"。其他幾個詞都不能這樣用。

291 普 費神、費心、頭疼、發脾氣、冒火、火　粵 費神、費心、頭大、頭焙(peo³)、嬲氣

耗費心神，普通話、廣州話都說"費神、費心"，但都多用作請託時的客套話，"費心"還可以用於致謝。

但是，真的遇上耗費心神的事情感到腦袋發漲的時候，普通話要說"頭疼"，有時說"操心、揪心"；廣州話則說"頭大、頭焙"，有時說"嬲氣"。

普	粵
普 怎麼渡過這個難關？頭疼啊！	粵 點樣過呢一關呢？頭焙咯！
普 孩子學習成績不好，真讓人操心。	粵 細路仔學習成績唔好，真嬲氣。

廣州話的"嬲氣"，一般用來形容事情讓人費神、操心或揪心等，多指對小孩的教養讓人操碎了心。普通話沒有相當而準確的詞。

"焙"是借用字。

292 普 注意、留神、留心、當心、小心　粵 因住、顧住、睇住

提醒對方防備危險或錯誤時，普通話有"注意、留神、留心、當心、小心"等多個說法。這些詞廣州話也說，不過口語更多的是說"因住、顧住、睇住"。

普 注意，前面是個水窪。	粵 因住，前面係個水氹。
普 你要留神他從中搗鬼。	粵 你要顧住佢喺裏頭搞鬼。
普 你的竹竿留心別杵着人家。	粵 你枝竹竿顧住唔好揨親人哋。
普 還不快走，當心遲到。	粵 重唔快啲行，因住遲到。

293

普 掛念、牽掛、牽念、牽記、惦念、惦記、掛心	粵 記掛、掛住、掛望、掛心、心掛掛、掛意、掛帶

老想着、放不下心，普通話叫"掛念、牽掛"，還有"牽念、牽記、惦念、惦記、掛心"等說法；廣州話叫"記掛、掛住、掛望、掛心"，有時也說"心掛掛"，舊時還有"掛意、掛帶"的說法。

普 他整天牽念着家裏那兩個老人。	粵 佢成日記掛住屋企嗰兩個老人。
普 我在這裏很好，不必掛念。	粵 我喺呢度好好，唔使掛心。
普 到了地兒來個電話，不要讓我牽掛。	粵 到定嚟個電話，唔好等我心掛掛。

294

普 擔心、怕	粵 擔心、怕、慌、慌住、慌怕、驚、驚住、心怕
普 生怕	粵 慌死、驚死

放心不下，普通話、廣州話都叫"擔心"，又叫"怕"。廣州話口語還叫"慌、慌住、慌怕"，又叫"驚、驚住、心怕"。

普 我擔心他不願意。	粵 我驚佢唔肯。
普 你去告訴他，我怕他不知道。	粵 你去話佢知，我慌怕佢唔知到。

很擔心，普通話叫“生怕”，廣州話叫“慌死、驚死”。

普 晚上要開篝火舞會，大家生怕下雨。	粵 晚黑要開篝火舞會，大家驚死落雨。
普 大家都生怕試驗不成功。	粵 大家都慌死試驗唔成功。

295 普 害怕、怕 普 驚慌、魂飛魄散 粵 驚、慌、窒、揗(ten⁴)雞 粵 驚青、慌失失、魂魄唔齊

因擔心危險來臨而發慌，普通話叫“害怕、怕”；廣州話叫“驚、慌、窒”，也有說“揗雞”。

普 走夜路，你害怕嗎？	粵 行夜路，你驚嗎？
普 幹嗎要怕他。	粵 使乜窒佢。
普 有我在，你不要害怕。	粵 有我喺度，你唔使揗雞。

形容人驚怕的樣子，普通話叫“驚慌”，廣州話叫“驚青、慌失失”。“驚青”偏重於驚，“慌失失”指驚慌中心神不定。極其驚怕普通話叫“魂飛魄散”，廣州話叫“魂魄唔齊”。

“窒、揗”是借用字。

296 普 顫抖、發抖、哆嗦 粵 震、揗(ten⁴)揗震、震揗揗、手揗腳震

由於害怕、生氣或受冷等原因而身體不由自主地顫動，普通話叫“顫抖”，口語多說“發抖、哆嗦”；廣州話叫“震”。

普 嚇得他直顫抖。	粵 嚇到佢猛噉震。
普 氣得他渾身發抖。	粵 激到佢成身震。
普 冷得他直哆嗦。	粵 凍到佢猛噉震。

形容人顫抖的樣子，廣州話有“揗揗震、震揗揗、手揗腳震”等說

法。其中，“手揗腳震”僅用於形容受驚而顫抖。

“揗”是借用字。

普 盼望、盼、望、巴不得、恨不得 粵 望、恨、巴不得、宜得 297

殷切地期望，普通話叫“盼望”，口語叫“盼”，書面語叫“望”，有的地區叫“巴望”；廣州話一般叫“望”或“恨”。

普	粵
普 旱了差不多一個月，大家都盼下雨。	粵 旱咗成個月，大家都望落雨。
普 大家都盼望你來。	粵 大家都恨你嚟。

迫切地盼望，普通話、廣州話都叫“巴不得”。普通話又叫“恨不得”，廣州話又叫“宜得”。

普	粵
普 巴不得馬上就同他見面。	粵 巴不得馬上就同佢見面。
普 恨不得一拳打死他。	粵 宜得一拳打死佢。

廣州話“恨”是借用字。廣州話“恨你嚟”意思是“盼望你來”，而不是“憎恨你來”。“憎恨你來”廣州話叫“嬲你嚟”或“討厭你嚟”。廣州話的“恨”還有“盼望得到、想要得到”某樣東西的意思。

普 灰心、洩氣、洩勁 粵 心灰、心淡、冇(mou⁵)心機 298

意志消沉、喪失信心，普通話叫“灰心、洩氣”，又叫“洩勁”；廣州話叫“心灰、心淡”，形容這種狀態叫“冇心機”。

普	粵
普 失敗了，再來，別灰心。	粵 失敗咗，再嚟，咪心灰。
普 再努力一下就成功了，別洩勁。	粵 再努力一下就得嘅嘞，唔使心淡。
普 不要一碰到困難就洩氣。	粵 唔好一碰到困難就冇心機。

廣州話的“冇心機”主要意思是“無心思”、不耐心做某事等意思。如：冇心思捉棋（無心思下棋）｜冇心機讀書（無心向學）。

普通話說“洩勁”的“勁”時一般要兒化。

“冇”是方言字。

299 普 失望、心寒　粵 心息、心實、心涼

感到沒有希望，普通話叫“失望”；廣州話叫“心息”或“心實”。

普	粵
普 事情落得這樣結果，真叫人失望。	粵 事情搞到噉嘅結果，真係心都實晒。
普 不必失望，從頭再來。	粵 唔好話心息，從頭再嚟。

失望而痛心，普通話叫“心寒”，廣州話叫“心涼”。

普	粵
普 親兄弟都打得那麼狠，真叫人心寒。	粵 親兄弟都打得咁狠，真係心都涼咯。
普 這個老闆這麼刻薄，大家都感到心寒。	粵 呢個老闆咁刻薄，大家心都涼晒。

300 普 絕望、死心　粵 冇(mou5)晒希望、死心

感到毫無希望，普通話叫“絕望”，廣州話叫“冇晒希望”，帶書面語意味時也叫“絕望”；不再希望、斷了念頭，普通話、廣州話都叫“死心”。“絕望”和“冇晒希望”是有所感受的一種心理反應，“死心”對事物的一種主動決斷，二者有區別。

普	粵
普 事情無法挽救，他絕望了。	粵 事情冇得攣，佢覺得冇晒希望咯。
普 聽到一聲絕望的呼喊。	粵 聽到一聲絕望嘅喊聲。
普 又失敗了，他還是不死心。	粵 又失敗咯，佢重係唔死心。

“冇”是方言字；“晒”是借用字。

普 膽子大、大膽、有膽量　粵 大膽、粗膽、好膽、沙膽、斗膽、膽生毛、夠膽、夠膽死　301

形容人膽量大、勇氣足，普通話叫“膽子大、大膽、有膽量”。廣州話有多種說法：一般說“大膽”，帶點稱讚味道的叫“好膽”，指膽子大而魯莽的叫“粗膽、沙膽、斗膽”，異常大膽叫“膽生毛”。

普	粵
普 誰這麼大膽，亂翻我的文件？	粵 邊個咁大膽，亂翻我嘅文件？
普 你膽子真大，敢去惹他！	粵 你真沙膽，敢去惹佢！
普 你有天大的膽子嗎？這樣的事也敢幹！	粵 你膽生毛咩？嗰嘅事都敢做！

普通話也有“斗膽”一詞，但是多用作謙辭，如“我斗膽說一句，當初就不應該這樣做”。廣州話“斗膽”的使用範圍除作謙辭外還要廣些。

指人有足夠的膽量和勇氣，普通話叫“有膽量”，廣州話叫“夠膽”，有時叫“夠膽死”。

普	粵
普 你有膽量爬上去嗎？	粵 你夠膽爬上去咩？
普 誰有膽量游過河去？	粵 邊個夠膽死游過河去？

普 膽子小、沒膽量　粵 細膽、唔(m⁴)夠膽、冇(mou⁵)膽　302

形容人膽量小、缺乏勇氣，普通話叫“膽子小、沒膽量”，廣州話叫“細膽、唔夠膽”或“冇膽”。

普	粵
普 別嚇唬她，她膽子小。	粵 咪嚇佢，佢細膽。
普 我猜他沒膽量這樣幹。	粵 我估佢唔夠膽噉做。

不要以為廣州話有“細膽”一詞與“大膽”相對，普通話就會有“小膽”一詞與“大膽”相對。普通話是沒有“小膽”的說法的。

對於膽子小的人，普通話譏諷他為“膽小鬼”，廣州話則稱之為“冇膽匪類”。

303 普 鎮定、鎮靜　粵 定、淡定、老定、定當

遇到緊急情況時情緒穩定、不慌張、不忙亂，普通話叫“鎮定、鎮靜”，廣州話叫“定、淡定、老定、定當”。“淡定”多指神色從容，“老定”多指老練沉穩，“定當”偏於指穩當、不慌不忙。

普 大家鎮定點！	粵 大家定啲！
普 情況非常緊急，他還十分鎮定。	粵 情況非常緊急，佢重十分淡定。
普 起飛時間快到了，你還這麼鎮定。	粵 起飛時間快到咯，你重咁定當。
普 他一點都不緊張，非常鎮靜。	粵 佢一啲都唔緊張，定過抬油。

304 普 故意、成心、特地、特意、專門　粵 特登、專登

有意識地那樣去做，普通話叫“故意”或“成心”；專為某一事，普通話叫“特地”或“特意、專門”。以上這兩個意思，廣州話都可以用“特登、專登”來表示。

普 他故意這樣做，想作弄你。	粵 佢特登噉做，想撚化你。
普 你這不是成心搗亂嗎？	粵 你噉唔係專登搗亂咩？
普 我是特地來請您的。	粵 我係特登嚟請你嘅。
普 這道菜是特意為你做的。	粵 呢個餸係專登為你整嘅。

廣州話過去還有“故登”一詞，是特地、特意的意思，現在已經很少人說了。

受普通話影響，現在廣州話口語不少人也說“故意、成心、特意、專門”。

普 疼愛、疼、心疼 粵 疼(tung³)、惜(ség³)、心疼 305
普 寵愛、寵、溺愛 粵 縱(zung³)

關切並且喜愛，普通話叫“疼愛、疼”或“心疼”；廣州話叫“疼”或“惜”，也說“心疼”。

普	粵
普 奶奶十分疼愛這個小孫子。	粵 亞嫲好惜呢個孫仔。
普 他仗着奶奶疼甚麼都不怕。	粵 佢恃着亞嫲疼乜都唔怕。
普 他很心疼那個清代的花瓶。	粵 佢好心疼嗰個清朝嘅花樽。

普通話的“疼愛、疼”，廣州話的“疼、惜”，一般用於對人，尤其是對晚輩。而兩種語言的“心疼”則可以對人也可以對物。

廣州話的“疼”讀音為 teng⁴，“惜”讀音為 xig¹。

過分的疼愛，偏愛，甚至嬌縱，普通話叫“寵愛、寵”或“溺愛”。意義上“寵愛、寵”偏於偏愛，“溺愛”偏於嬌縱。廣州話都叫“縱”。

普	粵
普 這女孩子讓她媽給寵壞了。	粵 呢個女畀佢老母縱壞咗咯。
普 對孩子千萬不能溺愛。	粵 對細路仔千祈唔好縱。

“寵愛、寵”一般用於上對下；“溺愛”多用於對自己的孩子。

306 普 喜歡、愛、中(zh³ng)意 粵 歡喜、中(zhung¹)意、啱(ngam¹)心水、合心水

對某人、某事物有好感或感興趣，普通話叫“喜歡、愛”，廣州話叫“歡喜”或“中意”。

普	粵
普 我喜歡打羽毛球。	粵 我歡喜打羽毛球。
普 她愛看小說。	粵 佢中意睇小說。

表示有好感或感興趣，普通話、廣州話都可以使用“喜歡”或“歡喜”，但普通話更常用“喜歡”，廣州話更常用“歡喜”。

對人或事物感到合意、滿意，普通話叫“中意”，廣州話也叫“中意”，還叫“啱心水、合心水”。

普	粵
普 她中意這種款式。	粵 佢中意呢隻花款。
普 這套沙發很中他意。	粵 呢套沙發好啱佢心水。

“啱”是方言字。

307 普 憎恨、憎、憎惡、討厭 粵 嬲(neo¹)、憎、討厭

表示厭惡、痛恨的情感，普通話用“憎恨、憎、憎惡”或者“討厭”，用“憎、憎惡”時多帶書面語意味。廣州話說“嬲、憎”，也說“討厭”。

普	粵
普 這傢伙很壞，我很憎恨他。	粵 個嘢好壞，我好憎佢。
普 你幹嗎這麼憎惡他？	粵 你做乜咁嬲佢？
普 我很討厭幹這些事。	粵 我好討厭做呢啲事。

廣州話還有“唔中意”一詞，是不喜歡、討厭的意思。另外有“乞人憎”一詞，是令人討厭的意思，相當於普通話的“討人嫌”。

“嬲”是方言字。

普 猜、猜摸、估計、估摸、蒙(mēng)、瞎猜 粵 估、亂撞 308

猜測、揣測，普通話叫“猜、估計”，口語多說“猜摸、估摸”；廣州話叫“估”。

普	粵
普 你猜，我買了甚麼東西給你？	粵 你估下，我買咗乜嘢畀你？
普 你估摸這畝田能打多少稻穀？	粵 你估呢畝田會收幾多穀？

如果所猜測是毫無根據的、胡思亂想的，普通話叫“蒙、瞎猜”，廣州話叫“亂撞”。

普	粵
普 哈哈，讓我蒙對了。	粵 哈哈，畀我亂撞撞中咗。
普 別瞎猜，想清楚再回答。	粵 咪亂撞，諗清楚再答。

廣州話的“估”還有“以為”的意思，如：我估你唔會應承添（我還以為你不會答應呢）。廣州話還有“估話”一詞，有“以為、猜想”但又往往猜錯、事與願違的意思，如：我估話等你翻嚟就同你合作（我以為等你回來就跟你合作）。——其實對方並沒有回來。

普 碰運氣 粵 撞彩、撞彩數、碰彩、搏彩、搏撞 309

試探着看能否得到所期望的好的結果，普通話叫“碰運氣”；廣州話叫“撞彩、撞彩數、碰彩、搏彩、搏撞”。廣州話的這些說法都含有“拼一下、賭一把”的意思。

普	粵
普 我這次成功是碰運氣罷了。	粵 我呢次成功係撞彩嘅嗻。
普 一定要保證成功，不能靠碰運氣。	粵 一定要保證成功，唔能夠搏撞。

“搏彩、搏撞”的“搏”本應作“博”，這裏從俗。

310 普 碰巧、湊巧、恰巧、恰好 粵 碰啱 (ngam[1])、湊啱、咁 (gem[3]) 啱、蹺 (kiu[2])

表示事情發生正是時候，或者正好遇上所希望或所不希望的事情，普通話叫"碰巧、湊巧、恰巧"或"恰好"；廣州話叫"碰啱、湊啱、咁啱"或"蹺"。

普	粵
普 在火車上，碰巧遇見他。	粵 喺火車度，碰啱撞見佢。
普 恰巧他從那裏走過，看見了。	粵 咁啱佢喺嗰度行過，睇見咗。
普 真湊巧，這時他來了。	粵 真蹺，呢陣時佢嚟喇。

"啱、咁"是方言字。"蹺"是借用字，讀音hiu[1]，這裏異讀作kiu[2]。

311 普 有把握 粵 有把炮、有攎拿、冇 (mou[5]) 走雞、冇走盞

有成功的可靠性，普通話叫"有把握"。廣州話則可以從正反兩方面來表達這一意思：正面的是"有把炮、有攎拿"，反面的是"冇走雞、冇走盞"。

普	粵
普 接受這個任務，你有把握嗎？	粵 接受呢個任務，你有把炮嗎？
普 我們打贏這場球，完全有把握。	粵 我哋打贏呢場波，肯定冇走雞。

"冇"是方言字。

312 普 嫉妒、眼紅 粵 妒忌、眼紅、眼熱、眼緊

因別人的才能、地位、待遇、境遇等比自己好而心懷怨恨，普通話叫"嫉妒"，又叫"眼紅"。"眼紅"與"嫉妒"略有區別："嫉妒"多

指怨恨別人比自己好；"眼紅"多指怨恨別人有好東西，自己想得到而又得不到。廣州話叫"妒忌"，也叫"眼紅"，還叫"眼熱、眼緊"。

普	粵
他的升職惹得好些人嫉妒。	佢升職引得好多人妒忌。
嫉妒人家不如自己加倍努力。	妒忌人哋不如自己加倍努力。
人家買了汽車，咱們不必眼紅。	人家買咗汽車，我哋唔使眼熱。

廣州話還有一個詞"眼淺"，指人易生妒意。普通話相應的說法是"眼皮子淺"。

普 鬧彆扭、賭氣、鬥氣　粵 鬥負氣、鬥氣、扭計　313

因為不滿意對方而故意為難，普通話叫"鬧彆扭、賭氣"或"鬥氣"，有的地區叫"慪氣"。"鬧彆扭、賭氣"往往是單方面的，"鬥氣"則是指雙方的。廣州話一般叫"鬥負氣"，也叫"鬥氣"或"扭計"。"扭計"多指單方面的。

普	粵
有話好好說，不要鬥氣。	有話好好講，唔好鬥負氣。
她心裏有氣，經常鬧彆扭。	佢條氣唔順，經常扭計。

普 不服氣、不忿　粵 唔忿氣、唔忿、唔□ (gê⁴)　314

因認為不平而不信服、不順從，普通話叫"不服氣"或"不忿"；廣州話叫"唔忿氣、唔忿"或"唔□ (gê⁴)"。

普	粵
只是靠壓，大家當然不服氣。	一味靠壓，大家梗係唔忿氣。

普 因為裁判不公正而輸球，大家很不忿。	粵 因為裁判唔公正搞到輸波，大家好唔□ (gê4)。

普通話“不忿”的“忿”，一般要兒化。

315 普 願意、幹(gàn) 粵 肯、願、制

表示同意做某事，普通話說“願意”或“幹”，廣州話說“肯、願”或“制”。

普 他願意去嗎？	粵 佢肯去嗎？
普 做個清潔工，他幹。	粵 做個清潔工，佢制。

普通話和廣州話表示心裏願意意思的詞，還有一些是兩種語言相同使用的，例如“甘心、心甘、心甘情願、情願、甘願”等。

“制”是借用字，有願意幹的意思。

316 普 醒悟、省(xǐng)悟、覺悟、覺醒 粵 醒、醒水、醒悟

表示在認識上變得清楚了、正確了，普通話叫“醒悟、省悟、覺悟、覺醒”；廣州話叫“醒、醒水”，也說“醒悟”。

普 他醒悟了，人家是在耍弄自己。	粵 佢醒水喇，人哋係玩自己。
普 經過老師的耐心教育，他終於覺醒了。	粵 經過老師嘅耐心教育，佢終於醒過嚟嘞。

317 普 癮頭大 粵 大癮、爛癮、死癮

某種癖好特別濃厚，普通話叫“癮頭大”；廣州話叫“大癮、爛癮”，有的地區把癮頭極大叫“死癮”。

普 他就是下棋癮頭大。	粵 佢就係捉棋大癮。
普 他看球賽癮頭很大。	粵 佢好爛癮睇波。

普通話的“癮頭大”一般放在動詞或動詞性片語後面作補語。廣州話的“大癮、爛癮、死癮”除了作補語外，還可以放在動詞或動詞性片語前面作狀語。

普 知道、曉得、懂、懂得、明白　粵 知、知到、明、明白、曉、識、識得　318

條目列出的這些詞，無論普通話的還是廣州話的，意思都一樣，就是“知道、了解”。

普 這事我知道。	粵 呢件事我知到。
普 我曉得他出差，但是不知道去哪裏。	粵 我知佢出差，但係唔知到去邊度。
普 這事我懂得怎麼做。	粵 呢件事我識點做。
普 你甚麼都説懂。	粵 你乜都話曉。

廣州話的“知到”和普通話的“知道”是一樣的，但是廣州話“到”與“道”讀音不同。

普通話的“明白”和廣州話的“明白、明”更多的是表示“了解、會”的意思，但是“了解”的範圍一般僅限於意義、做法等。

普 這道理我明白。	粵 呢個道理我明。
普 你明白其中奧妙了吧？	粵 你明白其中奧妙啦？

廣州話這裏的“明”是“明白”的省説，口語也可以讀變調 ming[4-2]。

七、性質、狀態

性格、品格

319 普 **和氣、和藹、和善** 粵 **好相與、和善**

形容人的脾氣好，平易近人，很少生氣發怒，普通話常用“和氣、和藹、和善”等詞，廣州話則常用“好相與、和善”。

普	粵
普 他很和氣，跟誰都合得來。	粵 佢好好相與，同邊個都啱。
普 誰也沒有他這麼和藹。	粵 邊個都冇佢咁和善。

320 普 **軟弱、膽小怕事、窩囊** 粵 **腍**(nem4)**、腍善**

形容人明哲保身，對不良行為百般遷就，不敢批評、鬥爭，普通話用“軟弱、膽小怕事、窩囊”等詞語。廣州話則用方言詞“腍、腍善”來形容。“腍”有軟、軟弱的意思。

普	粵
普 他軟弱得被人家那樣罵了都不吭一聲。	粵 佢腍到畀人哋噉鬧都唔敢出聲。
普 一個人太兇惡不好，太軟弱也不好。	粵 一個人太惡唔好，太腍善亦唔好。
普 你這麼膽小怕事容易讓人欺負。	粵 你咁腍善就容易畀人蝦。

321 普 **脾氣壞** 粵 **醜頸、火頸、炮仗頸、唔好老脾**

形容人對人粗暴，動不動就發脾氣，普通話叫“脾氣壞”。廣州話把這種情況形容為"醜頸、火頸"，更形象的說法是"炮仗頸"（一生氣就大發雷霆），詼諧的說法是"唔好老脾"。

普	粵
普 我這個人脾氣壞，動不動就罵人。	粵 我呢個人好醜頸，啷啲就鬧人。
普 這個人脾氣壞，但心很好。	粵 呢個人炮仗頸，不過心地好好。

廣州話脾氣又叫"頸性"，因此常用"頸"指脾氣。除本條條目提到的"醜頸、火頸、炮仗頸"之外，常用的詞語還有"好頸（脾氣好）、硬頸（強）、唔抵得頸（氣不過、不服氣）、要頸唔要命（為鬧意氣而不惜生命）"等。

"唔好老脾"的"脾"一般要讀變調 péi4-2。

普 瘋、瘋瘋癲癲　粵 癲、癲癲廢廢　322

形容人精神失常，或者因過於衝動而舉動異常，普通話多用"瘋"或"瘋瘋癲癲"，廣州話則用"癲"或"癲癲廢廢"。

普	粵
普 他被人嚇瘋了。	粵 佢畀人嚇癲咗。
普 她失戀了，整天瘋瘋癲癲的。	粵 佢失戀咗，成日癲癲廢廢噉。

普 傻、傻呵呵、愚蠢、笨　粵 傻、傻更、笨、戇 (ngong6)、戇居、戇居居　323

形容人糊塗，不明事理，普通話用"傻、傻呵呵"或"愚蠢、笨"；廣州話輕一點的用"傻、傻更、笨"，重一點的用"戇"或"戇居、戇居居"，但區別不分明。

普	粵
普 你不要那麼傻，還相信他。	粵 你唔好咁傻，重信佢。

普	粵
普 愚蠢，這樣的事你也能答應！	粵 傻更，噉嘅事你都應承！
普 你簡直是太傻了，壞的東西還要買。	粵 你真係戇居，爛嘢重要買。
普 他有點不正常，一個人傻呵呵直笑。	粵 佢有啲唔正常，一個人戇居居噉笑。

"戇"是訓讀字。

324 普 霸道 粵 霸掗（nga6）、掗拃（za6）、霸王、惡爺（yé1）

形容人強橫不講理，普通話叫"霸道"，廣州話多用"霸掗、掗拃"，有時也可以用名詞"霸王""惡爺"作形容詞來形容。

普	粵
普 這裏是公共地方，不許你這麼霸道。	粵 呢度係公共地方，唔准你咁霸掗。
普 你太霸道了，大家的意見怎麼不聽？	粵 你太霸王喇，大家嘅意見為乜唔聽？

325 普 蠻橫（hèng）、橫、刁蠻 粵 牛精、牛王、牛皐、番蠻、刁蠻、棖（cang4）雞

形容人蠻不講理，普通話多用"蠻橫、橫"。廣州話則用"牛精、牛王、牛皐"或"番蠻"。

普	粵
普 不要跟這麼蠻橫的人來往。	粵 唔好同咁牛精嘅人來往。
普 你買票不排隊，太蠻橫了。	粵 你買票唔排隊，太牛王喇。
普 他太蠻橫了，沒辦法跟他談。	粵 佢太牛皐喇，冇辦法同佢傾。

蠻橫而刁鑽、任性，普通話、廣州話都叫“刁蠻”。刁蠻中兼有潑辣、厲害的，廣州話叫“棖雞”。

廣州話“牛皋”可能來源於歷史上的牛皋，他是宋朝的一名猛將，跟隨岳飛征戰，屢立戰功。“牛皋”本來是形容人勇猛、粗獷，後來變作粗魯、蠻橫的意思了。

“棖”是借用字。

普 兇、兇狠、兇惡　粵 狼、狼胎、惡、惡死、惡死能登、勢兇夾狼　326

擺出一副令人可怕的樣子，或做出令人可怕的行為，普通話叫“兇狠、兇惡”，廣州話多用“狼、狼胎”或“惡、惡死”。加重語氣用“惡死能登”或“勢兇夾狼”。“能登”兩字是襯字，無意義。

普	粵
你打球這麼兇狠，容易犯規。	你打波咁狼胎，容易犯規呀。
批評人要注意方式，說得不要太兇狠。	批評人要注意方式，唔好勢兇夾狼啲。
何必這麼兇，有理慢慢說嘛。	使乜咁惡死，有道理慢慢講嘛。

形容動物的兇狠，廣州話多用“惡”，不用“狼”。如：呢隻狗好惡，你唔好惹佢（這隻狗很兇，你別招牠）。至於俗語“狼過華秀隻狗（比華秀養的狗還兇狠）”其實指的是人，所以用“狼”。

普 可恨、可惡、可憎、討厭　粵 抵死、乞人憎、衰、可惡、討厭　327

形容令人厭惡，使人憎恨，普通話多用“可恨、可惡、可憎”或“討厭”，廣州話多用“抵死、乞人憎”，也用“衰、可惡、討厭”。

普	粵
最可恨的是他還誣賴別人。	最抵死嘅就係佢重賴人哋。
最討厭他打聽別人的隱私。	最討厭佢成日打聽人哋嘅私隱。

廣州話的“抵死、乞人憎”所表示的嚴重程度可輕可重，對人的一般不良行為、不良習慣表示厭惡時也可以使用。例如：最抵死啲人隨地吐痰喇（最討厭一些人隨地吐痰了）。

328 普 倔(juè)、強、倔(jué)犟、固執、牛脾氣 粵 硬頸、牛頸、死牛一便頸

人性子直、執拗，不善於變通，難以勸導，普通話叫“倔、強、倔強、固執、牛脾氣”；廣州話叫“硬頸”或“牛頸”，或“死牛一便頸”。

普	粵
他很倔，總聽不進別人的意見。	佢好硬頸，總係聽唔入人哋嘅意見。
你這麼固執，我沒辦法説服你了。	你咁牛頸，我冇辦法講服你喇。
怎麼説他都不聽，真是牛脾氣。	點講佢都唔聽，真係死牛一便頸。

普通話“倔犟”又作“倔強”。

329 普 淘氣、頑皮 粵 百厭、反斗、跳皮、曳、韌皮、扭紋、嫑氣

普通話的淘氣、頑皮，廣州話叫“百厭、反斗、跳皮、曳”。此外，廣州話還有一些相應的同義詞，如“韌皮”指小孩屢教不改，“扭紋”指小孩愛哭鬧、刁蠻，“嫑氣”指由於小孩淘氣而使大人費神、操心。廣州話的“韌皮、扭紋、嫑氣”，普通話一般都用“淘氣”一詞來概括。

普	粵
普 男孩要比女孩淘氣。	粵 男仔都跳皮過女仔。
普 這班學生經常打破玻璃窗，太頑皮了。	粵 呢班學生成日打爛玻璃窗，太百厭喇。
普 誰說他都不聽，太淘氣了。	粵 邊個話佢都唔聽，太韌皮喇。
普 他小的時候很愛哭鬧，夠淘氣的。	粵 佢細個嗰陣好爛喊，唔知幾扭紋。
普 孩子經常打架，你說多叫人操心啊。	粵 個仔時時打交，你話幾嬲氣吖。

普 多手　粵 多手、手多、手多多、手痕　330

不該動手而用手去觸摸、擺弄、拿等，普通話似乎沒有固定的說法，勉強可以叫“多手”；廣州話一般叫“多手”或“手多、手多多”，有時叫“手痕”。“手痕”意思是手發癢，指人手好動。

普	粵
普 誰多手拿走我的書？	粵 邊個手多攞咗我本書？
普 看展覽別多手亂摸亂碰展品。	粵 睇展覽咪手多多噉亂咁摸展品。
普 他很多手，甚麼都想動一下。	粵 佢好手痕，乜都想嘟一下。

普 嘮叨、絮叨　粵 噆(cem³)氣、噆醉、噆趙　331

形容人話語囉唆，喋喋不休，普通話多用“嘮叨”或“絮叨”，廣州話用“噆氣”或“噆醉、噆趙”。

普	粵
普 一件事反覆說幾遍，太嘮叨了。	粵 一件事反覆講幾次，太噆氣喇。
普 他說話太絮叨了，誰都怕接他的電話。	粵 佢講話太噆氣喇，邊個都怕接佢嘅電話。

“�醉、嚒趙”用得比較少。廣州話形容人不停地說還有“長氣”一詞，是指人長時間地說，“嚒氣”是指人反覆說。

“嚒”是借用字。

332 普 挑剔 粵 醃尖、醃尖腥悶

對別人提過多過瑣碎的要求，對別人的服務、別人的勞動總要挑毛病，普通話叫“挑剔”；廣州話叫“醃尖”，對對方的挑剔表示較強烈的不滿、厭惡情緒時用“醃尖腥悶”。

普	粵
你挑來挑去都不滿意，太挑剔了。	你揀嚟揀去都唔中意，太醃尖喇。
你太挑剔誰也不願意給你理髮。	你咁醃尖腥悶邊個都唔肯同你飛髮。

333 普 高傲、驕傲、傲慢 粵 高竇(deo³)、大嘢(yé⁵)、沙塵、白霍、沙塵白霍、牙擦、牙屎、大賣、大枝嘢、大資爺(yé⁴⁻²)、大款、大視(xi⁶⁻²)、招積、□(lan²)叻(lég¹)、□(lan²)醒

自以為了不起、輕視別人，普通話叫“高傲、驕傲、傲慢”。與之對應，廣州話有許多同義詞，一般多用“高竇、大嘢、沙塵、白霍、沙塵白霍、牙擦”，其他還有“牙屎、大賣、大枝嘢、大資爺、大款、大視、招積、□(lan²) 叻、□(lan²) 醒”等。其中，“高竇、大視”偏重於看不起人；“沙塵、白霍、沙塵白霍”偏重於輕浮而揚揚自得；“招積”偏重於輕浮地炫耀自己，但程度比“沙塵、白霍”略輕；“大嘢、大賣、大枝嘢、大資爺、大款”偏重於架子大、傲視他人，“大資爺”

係從"大枝嘢"演變而來；"牙擦、牙屎"偏重於自負而誇誇其談；"□(lan²)叻、□(lan²)醒"則偏重於自以為了不起、好表現。"大賣、大視"今已少用。

普	粵
普 傲慢不會受人尊敬。	粵 高竇唔會受人尊敬。
普 他有一點成績就高傲起來了。	粵 佢有一啲成績就鬼咁招積。
普 他升了科長就明顯高傲起來。	粵 佢升咗科長就零舍大嘢咗。

普 吝嗇、摳、摳門兒　　粵 孤寒、慳(han¹)濕　334

形容人過分愛惜自己的財物，應當使用時捨不得使用，普通話用"吝嗇"，口語多用"摳、摳門兒"；廣州話則有"孤寒、慳濕"等。"慳濕"有過於省儉的意思。

普	粵
普 老闆管飯，頓頓都吃鹹菜，太摳了吧？	粵 老闆包飯，餐餐食鹹菜，太慳濕喇啩？
普 該花錢的時候不花就是摳門兒了。	粵 應該買你唔買就係孤寒喇。
普 這麼吝嗇，一塊錢都捨不得捐。	粵 咁孤寒，一文都唔捨得捐。

普 節約、節儉、儉省　　粵 慳(han¹)、慳儉、慳皮(péi⁴⁻²)　335

儘量少耗費甚至不耗費，普通話叫"節約"或"節儉"，口語叫"儉省"。"節約"一般用於較大的範圍。廣州話用"慳、慳儉、慳皮"等。這些都是褒義詞。

普	粵
普 要從小培養節儉的優良作風。	粵 要自細培養慳儉嘅優良作風。
普 儉省不等於吝嗇。	粵 慳儉唔等於孤寒。

普 他很儉省，吃一頓飯只花五元。	粵 佢好慳皮，食一餐飯用五文雞咋。

廣州話“慳”是借用字。普通話也有“慳”一詞，但是是吝嗇或欠缺的意思，與廣州話不同。

336 普 浪費、糟蹋　粵 嗻(sai[1])、嗻撻、大嗻、糟質

人力、物力、財力、時間等不該耗費的耗費掉了，普通話叫“浪費”，廣州話叫“嗻、嗻撻、大嗻”。“嗻、嗻撻”是動詞，也可以作形容詞。“大嗻”作形容詞，形容人很不愛惜財物，揮金如土。

普 還可以用的東西隨便丟棄，太浪費了。	粵 重用得嘅嘢就隨便掉咗，太大嗻咯。
普 很難才找到這些原料，不要浪費掉。	粵 好難至搵到呢啲原料，唔好嗻撻佢。

不愛惜東西而造成浪費，普通話往往用“糟蹋”，廣州話則用“糟質”。如：唔好糟質米糧(不要糟蹋糧食) | 咁好嘅嘢糟質咗，真可惜(這麼好的東西糟蹋掉，真可惜)。

337 普 懶、懶惰　粵 懶、蛇、蛇王、懶蛇、好食懶飛、大食懶

形容人不勤快，普通話用“懶”或“懶惰”；廣州話除了使用“懶”之外，還多用“蛇”來形容，如：呢個人真蛇（這個人真懶）。懶人叫“懶蛇”，非常懶的人叫“蛇王”。

廣州話還用“好食懶飛、大食懶”來形容懶惰的行為或懶惰的人。有一首兒歌説：“大食懶，起身晏，煲燶粥，煮燶飯”(好吃懶做的人，起牀晚，煲煳了粥，煮煳了飯)。

普 努力、勤快、勤勞、用功 粵 努力、勤力、落力、用功 338

形容人工作積極肯幹、學習刻苦用心，普通話、廣州話一般都使用“努力”一詞。在廣州話裏，“努力”帶書面語味道，口語多用“勤力”一詞。

不過，兩種話形容工作努力和學習努力還分別有不同的同義詞：幹工作肯下力氣，普通話多用“勤快、勤勞”來形容，廣州話則多用“落力”；學習努力、刻苦，普通話多用“用功”，廣州話則多用“勤力”，也用“用功”。兩種話在習慣上有差別。

普 弟弟讀書很用功。	粵 細佬讀書好勤力。
普 哥哥做工很勤快。	粵 大佬做工好落力。

廣州話的“落力”一詞，多指做某具體事情時的表現，有認真而賣力的意思，如“落力表演”、“落力拍檔”等。這詞似是來源於“戮力同心”的“戮力”。

普 奸詐、奸猾、狡猾、狡詐 粵 奸、奸狡、奸猾、鬼馬、鬼搰 (wed6) 339

形容人虛偽詭詐，普通話用“奸詐、奸猾、狡猾、狡詐”等詞，廣州話多用“奸、奸狡、奸鬼、奸猾”或“鬼馬、鬼搰”等詞，以使用“奸、鬼馬”為多。由於普通話的影響，也有人使用“奸詐、狡猾”等詞。

普 看不出他這麼奸詐。	粵 睇唔出佢咁奸。
普 那個人很狡猾，當心上當。	粵 嗰個嘢好鬼馬，因住上當。

廣州話的“鬼馬”還有詼諧、滑稽或機靈的意思。

“鬼搰”是“鬼蜮”的變音。

340 普 假裝、裝假、作假 粵 詐諦、詐假意、裝假狗、扮嘢 (yé⁵)

故意裝出假象來騙人，普通話叫“假裝”或“裝假”，又叫“作假”；廣州話叫“詐諦、詐假意”或“裝假狗”，近年新出“扮嘢”一詞也是這個意思。一般來説，“假裝”與“詐諦、詐假意”相對應，“裝假、作假”與“裝假狗、扮嘢”相對應。

普	粵
普 假裝沒看見。	粵 詐諦睇唔到。
普 他假裝上學，實際去玩遊戲機。	粵 佢詐假意翻學，其實去玩遊戲機。
普 他説不去是裝假的。	粵 佢話唔去係扮嘢嘅啫。
普 他的病是作假的。	粵 佢嘅病係裝假狗嘅。

廣州話的“詐假意”要讀作 za³ ga²⁻¹ yi³⁻¹。“嘢”是方言字。

341 普 裝糊塗、裝蒜 粵 詐傻、詐懵、詐戇 (ngong⁶)、詐癲扮傻、詐傻扮懵

心裏明白卻故意裝出懵懵懂懂的樣子，普通話叫“裝糊塗”，口語叫“裝蒜”；廣州話叫“詐傻、詐懵、詐戇”，或“詐癲扮傻、詐傻扮懵”。“傻、懵、戇、癲”都是糊塗、不明事理的意思。

普	粵
普 你別以為裝糊塗就騙得了我們。	粵 你咪以為詐懵就呃得到我哋。
普 別裝蒜了，這事大家都明白。	粵 咪詐癲扮傻嘞，呢件事大家都清楚嘅。

“戇”是訓讀字。

普 賴皮、耍賴皮、耍賴　粵 奸賴、奸貓、賴貓、詐奸、孖賴 (lai² 或 lai¹)　342

形容人抵賴或採取不正當的方法行事，普通話叫“賴皮、耍賴皮”或“耍賴”，廣州話叫“奸賴、賴貓、奸貓”，還叫“詐奸、孖賴”。

普	粵
普 他出了牌又收回去，這麼賴皮啊。	粵 佢出咗牌又收翻去，咁奸賴個喎。
普 説過又不承認，是不是賴皮啊？	粵 講過又唔認，係唔係賴貓呀？

普 撒嬌　粵 詐嬌、詐嗲 (dé²)　343

形容人仗着受寵愛而故作嬌媚之態（多用於女孩），普通話叫“撒嬌”；廣州話叫“詐嬌”或“詐嗲”，“詐嗲”是後起之詞。

普	粵
普 她很會撒嬌。	粵 佢好會詐嬌。
普 回家就向媽媽撒嬌。	粵 翻屋企就詐亞媽嬌。
普 別撒嬌了，多肉麻。	粵 咪詐嗲咯，好肉酸呀。

“嗲”是方言字。

普 陰險、陰毒　粵 陰濕、陰毒　344

形容人表面和善但暗地裏陰險惡毒，普通話用“陰險、陰毒”等詞，廣州話用“陰濕、陰毒”，“陰毒”比“陰濕”程度深，強調惡毒。

普	粵
普 他有點陰險，你不知道他想些甚麼。	粵 佢有啲陰濕，你唔知到佢想啲乜嘢。
普 他經常設圈套害人，太陰毒了。	粵 佢時時裝彈弓害人，真陰毒。

345 普 淫蕩、淫穢、淫猥、下流、騷 粵 姣(hau⁴)、鹹濕、下流賤格

形容人好色、猥褻放蕩，普通話多用“淫蕩、淫穢、淫猥、下流、騷”等詞；廣州話則多用“姣、鹹濕、下流賤格”，用詞男女有別。形容女子放蕩輕佻用“姣”，形容男子好色、淫猥用“鹹濕”，不分性別時用“下流賤格”。

普	粵
普 不要看下流書刊。	粵 唔好睇鹹濕書。
普 她專門嬌聲嬌氣撩男青年説話，夠騷的。	粵 佢專門嗲聲嗲氣同男仔講話，夠姣咯。
普 這個騷老頭最愛説下流話。	粵 呢個鹹濕佬最中意講鹹濕話。
普 他們在大街上表演脱衣舞，夠下流的。	粵 佢哋喺大街度表演脱衣舞，真係下流賤格。

狀態

普 好、棒、不錯 | 粵 好、好嘢 (yé[5])、靚 (léng[3])、正 (zéng[3])、正斗、堅、蹩 (zan[2]) | 346

對事物表示肯定，對人評價良好，普通話一般用“好、棒、不錯”等來形容，廣州話除了用“好、好嘢”之外，還用“靚、正、正斗、堅、蹩”等詞。“靚”除有美麗的意思之外，還有“好”的意思。“正、正斗”有地道、美好、純正等意思。“堅”有真實、優秀等意思。“蹩”多用於評價事物，有美好、愜意等意思。

普 這種花生油最好。	粵 呢種花生油最正斗。
普 他的成績是全班最棒的。	粵 佢嘅成績係全班最好嘅。
普 趁他心情好的時候去求他。	粵 趁佢心情靚嘅時候去求佢。
普 每個星期日都能去旅遊你說多棒啊。	粵 每個星期日都能夠去旅遊你話幾蹩呀。
普 近年來大家生活都過得很不錯。	粵 呢幾年大家生活都過得好好。

普 了不起、了得、厲害
普 厲害 | 粵 犀利
粵 犀利、飛起、交關、淒涼 | 347

形容人的能力出眾、不平常，普通話多用“了不起、了得”，形容某種狀況嚴重，難以對付或忍受，超出意料，則多用“厲害”。廣州話則都用“犀利”來形容。

普	粵
他三歲就參加比賽得了冠軍，真了不起。	佢三歲就參加比賽得咗冠軍，真犀利。
他的功夫十分了得。	佢嘅功夫好犀利。

形容厲害，廣州話還可以在形容詞之後加上程度副詞“飛起”或“交關”表示。

普	粵
這裏夏天熱得很厲害。	呢度夏天熱到好犀利。
這裏的衣服貴得厲害。	呢度啲衫貴到飛起。
這個人兇得很厲害。	呢個人惡得好交關。
她哭得很厲害。	佢喊得好交關。

廣州話的“飛起”和“交關”都用在形容詞之後表示程度深，都多用於貶義，但用法有所不同：形容詞和“飛起”之間要用“到”字，形容詞和“交關”之間要用“得”字。同時，“交關”還可以用在動詞之後，“飛起”則不能。

廣州話形容情況達到難以忍受的程度有時用“淒涼”。如：今日熱得真淒涼（今天熱得真夠戧）| 佢瘦得太淒涼喇（他瘦得太不像樣了）。廣州話的“淒涼”另有可憐、悲哀的意思。普通話也有“淒涼”一詞，但用來形容景物、環境的寂寞冷落或人的境況淒慘，廣州話的“淒涼”與之不同。

348 普 隆重、排場、嚴重 粵 架勢、巴閉

形容活動排場大、有體面，普通話叫“隆重”或“排場”，廣州話叫“架勢”；如果過於隆重或處理過分則普通話叫“嚴重”，廣州話叫“巴閉”。“巴閉”帶貶義，含煞有介事、小題大做的意思。

普	粵
他們的婚禮搞得很隆重。	佢哋嘅婚禮搞得好架勢。
要十幾輛臥車去迎親，是不是太排場了？	要十幾架車去迎親，係唔係太巴閉喇？
一點點小病，用不着去住院那麼嚴重。	一啲啲病唔使去住院咁巴閉。

普 不堅固、不結實　　粵 化學、兒戲　　349

不堅固、不結實，廣州話叫"化學"或"兒戲"，這是兩個形容詞，普通話似乎沒有相應的用詞。例如：呢間屋偷工減料，好化學，冇人敢住（這所房子偷工減料，很不穩固，沒人敢住）｜張椅咁兒戲嘅，用兩日就爛咗（這椅子品質這麼差，用兩天就壞了）。

廣州話"兒戲"的"戲"這裏變調讀 héi[3-1]。

普 差、差勁、次、劣、壞　　粵 鮓（za²）、鮓斗、鮓皮、流、曳（yei⁵）、豆泥、屎　　350

形容事物的品質不好，普通話有"差、差勁、次、劣、壞"等詞；廣州話有多種說法，常用"曳"，也說"鮓、鮓斗、鮓皮、流、豆泥、屎"等。

普	粵
這次測驗成績很差勁。	呢次測驗成績好鮓斗。
你不要貪便宜去買劣質貨。	你唔好貪便宜去買流嘢。

"鮓、曳"是借用字。

普 差、次、低劣　　粵 水、水斗、水皮　　351

形容學識、技能等水準低，普通話多用"差、次、水準低"等。廣州話則用"水、水斗、水皮"等詞。

普	粵
他專業知識差，寫不出這樣的論文的。	佢專業知識水皮，寫唔出咁嘅論文嘅。
這幾個僱工技術太次了，基本的活兒都不會做。	呢幾個工仔技術太屎咯，基本嘅嘢都唔會做。

352 普 中等、中不溜兒 粵 中亭、中中地

形容品質、成績等不好不壞，程度不深不淺，規模、個兒等不大不小，普通話叫“中等”，口語叫“中不溜兒”；廣州話叫“中亭、中中地”。

普	粵
普 這家工廠不算大，中不溜兒吧。	粵 呢間工廠唔算大，中亭啦。
普 他的成績不算很好，中等水準吧。	粵 佢嘅成績唔算好好，中中地啦。

353 普 個子大、塊頭大、大個兒 粵 大隻、大嚿 (geo6)、大揈 (feng6)、巨揈、大件

形容人體形大，普通話多叫“大個兒”或“個兒大”，廣州話有較多的叫法，一般叫“大隻、大嚿”或“大件”，也有說“大揈、巨揈”的。

普	粵
普 這個人個子很大，人們稱他大個兒。	粵 呢個人好大隻，人哋叫佢大隻佬。
普 他塊頭這麼大，跟他摔跤你一定輸。	粵 佢咁巨揈，同佢摔跤你實輸。

“嚿”是方言字；“揈”是借用字。

354 普 小、細小 粵 細、幼、細嚿 (geo6)、細隻、細粒、幼細

體積不大，普通話叫“小”或“細小”；廣州話主要有“細”和“幼”兩個說法。廣州話的“細”與“大”相對（普通話的“細”與“粗”相對。見下條），從“細”衍生出幾個同義詞：指論塊的東西小叫“細嚿”，指論隻的東西或動物小叫“細隻”，指論顆的東西小叫“細粒”，人的個子小也可用“細粒”來形容。從“幼”衍生出“幼細”，“幼細”與“細”意思完全一樣，都形容長條狀的東西細小。

普	粵
普 土豆粒兒切得很小。	粵 薯仔粒粒切得好細。
普 他上小學的時候，個子很小。	粵 佢翻小學嗰陣，好細粒。
普 這根棍子太細小，恐怕撐不住。	粵 呢條棍太幼細，怕頂唔順。

普 細　粵 幼、幼細、幼滑　355

形容粉末顆粒微小，普通話叫“細”；廣州話叫“幼”，又叫“幼細”或“幼滑”。“幼滑”強調細膩、嫩滑。

普	粵
普 綠豆粉磨得很細。	粵 綠豆粉磨得好幼。
普 那種麵粉要細一些。	粵 嗰隻麵粉幼細啲。
普 這種爽身粉非常細。	粵 呢隻爽身粉好幼滑。

廣州話的“幼滑”也可形容織物手感細膩和食物口感嫩滑。

廣州話也有“細”一詞，是“小”的意思，與“大”相對，跟普通話的“細”（與“粗”相對）不同。（參看上條）。

普 瘦、瘦小　粵 奀 (ngen1)、奀細、瘦蜢蜢、瘦削、嫋 (niu1)、奀嫋鬼命　356

形容人個小而瘦弱，普通話用“瘦小”；廣州話一般用“奀”或“奀細”。“奀、奀細”有幾個同義詞：形容人非常瘦用“瘦蜢蜢”，意思是瘦得像蚱蜢一樣；瘦而顯得纖弱，用“瘦削”或“嫋”；形容人過於消瘦羸弱用“奀嫋鬼命”。

普	粵
普 這小孩不願意吃飯，怪不得這麼瘦小。	粵 呢個細路唔肯食飯，唔怪得咁奀細。
普 她個子又矮又瘦。	粵 佢嘅身材又矮又奀。

普 他病了半個月就骨瘦如柴了。	粵 佢病咗半個月就奀嫋鬼命咯。

"奀"是方言字。

357 普 小巧　　粵 的式、丁香、骨子

形容物品小而精巧、人小而靈巧，普通話說"小巧"，廣州話說"的式、丁香"或"骨子"。"的式、丁香"可指人也可指物；"骨子"偏重精緻，一般指物。

普 他女兒身材小巧。	粵 佢個女好丁香。
普 這個錶挺小巧。	粵 呢個錶幾的式。
普 這個模型挺小巧的。	粵 呢個模型夠晒骨子。

廣州話的"丁香"還有指東西量少的意思。例如：呢碟餸咁丁香嘅(這盤菜這麼少啊)。

358 普 苗條　　粵 瀟湘、嫋(niu¹)高

形容女人身材細長秀美，普通話叫"苗條"，廣州話叫"瀟湘"或"嫋高"。

廣州話俗語說的"抵冷貪瀟湘"，意思是捱冷圖苗條，指一些女性在寒冷天氣中為了顯示苗條身材而寧肯受凍也少穿衣服。

359 普 寬、寬闊、肥　　粵 闊、闊落、闊哩啡(lé⁴ fé⁴)

普通話形容物品、房屋、道路等寬大叫"寬"或"寬闊"，形容衣服寬大叫"肥"。廣州話二者沒有區別，都用"闊"來形容，並從"闊"衍生出"闊落、闊哩啡"等詞。"闊落"多用來形容房屋、地方等寬闊；"闊哩啡"多形容衣服過於肥大，帶有貶義。

普	粵
這條馬路很寬闊。	呢條馬路好闊落。
這門面夠寬闊了。	呢個門面夠闊咯。
這條褲子太肥了，穿着不好看。	呢條褲闊哩啡，着起嚟唔好睇。

普 狹窄、狹小　粵 淺窄、屈質、迫窄、夾 (gib6)　360

形容空間狹小，普通話用“狹窄、狹小”等詞，廣州話多用“淺窄、屈質”或“迫窄、夾”。

普	粵
這屋子做辦公室狹窄了一點。	呢間房做辦公室迫窄啲。
你的房間這麼狹小，怎麼住得四個人？	你間房咁屈質，點住得四個人呢？

普 彎、彎曲　粵 彎、孿 (lün1)、孿弓、孿捐　361

東西不直，普通話叫“彎、彎曲”，廣州話有“彎、孿、孿弓、孿捐”等說法。

普	粵
這條路不直，有點彎。	呢條路唔直，有啲彎。
這根竹竿很直，一點兒也不彎曲。	呢條竹竿好直，一啲孿弓都冇。
這條舊鐵絲不好，彎彎曲曲的。	呢條舊鐵線唔好，孿孿捐捐。

彎曲的頭髮，普通話叫“鬈髮”，廣州話叫“孿毛”，都不用“彎”來形容。

362 普 很多、許多、不少、有的是 粵 好多、大把、唔少、多羅羅、多多聲

形容東西數量大，普通話說“很多、許多、不少”或“有的是”，廣州話則說“好多、大把、唔少、多羅羅、多多聲”等。“多羅羅”含貶意，“多多聲”一般帶有誇張或炫耀的意味。

普	粵
這裏有很多新產品。	呢度有好多新產品。
許多人同意他的看法。	大把人同意佢嘅睇法。
他幹的缺德事真不少。	佢做嘅衰嘢真係多羅羅。
這種植物我家鄉有的是。	呢種植物我鄉下多多聲啦。

普通話也有“大把”一詞，一般僅用於錢財，在句子裏作狀語。如，他大把大把地花銀子。

363 普 多一點、多餘、富餘 粵 多啲(di¹)、鬆啲、有突、有剩

表示東西的數量比原來要求的略多，普通話用“多一點、多餘、富餘”等詞，廣州話習慣用“多啲、鬆啲”等，也可以說“有突、有剩”。

普	粵
這個工程預算需要五萬元多一點。	呢個工程預算需要五萬文鬆啲。
今天的門票收入十萬元還多。	今日門票嘅收入十萬文有突。
機器用不了多少錢，三千元還富餘吶。	機器唔使幾多錢，三千文重有剩。

“啲”是方言字。

普 很少、一點兒、一丁點兒　粵 些少、多少、少少、啲 (di¹)、一啲、啲啲、啲多、啲咁 (gem³) 多　364

表示東西數量很少，普通話說"很少、一點兒"，廣州話有"些少、多少、少少、啲、一啲"等好幾種說法。表示更少，普通話用"一丁點兒"，廣州話用"啲啲、啲多、啲咁多"表示。其實廣州話這幾個詞除了"多少"表示"不多不少的一些"意思以外，其他意思都差不多，使用時相互間沒有明顯的差別。

普	粵
我們吃很清淡，放一點兒鹽就夠了。	我哋食得好清淡，放啲啲鹽就夠嘞。
給我一點兒糖吧。	畀我啲多糖啦。
煮菜下一丁點兒味精就夠了。	煮餸落啲啲味精就夠咯。
今天他有一點兒不舒服。	今日佢有些少唔自然。
做這件事我有一點兒經驗。	做呢件事我有多少經驗。

"啲、咁"是方言字。

普 亮、明亮、亮堂堂　粵 光、光猛、光瞠 (cang⁴) 瞠　365

表示光線充足，普通話說"亮、明亮、亮堂堂"等，廣州話有光、光猛，光瞠瞠等說法。"光"是亮、光亮的意思，"光猛"是光線強烈的意思，"光瞠瞠"形容光線強烈，有刺眼的感覺。

普	粵
這屋子很亮，看書最好。	呢間房好光，睇書最啱。
會議廳燈火輝煌，十分明亮。	會議廳燈火輝煌，夠晒光猛。
開着門亮堂堂的，怎麼看電影？	開住度門光瞠瞠噉，點睇電影呀？

"瞠"是方言字。

366 普 暗、黑、黑暗、黑咕隆咚　粵 黑、黑孖(ma¹)孖、黑瞇擝(meng¹)

形容光線不足或沒有光，普通話叫"暗、黑、黑暗、黑咕隆咚"，廣州話叫"黑、黑孖孖、黑瞇擝"。

普	粵
普 窗子太小，屋裏很暗。	粵 窗太細，房裏頭黑孖孖。
普 還沒天亮，黑咕隆咚的就起來幹嗎？	粵 重未天光，黑瞇擝就起身做乜？

普通話裏，"黑、黑暗"要比"暗"程度深。廣州話沒有這個區別，黑和暗都叫"黑"。廣州話"黑孖孖、黑瞇擝"跟普通話的"黑咕隆咚"一樣，結構上是"黑"加上襯字，意思上都是指"黑"。

367 普 咖啡色、醬色、茶色、褐色、茶褐色、赭色　粵 豬肝色、咖啡色、茶色

像栗子皮那樣的顏色，普通話、廣州話都叫"咖啡色"也叫"茶色"。普通話還叫"醬色、茶褐色"等，書面有時叫"赭色"；廣州話口語多叫"豬肝色"，不用"醬色、褐色、茶褐色"。

368 普 美、美麗、漂亮、俊、俊俏、好看　粵 靚、好睇、威、威水

形容人貌美，形容器物、風景等美觀悦目，普通話多用"美、美麗"或"漂亮、好看"；形容年輕人相貌美多用"俊、俊俏"。廣州話則多用"靚、好睇"來形容人或物的美，用"威、威水"形容人的衣着服飾美。

普	粵
普 這女孩長的很美。	粵 呢個女仔生得好靚。
普 我家鄉的風景非常美麗。	粵 我鄉下嘅風景好靚。

普	粵
今天你穿的衣服挺漂亮的。	今日你着嘅衫好威噃。

普通話“美麗”和“漂亮”在意義及用法上略有不同。“美麗”帶美好的意思，有莊嚴的感情色彩；“漂亮”帶出色、精彩意思，不具莊嚴的感情色彩。例如，我們説“美麗的河山”，不説“漂亮的河山”; 説“這一球踢得真漂亮”，不説“這一球踢得真美麗”。

普 出眾、拔尖 粵 標青 369

形容才能、成績、相貌等突出，超出一般，普通話叫“出眾”或“拔尖”; 廣州話叫“標青”。

普	粵
這女孩長得很出眾。	個女仔生得好標青。
他的開車技術在車隊裏是拔尖的。	佢嘅開車技術喺車隊裏頭係標青嘅。

普通話的“拔尖”説話時一般要兒化。廣州話“標青”的“青”要讀 céng[1]，不讀 qing[1]。

普 胖、胖乎乎、肥胖 粵 肥、肥腯 (ded[1]) 腯、大隻 370

形容人脂肪多，普通話用“胖、胖乎乎、肥胖”，形容動物脂肪多，普通話用“肥”。除了“肥胖、減肥”之外，“肥”一般不用於人。廣州話沒有“胖”的説法，一般用“肥”或“肥腯腯”兼指人和動物的肥胖。

普	粵
他只有八十公斤，不算胖。	佢得八十公斤之嘛，唔算肥。
這個孩子胖乎乎的，真好玩。	呢個細佬哥肥腯腯嗷，真好玩。

普 吃飽了就睡，胖得像頭豬。	粵 食飽就瞓，肥得似隻豬。

“腯”是借用字。

371 普 醜、醜陋、難看　粵 醜怪、醜樣、難睇、肉酸、鶻突、異相、騎□ (lé⁴)

形容人或動物長相醜陋，不好看，普通話叫“醜、醜陋、難看”，廣州話叫“醜怪、醜樣、難睇、肉酸”，難看而使人噁心的叫“鶻突”，難看得怪異叫“異相”或“騎□ (lé⁴)，即奇形怪狀的意思。

普 這個人長得不算醜。	粵 呢個人生得唔算醜樣。
普 他的額上長着一個大瘡，有點難看。	粵 佢嘅額頭度生咗一個大瘡，有啲鶻突。
普 這隻狗幾乎看不見鼻子，太醜陋了。	粵 呢隻狗幾乎睇唔見個鼻哥，太騎□ (lé⁴) 喇。

鶻是借用字。

372 普 肉麻、噁心　粵 肉酸、作嘔

形容某些輕佻、怪異的舉動或言語，使人感到難受、不舒服，普通話叫“肉麻”，廣州話叫“肉酸”。程度深的，普通話用“噁心”，廣州話用“作嘔”來形容。

普 穿起這件衣服，不是新潮是肉麻。	粵 着起呢件衫，唔係新潮係肉酸。
普 裸奔？我不會做這麼噁心的事！	粵 裸奔？我唔會做咁肉酸嘅事！
普 我看見他就噁心了。	粵 我睇見他就作嘔咯。

普 德行 粵 衰樣、貓樣、嘜(meg¹)頭、乞兒相 373

譏諷某人儀容舉止難看，或低俗，或邋遢，或不大方，讓人看不起，普通話似乎沒有一個可以概括的詞，只有"德行"勉強可用。廣州話則可用幾個詞表示：一般用"衰樣、貓樣"，帶有鄙視情緒或開玩笑時用"嘜頭"，指邋遢、低賤的樣子用"乞兒相"。廣州話的這幾個詞偏重於指相貌、儀表；普通話的"德行"所指要廣泛些，包括行為、作風等。

普	粵
怎麼做了大老闆穿着還是這德行？	乜做咗大老細重着成噉嘅衰樣？
看看你這德行，這麼骯髒，快去洗乾淨。	睇下你副貓樣，快啲洗乾淨佢。
你這德行真像乞丐，誰見了都討厭。	你成副乞兒相噉，邊個睇見都唔開胃啦。
你這德行怎麼能出場面呢？	你呢個嘜頭點出得場面呀？

"嘜"是音譯英語 mark 的方言譯音字。"嘜頭"原意為商標、牌子，藉以指人的模樣時有詼諧的意味。

普通話"德行"的"行"一定要讀輕聲。廣州話"乞兒相"的"兒"要變調讀 yi⁴⁻¹ 音。

普 土、土氣、土裏土氣 粵 土、老土、大鄉里、大娘(nêng¹)、擸 374

形容人不時髦、落後於潮流，普通話、廣州話都說"土"，普通話還說"土氣、土裏土氣"，廣州話還用"老土"來形容。廣州話過去常用"大鄉里、大娘"來形容人土氣（名詞作形容詞用），現在逐漸少說了。約三四十年前出現的詞"擸"，原意是"用棍子敲打"，指拿鋤頭敲打土塊，即在田裏勞作，轉指人土、土裏土氣的意思，現在慢慢地也少說了。

普	粵
普 穿這身衣服太土氣了。	粵 着呢脫衫太土喇。
普 跳舞都不會，夠土的。	粵 跳舞都唔會，真係老土咯。
普 戴着這頂帽子上街，土氣十足。	粵 戴住呢頂帽出街，夠晒擸咯。

375　普 寒磣、寒酸　粵 寒酸、兜踎 (meo¹)、耷 (deb¹) 濕

因簡陋或過分節儉而顯得不體面，普通話叫"寒磣"或"寒酸"。廣州話也叫"寒酸"，口語叫"兜踎"或"耷濕"。

普	粵
普 送一本書作見面禮，不會寒磣吧？	粵 送本書做見面禮，唔會寒酸啩？
普 參加這個活動，不能穿得太寒酸。	粵 參加呢個活動，唔能夠着得太兜踎。
普 門面要裝修一下，總不能太寒磣吧。	粵 門面要裝修一下，唔能夠太耷濕嘅。

"寒磣"的"磣"要讀輕聲。"踎"是方言字。

376　普 聰明、精明、機靈　粵 叻 (lég¹)、叻仔、精 (zéng¹)、精乖、精叻、醒、醒目、醒神、飛

形容人智力發達、明察、機智，普通話用"聰明、精明、精靈"。"聰明"側重指記憶力和理解力強，"精明"側重指對情況變化察覺敏銳，"機靈"側重指能隨機應變。

廣州話用"叻、叻仔、精、精乖、精叻、醒、醒目、醒神"等詞。"叻、叻仔"形容聰明、能幹("叻仔"是名詞作形容詞用)；"精、精乖、精叻"偏重指精明、機警；"醒、醒目、醒神"偏重指伶俐、機靈。

普	粵
普 這個孩子很聰明，學甚麼一學就會。	粵 呢個仔好叻仔，學乜一學就會。
普 這麼機靈的孩子你是騙不了他的。	粵 咁精叻嘅仔你唔呃得倒佢嘅。
普 機靈的人可以舉一反三。	粵 醒目嘅人可以舉一反三。
普 經過這次教訓他學聰明了。	粵 經過呢次教訓，佢學精咗喇。

廣州話的"精"往往含貶意，多形容人愛要小聰明，自私，從不肯吃虧（還有"精仔"一詞，意義相同）。普通話的"精"多用於褒義也可用於貶義，跟廣州話的詞義不完全一致。

廣州話的"飛"有能幹、了不起，但厲害、不好惹的意思，略帶貶義。

"叻"是方言字。

377 普 能幹、有能耐、有本事 粵 本事、抵手、掯 (keng³)、使得

形容人做事能力強，有才華，普通話用"能幹、有能耐、有本事"等詞，廣州話用"本事、抵手、掯、使得"等詞。

普	粵
普 這位技術員真能幹。	粵 呢位技術員真使得。
普 你有本事的話就應該接受任務。	粵 你本事嘅話就應該接受任務。

廣州話的"本事"原是名詞，所以也有"有本事"的說法，這裏作形容詞使用。

廣州話的"掯"，原指酒類醇厚，度數高，轉指人能力強。如：一個人抵得過五個人，你話幾掯吖（一個人抵得過五個人，你說多有能耐）。

"掯"是借用字。

378 普 頂用、管用、有效 粵 使得、殺食、止得咳

形容人有解決問題的能力，藥物有治療功效，普通話用“頂用、管用、有效”等詞，廣州話用“使得、殺食、止得咳”等詞。“止得咳”字面意思是能止咳，實際指能解決問題。

普	粵
要他當組長就管用。	要佢當組長就止得咳。
他頂用，派他去吧。	佢使得，派佢去啦。
這辦法頂用。	呢個辦法殺食。
拉肚子吃這種藥就有效。	屙肚食呢種藥就止得咳。

379 普 傻、笨、蠢、愚蠢、蠢笨、笨蛋 粵 傻、笨、薯、薯頭、鈍、薯鈍、蠢、蠢鈍、戇 (ngong6)、戇居、喪、廢

形容人愚蠢、智力低下、不聰明、不靈活，普通話用“傻、笨、蠢”，還有“愚蠢、蠢笨、笨蛋”等詞。廣州話也用“傻、笨、蠢”，另外還有“薯、薯頭、鈍、薯鈍、蠢鈍、戇、戇居、喪、廢”等同義詞。其中，“薯、薯頭、鈍、薯鈍、蠢鈍”側重形容人頭腦遲鈍、不靈活；“戇、戇居、喪、廢”側重形容人糊塗、不明事理。

普	粵
人家騙你都不知道，真愚蠢。	人哋呃你都唔知，真蠢。
這麼簡單的道理怎麼説都不懂，真笨。	咁簡單嘅道理講極都唔懂，真薯鈍。
這麼難得的東西隨便扔了，真傻。	咁難得嘅嘢隨便掉咗，好戇呀。
你真笨蛋，怎麼可以告訴他呢！	你都戇居嘅，點講得畀佢知呢！

“戇”是訓讀字。“薯、喪、廢”是借用字。

普 老實、老實巴交、憨厚、憨實　粵 老實　380

形容人誠實、本分、不惹事，普通話叫“老實、老實巴交”，如果老實而厚道，則叫“憨厚、憨實”；廣州話都叫“老實”。

普	粵
他是老實人，不會撒謊。	佢係老實人，唔會講大話。
別看他老實巴交，腦子靈活得很。	咪睇佢老老實實噉，好聰明㗎。
他為人憨厚。	佢呢個人老實。

普 死板、呆板　粵 死板、古板、梗板　381

形容人辦事不會變通，不靈活，普通話、廣州話都叫“死板”。普通話又叫“呆板”，廣州話還叫“古板、梗板”。

普	粵
情況變了還按老法子辦，真死板。	情況變咗重按老辦法做，真梗板。
他很呆板，腦筋就是轉不過彎來。	佢好古板，腦筋就係轉唔過彎。

普 呆滯、發呆、發愣　粵 吽哣 (ngeo6 deo6)、吽、發吽哣、木獨、發木獨　382

形容人頭腦遲鈍，表情麻木，對周圍事物茫然不覺，普通話叫“呆滯、發呆、發愣”；廣州話叫“吽、吽哣、木獨”，也叫“發吽哣、發木獨”。

普	粵
你整天坐在那裏發愣幹甚麼？	你成日坐喺嗰度吽吽哣哣做乜嘢呀？

普 他的目光呆滯，可能有甚麼心事。	粵 佢咁吽哣，有乜心事都唔定。
普 一早起來就發愣，有病吧？	粵 一早起身就發木獨，係唔係有病呀？

廣州話還有“定晒形”一詞形容人一動不動地愣着。

“吽、哣”是方言字。

383 普 過癮、痛快 粵 過癮、有癮、爽

形容人興趣、愛好得到滿足而愉悦舒暢，普通話叫“過癮、痛快”，廣州話叫“過癮、有癮、爽”。

普 遊園晚會大家玩得很痛快。	粵 遊園晚會大家玩得好過癮。
普 吃過飯再喝一杯咖啡最痛快。	粵 食咗飯再飲一杯咖啡最爽喇。

384 普 有趣、有意思 粵 趣致、趣怪、得意

形容能引起人的興趣，討人喜愛，普通話叫“有趣”或“有意思”；廣州話叫“趣致、趣怪”和“得意”，“趣怪、得意”多用於小孩。

普 這個故事很有意思。	粵 呢個古仔好趣致。
普 她的小女兒很有趣。	粵 佢個女好得意。

普通話也有“得意”一詞，但形容的是“自我感覺很滿意”，並沒有“有趣”的意思。

普 沒意思、不過癮、不帶勁、沒勁　粵 冇(mou5)癮、冇意思、唔(m4)過癮、冇味道　385

形容事情引不起興趣，或不能盡興，普通話叫“沒意思、不過癮、沒勁”；廣州話叫“冇癮、冇意思、唔過癮、冇味道”。

普	粵
人太少打球沒意思。	人太少打波冇癮。
旅遊玩一兩天不帶勁。	旅遊玩一兩日唔過癮。
大人玩小孩的東西沒勁。	大人玩細佬哥嘅嘢冇味道。

“冇、唔”是方言字。

普 難為情、難堪、尷尬、狼狽　粵 冇(mou5)表情、好冇癮、唔(m4)好意思　386

形容陷入了窘境，不知所措，臉面上又下不來，普通話叫“難為情、難堪、尷尬、狼狽”等；廣州話也說“難為情、難堪”，過去常使用諧謔語“冇表情、好冇癮”，現在則多使用“唔好意思”這一俗語。

普	粵
在大家面前丟人現眼，真難堪。	喺大家面前丟架，冇晒表情。
在大街上認錯了人，真尷尬。	喺大街度認錯人，真係好冇癮。
你這樣說，我就更難為情了。	你噉樣講，我就更唔好意思咯。

“唔好意思”這俗語意思含混，讓人覺得比較客氣。日常多用來表示歉意。

“冇、唔”是方言字。

387 普 丟臉、丟醜、丟人、丟面子、現眼、丟人現眼 粵 丟架 (ga²)、失禮、失禮人、甩 (led¹) 鬚、甩底

形容在人前出醜，喪失體面，普通話叫“丟臉、丟醜、丟人、丟面子”或“現眼、丟人現眼”等，廣州話叫“丟架”，又有“失禮、失禮人、甩鬚、甩底”等說法。

普	粵
普 輸給世界冠軍不算丟臉。	粵 輸畀世界冠軍唔算丟架。
普 學東西不能怕丟醜。	粵 學嘢唔能夠怕丟架。
普 全班就我一個不及格，多丟人啊！	粵 全班就我一個唔及格，幾失禮人呀！
普 居然會輸給他，真丟面子！	粵 居然會輸畀佢，真係甩鬚！

廣州話的“甩鬚”字面意思是鬍鬚脱落了，多指有經驗的人失手致丟醜。“甩”是方言字。

普通話也有“失禮”一詞，指違背了禮節或禮貌不周以致對人失敬，與廣州話的“失禮”不盡相同。

388 普 詼諧、滑稽 粵 生鬼、搞笑、鬼馬

形容人的言語、打扮、舉動等引人發笑，普通話用“詼諧、滑稽”。“詼諧”一般只用於指言語風趣；“滑稽”適用範圍要廣得多，包括言談、舉止、表情等。廣州話用“生鬼、搞笑、鬼馬”等詞。“生鬼”偏重於指生動、風趣，“搞笑”偏重於指逗趣、逗樂，“鬼馬”偏重於指機靈而略顯狡黠。

普	粵
普 這個演員很滑稽。	粵 呢個演員好生鬼。
普 他説話都很詼諧。	粵 佢講話都中意搞笑。

普 涼、冷、凍　　粵 涼、冷、凍、冰　　389

形容氣溫低，按不同程度，普通話和廣州話都使用"涼、冷、凍"等詞，但是使用時兩種語言有差別。一般說來，氣溫降低了，人們仍耐受得了，不添加衣服還可以時，普通話說"涼"，廣州話說"凍"。氣溫再低些，人們感到難受時，普通話、廣州話都說"冷"。

普 北京一到九月初就涼了。	粵 北京一到九月初就凍嘞。
普 這裏是山區，早晚涼一點。	粵 呢度係山區，朝晚凍啲。
普 下了一場秋雨，大家都說冷。	粵 落咗一場秋雨，大家都話冷。

普通話的"涼"和"冷"區分比較明顯，廣州話的"凍"和"冷"卻區分得不明顯，有時甚至可以通用。上面的例子裏，廣州話的"凍"和"冷"就可以互換。

廣州話也說"涼"，但比起普通話的"涼"在程度上要更淺一些，而且往往表示有舒適的感覺。例如俗語"風涼水冷"就是形容環境好、涼快、通風（這裏與水無關，所以"冷"字是陪襯的）。

普通話也說"凍"，也有受冷或感到冷的意思，但更常用於指液體遇到低溫而凝固。而液體遇冷凝固，廣州話叫"瓊"。"瓊"是同音借用字。

形容極冷，廣州話用"冰"，如"河水好冰（河水很寒冷）"。這是較新的說法。普通話也說"冰"，但作動詞用，如"河水冰腿"。

普 悶、悶熱　　粵 焗（gug⁶）、焗熱、翳（ngei³）、翳熱、翳焗　　390

氣溫高而沒有風或空氣不流通，普通話叫"悶、悶熱"，廣州話叫"焗、焗熱、翳、翳熱"或"翳焗"。廣州話的"焗"相當於普通話的"悶"，而"翳"是陰沉沉的或使人難受的意思。

普 快下雨了，怪不得這麼悶了。	粵 就嚟落雨喇，唔怪之得咁焗啦。
普 颱風到來之前，天氣特別悶熱。	粵 打風之前，天氣特別翳焗。
普 這房子連窗户都沒有，悶熱死了。	粵 間屋連窗都冇，焗熱死咯。

"焗"是方言字。

391 普 味道美、味道好、可口　粵 好味、和味、好喫(yag³)味

形容食品味美，合口味，普通話叫"味道美、味道好、可口"；廣州話叫"好味、和味"或"好喫味"。"和味"有食品中多種作料、多種味道調和配合得美妙的意思。

普 你做的菜味道好極了。	粵 你整嘅餸好好味呀。
普 這種點心味道相當可口。	粵 呢種點心幾好喫味㗎。

"好喫味"多為市郊賣食品的小販叫賣時用，一般人少用。

392 普 鮮、香　粵 甜、鮮甜

形容菜餚味道鮮美，普通話多用"鮮、香"；廣州話多叫"甜"或"鮮甜"。廣州話也說"香"這詞，但只用來形容食物氣味芬芳，不形容食品的味道。

普 清蒸活魚味道比較鮮。	粵 清蒸魚較為鮮甜。
普 這鍋湯真鮮。	粵 呢煲湯真甜。
普 炒花生比甚麼都香。	粵 炒花生比乜嘢都香。

普 難吃　粵 難食、難骾 (keng²)、惡骾　393

形容食物難以下嚥，普通話叫“難吃”；廣州話叫“難食”或“難骾、惡骾”。“骾”是方言借用字（讀音 geng²），意思為勉強下嚥。“難骾、惡骾”都指難以吞食，吞嚥不下。

普	粵
這樣做的菜很難吃。	噉樣煮嘅餸好難食。
夾生飯真難吃。	夾生飯好難骾。

廣州話的“難骾、惡骾”還有事情難以對付，利益難以獲取等意思。例如：呢筆錢真難骾（這筆錢真難得到）｜呢單工程好惡骾嘅（這宗工程很難拿下來的）。

普 空、空心　粵 空籠 (lung⁴⁻²)、空心、通籠、通窿 (lung¹)、通心　394

形容東西中間空，普通話叫“空、空心”。廣州話分兩種情況：形容東西中間空叫“空籠、空心”，形容東西中空通透叫“通籠、通窿、通心”。

普	粵
山洞裏頭是空的，能通到另一邊去。	山窿裏頭係通籠嘅，能夠通嗰邊。
這根柱子裏頭是空心的。	呢條柱係空心嘅。

普 擁擠　粵 擠擁、迫、迫人、爆棚　395

形容場所裏人非常多，普通話說“擁擠”；廣州話說“擠擁”，還說“迫、迫人”，近年還說“爆棚”。“爆棚”是指人十分擁擠，以至把戲棚都給擠破了，引申為“熱烈、觀眾爆滿，盛況空前”等意思。

普 公共汽車人多，太擁擠了。	粵 公共汽車人多，太迫人喇。
普 聽他講課的人太擁擠了。	粵 聽佢講課嘅人真擠擁。
普 昨晚的演出觀眾真是擁擠。	粵 琴晚嘅演出真係爆棚。

396 普 熱鬧 粵 鬧熱、熱鬧、墟冚 (hem6)、柴娃娃

表示場面熱烈活躍，普通話叫“熱鬧”；廣州話舊時多叫“鬧熱”，現在也說“熱鬧”了，之外還說“墟冚、柴娃娃”等。“墟冚”是形容集市及其他公共場所的熱鬧氣氛；“柴娃娃”有人多熱鬧的意思。

普 鄉村的集市熱鬧得很。	粵 鄉下嘅墟鬧熱到鬼噉呀。
普 那裏那麼熱鬧，是甚麼地方？	粵 嗰度咁墟冚，係乜嘢地方？
普 大家熱熱鬧鬧玩了一天。	粵 大家柴娃娃噉玩咗一日。

“冚”是方言字。

397 普 嘈雜、吵鬧、鬧哄哄、喧嘩、喧鬧、喧嚷、喧囂 粵 嘈、嘈吵、嘈嘈閉、嘈喧巴閉、喧巴嘈閉

形容聲音大而雜亂、擾人，普通話叫“嘈雜、吵鬧、鬧哄哄”，帶書面語性質時叫“喧嘩、喧鬧、喧嚷、喧囂”；廣州話叫“嘈、嘈吵”，形容吵鬧不停叫“嘈嘈閉”，形容鬧哄哄的情況叫“嘈喧巴閉”或“喧巴嘈閉”。

普 外面為甚麼那麼嘈雜？	粵 外面乜咁嘈？
普 這裏像市場那麼喧鬧。	粵 呢度好似街市咁嘈吵。

普 這裏鬧哄哄的，怎麼能看書？	粵 呢度嘈喧巴閉，點睇得書？

以上普通話、廣州話各詞都是形容詞，除"嘈雜、鬧哄哄"外，還能作動詞用。

普 偏僻、背　粵 背(bui⁶)、背角、墮角　398

形容地處邊遠或人少到的地方，普通話叫"偏僻"或"背"；廣州話也叫"背"，還叫"背角、墮角"。

普 住在這裏好是好，不過太背了。	粵 住喺呢度好就好，不過太背角喇。
普 在公園找個偏僻的地方坐下來慢慢談。	粵 喺公園度搵個墮角啲嘅地方坐落嚟慢慢傾。

普 整齊　粵 齊整、企理、歸一　399

普通話說的"整齊"，廣州話習慣叫"齊整"，另外還有"企理、歸一"兩個說法。"企理"有整齊清潔的意思；"歸一"有放置得有條理的意思。

普 馬路旁的樹種得很整齊。	粵 馬路旁邊嘅樹種得好齊整。
普 你的房間佈置得很整齊清潔。	粵 你間房佈置得好企理。
普 倉庫裏貨物擺得很整齊。	粵 倉庫裏頭貨物擺得好歸一。

400 普 亂、亂糟糟、混亂、凌亂、亂七八糟 粵 亂、亂龍、立亂、亂晒龍、亂晒坑

形容不整齊，無秩序，普通話用“亂、亂糟糟”或“混亂、凌亂、亂七八糟”，廣州話也説“亂”，還有“亂龍、立亂、亂晒龍、亂晒坑”等幾個詞，意思都差不多。其中“立亂”可重疊成“立立亂”或“亂立立”，感情色彩強烈些。

普	粵
車站附近秩序太混亂了。	車站附近太亂喇。
我的材料誰弄得這麼凌亂了？	我嘅材料邊個搞到立立亂呀？
講話講得亂亂的，誰也聽不清。	講話講得亂立立，邊個都聽唔清楚。
房間沒收拾，東西放得亂七八糟。	間房冇執拾，啲嘢放到亂晒龍。

401 普 骯髒、髒、邋遢 粵 污糟、邋遢 (lad⁶ tad³)、污糟邋遢、揦鮓 (la³ za²)、罨 (ngeb¹) 汁

形容不乾淨、不衛生，普通話叫“髒、骯髒、邋遢”，廣州話有“污糟、邋遢、污糟邋遢、揦鮓、罨汁”等説法。其中的“罨汁”有潮濕而骯髒的意思。普通話的“邋遢”是不整潔、不利落的意思，廣州話的意思只是骯髒，二者略有差別。

普	粵
你的手太骯髒了，洗乾淨再吃飯。	你嘅手太污糟喇，洗乾淨至食飯。
衣服髒了就趕緊洗。	衫邋遢咗就快啲洗。
好好的草地給你們搞得骯髒不堪。	好好嘅草地畀你哋搞到污糟邋遢晒。
市場滿地水，又潮濕又骯髒。	市場滿地水，唔知幾罨汁。

“揦、鮓、罨”都是借用字。

普 臭哄哄、惡臭　粵 臭亨亨、臭烹烹、冤、冤臭、冤崩爛臭　402

形容氣味很臭、很難聞，普通話有“臭哄哄”的說法，廣州話用“臭亨亨”或“臭烹烹”。如果極臭，像魚肉敗壞那樣臭得使人作嘔，普通話叫“惡臭”，廣州話用“冤、冤臭、冤崩爛臭”等說法。

普	粵
普 廁所沒人打掃，臭哄哄的。	粵 廁所冇人去掃，臭烹烹噉。
普 死老鼠那股惡臭使人作嘔。	粵 死老鼠冤崩爛臭使人作嘔。

普 餿、酸臭　粵 宿、宿堪堪、酸宿、酸宿爛臭、酸宿餲 (ngad³) 臭、鹹臭　403

形容汗的臭味，普通話用“餿臭、酸臭”，廣州話用“宿、酸宿、酸宿爛臭、酸宿餲臭、鹹臭”等。“宿、酸宿”是汗臭，“酸宿爛臭、鹹臭”是人身發出的各種臭味的總稱，“酸宿餲臭”是帶有尿味的臭，“宿堪堪”多指嬰兒的體味，包括汗味、奶臊味等。

普	粵
普 夏天衣服一兩天不換，就酸臭啦。	粵 天熱一兩日唔換衫，就宿晒喇。
普 他的襪子好久不換，餿臭極了。	粵 佢嘅襪好耐都唔換，唔知幾鹹臭。
普 一身汗臭，要洗澡才行。	粵 一身酸宿爛臭，要洗身至得。

另外，普通話的“餿”、廣州話的“宿”也用來形容食物酸敗的異味。

“宿”是同音借用字。

404 普 腥、腥臭 粵 腥、臭腥、腥臭、腥鰛(wen1)鰛、㬤(hod3)、腥㬤

形容魚蝦類或某些動物難聞的氣味，普通話用“腥、腥臭”。廣州話有所區別：一般魚蝦類的腥味叫“腥”，包括“腥臭、臭腥、腥鰛鰛”等詞；動物的腥味叫“㬤”又叫“腥㬤”。

普	粵
普 手抓過魚，洗了手還很腥。	粵 隻手抓過魚，洗過手重好腥。
普 有人説水庫的魚有腥臭味。	粵 有人話水庫嘅魚有腥臭味。
普 這狗很腥臭，要給牠洗澡了。	粵 隻狗好腥㬤，要同佢沖涼咯。

“㬤”是借用字。

405 普 臊、羶 粵 臊、餲(ngad3)、餲堪堪

形容尿的臭味，普通話用“臊”，廣州話叫“餲、餲堪堪”。廣州話也有“臊”一詞，所指與普通話不盡相同。廣州話的“臊”既指狐狸的氣味（普通話也叫“臊”），也指羊肉的氣味（普通話叫“羶”），還指吃奶嬰兒的奶腥氣味（普通話叫“乳臭”）。

普	粵
普 你怕不怕羊肉的羶味兒？	粵 你怕唔怕羊肉嘅臊味？
普 小孩尿牀，把牀弄得臊極了。	粵 細佬仔瀨尿，搞到張牀餲堪堪。

普通話的“臊、羶”與廣州話的“㬤、臊”使用對比可列表如下：

意　義	普通話	廣州話
尿味	臊	餲
狐狸味	臊	臊

意 義	普通話	廣州話
羊肉味	膻	臊
奶臊味	乳臭、臊	臊

“餲”是借用字，原意指食物變味。

普 穩、穩當、穩固 粵 穩、穩陣、定、定當 406

形容牢靠、堅固，普通話用“穩、穩當、穩固”等詞，廣州話也用“穩”，還用“穩陣”。普通話的“穩、穩當”還形容舉止、辦事穩重、妥當，這一意思廣州話用“定、定當”等詞。

普 這把椅子放得很穩。
普 我擔心這梯子不穩當。
普 他年齡太小，要他去辦這事不穩當。
普 他開車很穩。

粵 呢張椅放得好穩。
粵 我怕呢張梯唔穩陣。
粵 佢太細個，要佢去辦呢件事唔係幾定當。
粵 佢開車好定。

普 舒服、過癮、帶勁 粵 歎、爽、過癮、有癮 407

表示感到輕鬆愉快、盡興，普通話叫“舒服、過癮、帶勁”，廣州話有“歎、爽、過癮、有癮”等說法。“歎”多作動詞表示“享受”，也可以作形容詞用，有“舒舒服服”的意思。

普 你甚麼都不用愁，最舒服是你了。
普 玩這種遊戲相當過癮。
普 他們跟小孩玩得很帶勁。

粵 你乜都唔使閉翳，最歎係你喇。
粵 玩呢種遊戲真爽。
粵 佢哋同細佬哥玩得好有癮。

“帶勁”的“勁”一般要兒化。

408 普 順利、順當、順暢　粵 順當、順攤、順風順水、順景、掂 (dim⁶)、好景

形容做事沒有遇到阻礙，普通話叫“順利、順當、順暢”等，廣州話叫“順當、順攤、順風順水、順景、掂”等，也有人叫“好景”。“掂”原意是“直”，引申為順利、妥當等意思。“好景”是景況好的意思。

普	粵
祝你年年順當。	祝你年年好景。
他工作以後都相當順利。	佢工作以後都幾順風順水嘅。
這個工程搞得順利嗎？	呢個工程搞得都幾掂嗎？
做事不會每次都那麼順暢的。	做嘢唔會每次都咁順攤嘅。

409 普 不順利、麻煩、不妙　粵 唔掂 (m⁴ dim⁶)、搞唔掂、阻滯

形容事情進展遇到了困難，普通話用“不順利、麻煩、不妙”等詞語，廣州話有“唔掂、搞唔掂、阻滯”等說法。

普	粵
近來工作有點兒不順利。	呢排工作有啲唔掂。
那件事遇到一些麻煩。	嗰件事有啲阻滯。
這個月的經營情況有點不妙。	呢個月嘅經營情況有啲唔掂。

“唔”是方言字；“掂”是借用字。

普 吃不消、禁(jīn)不起、挺不住　粵 頂唔(m⁴)順、頂唔住　410

形容承受不了、支持不住，普通話用“吃不消、禁不起、挺不住”等；廣州話説人用“頂唔順”，説物用“頂唔住”。

普	粵
事情這麼多，我一個人吃不消。	咁多事，我一個人頂唔順。
放這麼重的東西，架子會挺不住。	放咁重嘅嘢，個架怕頂唔住。

普通話還有“禁（jīn）不住”一詞，也是承受不住的意思，但多用於人。“禁不起”則既可用於人也可用於物。

普 走運、幸運、運氣好　粵 夠運、行運、好彩、好彩數、好命水　411

形容人遇上了好運氣，普通話有“走運、幸運、運氣好”等説法，廣州話有“夠運、行運、好彩、好彩數、好命水”等説法。

普	粵
他運氣真好，一抽就中了大獎。	佢真行運，一抽就中咗個大獎。
這次沒有受到損失，算是幸運的了。	呢次冇受到損失，算好彩數喇。
就你運氣好，甚麼好事都讓你趕上了。	算你好命水咯，乜嘢好事都畀你撈到咯。

廣州話的“行運”原為“運氣運行”的意思，可以組成“行衰運”（走背運、走厄運）、“行大運”（走好運）、“行塔香運”（走好運）、“行尾運”（趕上最後的好運）等詞，但一般是表示“走運”即走好運的意思。

412 普 背時、背、倒楣、運氣不好　粵 運滯、失運、唔(m4)好彩、唔夠運、衰、黑

形容人運氣不佳，普通話有“背時、背、倒楣、運氣不好”等說法，廣州話有“運滯、失運、唔好彩、唔夠運、衰、黑”等說法。“衰”有多種意思，包括“倒楣、討厭、糟糕”等。

普	粵
人背時的時候，喝涼水也塞牙。	人運滯嘅時候，飲凍水都骾親。
我運氣不好，這些好事輪不上我的。	我唔夠運，呢啲好事輪唔到我嘅。
這段時間真倒楣，幹甚麼事都不順利。	呢排真黑，做乜嘢都唔順。

413 普 糟、糟糕、不好、不好辦、壞了　粵 弊(bei6)、弊傢伙、棹忌、該煨

表示事情不好或情況壞，普通話有“糟糕、不好、不好辦”等說法，廣州話有“弊、弊傢伙、棹忌、該煨”等說法。這些詞語都有感歎的語氣。

普	粵
糟糕，忘記把檔帶來了。	弊，唔記得將啲文件帶嚟添。
如果到時交不出貨就不好辦了。	如果到時唔交得出貨就弊傢伙咯。
最糟糕的是隨便同人家簽合同。	最棹忌就係隨便同人哋簽合同。
喝酒駕車，出了車禍就糟糕了。	飲酒開車，出咗事就該煨咯。

“弊”是方言字。

普 可憐、慘、淒慘　粵 可憐、慘、淒慘、淒涼、慘情、冇 (mou5) 陰功、陰功、前世唔 (m4) 修　414

形容人對旁人遭到不幸時所產生的憐憫心情，普通話、廣州話都用“可憐、慘、淒慘”等詞，其中“可憐”更帶有同情的意味。廣州話還用“淒涼、慘情、冇陰功、陰功、前世唔修”等。“陰功”是“冇陰功”的省略，有“造孽、可憐”的意思。“前世唔修”意為上輩子缺少修行，今生受到報應（迷信），實際使用時多為對別人痛苦的憐憫，對別人過錯的責備或同情。

普	粵
你看他傷成這樣，太可憐了。	你睇佢傷成噉，冇陰功咯。
好好的人一下子踤殘了，造孽啊！	好好哋一個人一跌跌殘廢咗，前世唔修呀。
他小時候的遭遇太淒慘了。	佢細個嗰陣嘅境遇太慘情咯。

普 匆忙、急匆匆　粵 頻倫 (len4)、擒青 (céng1)、擒擒青、喉急、猴擒、狼忙、狼狂　415

形容人急急忙忙的樣子，普通話用“匆忙”，程度深些用“急匆匆”；廣州話用“頻倫、擒青、擒擒青、喉急（猴急）、猴擒、狼忙、狼狂”。“頻倫”含手忙腳亂的意思。“擒青、擒擒青”用來形容人急於做某事而顯得急迫、毛躁的樣子。“喉急”又作“猴急”，以及“猴擒”，都形容人着急、心急的樣子。“狼忙”形容人匆匆忙忙而顯得過分緊張。“狼狂”有匆忙而狼狽的意思。

普	粵
普 這麼匆忙就回去，為甚麼？	粵 咁頻倫就翻去，為乜呀？
普 慢慢吃，不要太匆忙。	粵 慢慢食，唔好咁猴擒。
普 他逃得急匆匆的。	粵 佢趯得好狼狂。

416 普 慢、慢吞吞、拖拉、磨蹭　粵 嚤 (mo1)、嚤佗、咪 (mi1) 摸、涊 (neb6)、涊油、涊懦、慢手、滋悠

形容人動作遲緩，普通話用“慢、慢吞吞、拖拉、磨蹭”等詞，廣州話用“嚤、嚤佗、咪摸、涊、涊油、涊懦、慢手、滋悠”。“嚤”指行動緩慢；“涊”是黏糊的意思，像機械缺了油一樣，轉動慢；“滋悠”形容人不慌不忙，動作緩慢。

普	粵
普 他幹活總是慢吞吞的。	粵 佢做嘢都係好嚤嘅。
普 要幹就快點兒，不要磨蹭。	粵 要做就快啲做，唔好咁嚤佗。
普 你真磨蹭，甚麼時候才能完成？	粵 你真咪摸，幾時至能完成呀？
普 眼看時間到了，他才慢吞吞地來。	粵 睇住時間到喇，佢先至滋滋悠悠噉嚟。

“嚤、涊”是方言字。

417 普 馬虎、隨便　粵 揦西、撈口 (lao4 sao4)、求其

形容人做事草率、不認真，敷衍塞責，普通話叫“馬虎、隨便”，廣州話叫“揦西、撈口 (sao4)”，也說“求其”。“求其”本來意思是對工作者的要求不高，隨便做就可以，轉指他本人採取不認真的態度。

普	粵
他幹活總是馬馬虎虎的。	佢做嘢總係咁揦西嘅。
你以為隨便應付一下就可以了？	你以為求其應付一下就得啦？
做事要認真一點，馬虎不得。	做事要認真啲，唔撈□(sao⁴)得㗎。

"揦"是方言字。

普 隨便　粵 隨便、求其、是但　418

形容人做事隨意性大，怎樣方便就怎樣做，普通話、廣州話都叫"隨便"。廣州話也叫"求其"或"是但"。本條普通話的"隨便"與上一條含義不同。本條廣州話的"是但"指的是它的原來的意思，也與上條含義不同。

普	粵
這裏的東西你們隨便吃。	呢度啲嘢你哋隨便食。
隨便你們怎麼幹，完成任務就行。	你哋求其點做都得，完成任務就得嘞。
你們隨便挑一件吧。	你哋是但揀一件啦。

普 厲害、要緊、要命、…得慌　粵 交關、犀利、犀飛利、淒涼、攞(lo²)命、緊要、飛起　419

形容情況嚴重，令人難以忍受，普通話用"厲害、要緊、要命"等詞，或者用"…得慌"來表達。廣州話用"交關、犀利、淒涼、緊要、攞命"等詞，有時用"飛起"作補語來形容情況厲害、不尋常等意思。

普	粵
這幾天冷得很厲害。	呢幾日凍得好犀利。
最要命的是我們人力不夠。	最攞命嘅就係我哋人手唔夠。

普	粵
不必害怕得那麼厲害。	唔使怕得咁交關。
走了一天路，真累得慌。	行咗一日路，瘡到飛起。

“攞”是方言字。

420 普 零碎、瑣碎　粵 濕碎、濕濕碎、碎濕濕

形容事物細小，不足以讓人重視，普通話叫“零碎、瑣碎”，廣州話叫“濕碎、濕濕碎、碎濕濕”。

普	粵
零碎的東西就不要帶走了。	濕濕碎嘅嘢就唔好帶走喇。
介紹主要情況，瑣碎的事就不說了。	介紹主要情況，碎濕濕嘅事就唔講喇。

八、健康

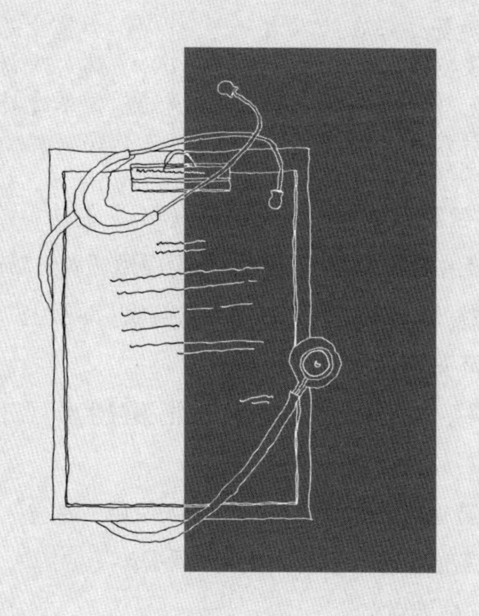

醫療

421 普 看病 粵 睇(tei²)病、睇醫生、睇症

普通話的“看病”有兩個意思：一是給病人治病，二是找醫生治病。廣州話與之對應的是“睇病”，同樣具有這兩個意思。

普	粵
李醫生正在給人看病，沒空。	李醫生正喺度同人睇病，唔得閒。
他昨晚發高燒，連夜去看病。	佢琴晚發高燒，漏夜去睇病。

廣州話對這兩個意思分別另有不同說法：給病人治病又叫“睇症”，找醫生治病又叫“睇醫生”。上面兩個廣州話例句中的“睇病”，第一句可以換成“睇症”，第二句可以換成“睇醫生”，但是“睇症”“睇醫生”二者不能調換。

“睇醫生”直譯是“看醫生”。把讓醫生看（病）說成看醫生，明顯是一種出於忌諱心理的委婉。

由於普通話的影響，廣州話有人使用“睇病”一詞；而普通話可能受到廣州話的影響，也有人使用“看醫生”的說法。

“睇”是借用字。

422 普 診脈、切脈、號脈、把脈、按脈 粵 把脈、睇(tei²)脈

診脈，中醫叫“切脈”，普通話口語叫“號脈、把脈、按脈”，廣州話叫“把脈、睇脈”。這幾個詞意思完全一樣，都是指醫生用手指按在

病人腕部動脈處，根據脈搏的情況來診斷病情，有時也可以表示“找醫生看病”的意思。

普 抓藥　　粵 執藥、執茶　　423

按藥方取中藥，普通話叫“抓藥”，廣州話叫“執藥”。在廣州話裏中藥湯劑又叫“茶”，所以“抓藥”廣州話又叫“執茶”。例如：去執一劑茶（去抓一服藥）。

普 熬藥、煎藥　　粵 煲（bou¹）藥、煲茶　　424

煮中藥，普通話叫“熬藥”或“煎藥”；廣州話叫“煲藥”，又叫“煲茶”。

廣州話的“煲茶”也指煮開水。

疾病

425 普 生病、病、不舒服 粵 病、唔(m⁴)精神、唔舒服、唔自然、唔自在、唔聚財

患了疾病，普通話叫“生病、病”，委婉的說法叫“不舒服”；廣州話一般叫“病”，委婉的說法有“唔精神、唔舒服、唔自然、唔自在、唔聚財”等。

普	粵
講究衛生就不容易生病。	講究衛生就唔容易病。
他說今天不舒服，要請假。	佢話今日唔精神，要請假。

廣州市附近一些地方“自在”與“聚財”音近，就把“唔自在”說成“唔聚財”了。

“唔”是方言字。

426 普 患瘧疾、發瘧子 粵 發冷

患瘧疾，北京叫“發瘧子”，有的地區叫“得冷熱病、打擺子”；廣州話叫“發冷”。廣州話過去有叫“擔雞、偷雞、整貓”的，現在已經很少說了。

427 普 肺結核病、肺病、肺癆 粵 肺癆

“肺結核病”普通話通稱“肺病”，中醫叫“肺癆”；廣州話也叫“肺癆”。

普 哮喘 | 粵 扯蝦、牽蝦、掹(meng1)蝦 | 428

普通話説的“哮喘”，指的是喉嚨帶鳴聲的氣喘，廣州話叫“扯蝦”，又叫“牽蝦、掹蝦”。

“蝦”是借用字；“掹”是方言字。

普 精神病、神經病 | 粵 神經病 | 429

普 發瘋、瘋、瘋癲、犯神經 | 粵 神經、癲、黐(qi1)線、黐筋、黐總掣(zei3)、搭錯線

精神失常的病，普通話叫“精神病”，俗稱“神經病”；廣州話叫“神經病”。

處在精神失常狀態，普通話叫“發瘋、瘋、瘋癲”，口語叫“犯神經”。廣州話叫“癲、神經”（這裏“神經”是動詞），現在多説“黐線、黐筋”或説“黐總掣、搭錯線”。“黐線”等説法，都是以電話線來比喻神經，神經失常了就像電話線黏連串線紊亂一樣。“黐總掣”指的是總開關出了問題，比喻大腦有毛病。這幾個説法多用於罵人。

普 明知故犯，他瘋了嗎？
普 犯神經，沒人像他這樣幹的！

粵 明知故犯，佢癲咗咩？
粵 黐線，冇人好似佢噉做嘅！

“黐”是方言字；“掣”是借用字。

普 結巴、口吃 | 粵 嘍(leo6)口、吃(ged6)口 | 430

普 結結巴巴 | 粵 口吃吃、吃口吃舌

説話不流利，或重複字音，或詞句斷斷續續，普通話叫“口吃”，

通稱“結巴”；廣州話叫“嘍口”，或“吃口”。

普	粵
普 那個説話結巴的人剛走。	粵 啱個嘍口嘅人啱走。
普 説話慢點就不口吃。	粵 講話慢啲就唔會吃口。

普通話“結巴”可以指“説話結巴的人”，上面第一個例句可以説成“那個結巴剛走”。廣州話如果指“説話結巴的人”則必須在“嘍口、吃口”後加“佬、仔”等，説成“嘍口佬、吃口仔”等。

形容人説話結巴，普通話説“結結巴巴”，廣州話説“口吃吃、吃口吃舌”。

普	粵
普 他嚇得結結巴巴説不出話來。	粵 佢嚇得口吃吃噉講唔出話。
普 他説話結結巴巴，思路可清晰咧。	粵 佢講話吃口吃舌，但係思路好清楚。

普通話“結巴”的“巴”讀輕聲。廣州話的“嘍”是借用字。

431 普 瘡、癤子、癰　粵 瘡、孖(ma¹)瘡

皮膚局部出現的紅腫、化膿、疼痛的硬塊，普通話一般的叫“瘡”，小的叫“癤子”，大的叫“癰”。廣州話把“瘡、癤子”都叫“瘡”，把“癰”叫“孖瘡”(癰往往有兩個或以上的膿頭)。

“孖”是方言字。

432 普 疥瘡　粵 癩、癩渣、癩瘡

皮膚局部由疥蟎引起的非常刺癢的丘疹，普通話叫“疥瘡”，廣州話叫“癩、癩渣、癩瘡”。

普 痤瘡、粉刺　　粵 暗瘡、酒米、青春痘　433

皮膚上長的小紅疙瘩，多生在青年人的面部，普通話叫“痤瘡”，通稱“粉刺”；廣州話叫“暗瘡”或“酒米”，因其多發生在青春期，又叫“青春痘”。

普 暈(yùn)船、暈車　　粵 暈浪、暈車　434

乘船時頭暈、嘔吐，普通話叫“暈船”，廣州話叫“暈浪”。乘車時頭暈、嘔吐，兩種語言都叫“暈車”。

生理

435 普 生、長、活　粵 生

普通話裏，出生、生殖叫“生”，例如“生日、生兒育女”；生長、成長叫“長”，例如“長滿青草、長得很結實”；生存叫“活”，例如“活魚、活路”。這幾個意思也都可以叫“生”，例子裏的“長、活”可以改用“生”，但口語一般不這樣說，因為這樣使書面語的味道增加了。

廣州話裏，這幾個意思都用“生”。上面例子裏的“長、活”必須改用“生”字。

436 普 死、去世、逝世、故去、走了、不在、翹辮子　粵 死、過世、過身、逝世、故去、老咗、唔喺 (m⁴ hei²) 度、瓜、瓜得、瓜直、瓜老襯、拉柴

生命結束，普通話、廣州話都叫“死”。普通話又叫“去世”，廣州話又叫“過世、過身”。

普通話、廣州話對“死”還有多種說法，歸納起來有三種情況：

一是莊重、嚴肅的說法，例如“逝世、故去”。用的是書面語，普通話、廣州話都這樣說。

二是委婉、隱諱的說法，出於忌諱。例如：普通話的“走了、不在”，廣州話的“老咗 (老了)、唔喺度 (不在)”。

三是詼諧的說法，多用於討厭的人死去。例如：普通話的“翹辮子”，廣州話的“瓜、瓜得、瓜直、瓜老襯、拉柴”等。

“瓜”是借用字。

普 大便、拉屎　　粵 屙(ngo¹)屎、出恭　437

排大便，普通話叫“大便”，口語叫“拉屎”；廣州話叫“屙屎”，文雅點叫“出恭”。

普通話也說“出恭”，指的是排泄大小便。廣州話的“出恭”僅指排大便。

“屙”是方言字。

普 來月經、來例假　　粵 行經、來經、大姨媽到　438

普通話的“來月經”，廣州話叫“行經”或“來經”。

對於“來月經”各地都有一些委婉的說法，普通話常用的是“來例假”，廣州話用的是“大姨媽到”或者“大姨媽嚟咗”。廣州話“嚟咗”意即“來了”。

普 渴　　粵 頸渴、口渴、口乾、作渴　439

口乾想喝水，普通話叫“渴”；廣州話叫“頸渴、口渴、口乾”，又叫“作渴”。“作渴”多用於某種原因引起渴的感覺，例如：今日唔知點解會作渴（今天不知道為甚麼會感覺渴）。

普 睡、睡覺　　粵 瞓(fen³)、瞓覺(gau³)、搵(wen²)周公、見周公　440

“睡”廣州話叫“瞓”。“睡覺、睡着、睡大覺”分別叫“瞓覺、瞓着、瞓大覺”，“打瞌睡”叫“瞌眼瞓”，“午睡”叫“瞓晏覺”。

並不是普通話所有的“睡”廣州話都可以用“瞓”代替，“睡眠、睡夢、睡意、睡衣、沉睡、熟睡”等的“睡”就不能改成“瞓”。也就是說，廣州話的“瞓”僅僅用於口語，一般不用於書面語。

廣州話還把睡覺、入睡稱為“揾周公”或“見周公”。這大概是從《論語·述而》的“子曰：‘……久矣吾不復夢見周公’”一句衍化而來。例如：佢早就去咗揾周公咯（他早就睡了）｜一開會佢就去見周公（一開會他就睡覺）。廣州話的這種説法有點諧謔意味。

“瞓”是方言字；“揾”是借用字。

441 普 説夢話、夢話、囈語、夢囈　粵 發開口夢

睡夢中説話，普通話叫“説夢話”，廣州話叫“發開口夢”。夢中所説的話，普通話叫“夢話、囈語、夢囈”，廣州話口語沒有與之相對應的詞。

從這組對應詞中我們可以看出，普通話偏於“説、話”，廣州話偏於“發、夢”，二者着重點不一樣。

九、日常生活

日常活動

442 普 享受、享福　粵 歎、歎世界

充分感受物質上或精神上的滿足感，普通話叫“享受、享福”，廣州話叫“歎”或“歎世界”。

普	粵
吃得好，住得好，玩得好，真享受啊！	食得好，住得好，玩得好，真係歎咯！
她晚年可享福了。	佢晚年真係歎世界咯。
進屋來享受一下冷氣。	入房嚟歎番下冷氣。

“享受”和“歎”可以帶賓語；“享福”和“歎世界”不能帶賓語。

443 普 熬、挨 (ái)　粵 捱 (ngai4)、捱世界

忍受艱難的生活，困難地度過，普通話叫“熬”或“挨”；廣州話叫“捱”，到社會上去熬苦日子叫“捱世界”。

普	粵
苦日子挨到頭了。	苦日子捱到尾咯。
昨晚他熬夜了。	琴晚佢捱夜咯。
他很早就出來熬了。	佢好早就出來捱世界咯。

在普通話裏“捱”是“挨 (ái)”的異體字。廣州話的“捱”與普通話的“挨 (ái)”含義和用法基本相同。普通話用“挨 (ái)”的詞，如“挨打、挨餓、挨整、挨宰”等，廣州話都可以用“捱”字；但是反過來，廣州話一些用“捱”的詞語，如“捱飢抵餓（挨餓）、捱更抵夜（熬夜）、捱生捱死（拚死拚活）、捱大仔女（把子女拉扯大）、捱番薯（靠吃甘薯過日）、捱穀種（吃老本兒）”等，卻不能改用“挨”。

普 混、混日子 粵 撈(lou¹)、撈世界 444

苟且地過日子，普通話叫“混”或“混日子”；廣州話叫“撈”或“撈世界”。

普 你打算就這樣混下去嗎？	粵 你打算就噉樣撈落去咩？
普 他在那裏混得不錯。	粵 佢喺嗰度撈得幾好。
普 大家都是出來混的，幫幫他吧。	粵 大家都係出嚟撈世界嘅，幫下佢喇。

普通話的“混日子”消極的意味重些，廣州話的“撈世界”積極的意味要多些，二者意思不盡相同。

普 相親 粵 相睇(tei²)、睇老婆、睇老公 445

男女雙方定親前見面相看，普通話叫“相親”；廣州話叫“相睇”。儘管雙方遠未結婚，但是廣州話裏對於“相睇”這事，男方可以説是“睇老婆”，女方可以説是“睇老公”。

普 經過相親，雙方都很滿意。	粵 經過相睇，兩家都好滿意。
普 他定於星期天到女家相親。	粵 佢定禮拜日去女家睇老婆。

普 談戀愛、談情説愛、處對象 粵 拍拖、拍、拖手仔、拖、行街、行、揾(meng¹)草、曬月光 446

男女雙方表達相互愛慕，普通話叫“談戀愛”或“談情説愛”，有的地方口語叫“處對象”；廣州話叫“拍拖”，省説為“拍”。

普	粵
普 快 30 歲了，應該談戀愛了。	粵 就嚟30咯，應該拍拖喇。
普 昨晚他談戀愛去了。	粵 琴晚佢去咗拍拖。

廣州話的“拍拖”本指過去珠江上汽輪用纜繩繫着無動力的客船拖帶其並排前進，比喻戀愛中的男女拉手並肩而行。

廣州話關於談戀愛還有一些諧謔的說法：

“拖手仔”，省說為“拖”。用戀人手拉手的動作代指談戀愛。

“行街”，省說為“行”。本意為逛街，因為戀人一般都會一起逛街，故稱。

“搣草”。“搣”是方言字，指拔。戀人常會一起坐在草地上，手也會不由自主地拔草，故稱。

“曬月光”。戲稱戀人夜間在露天的地方談戀愛。

447 普 吹、告吹、分手 粵 掟(déng³)煲、甩(led¹)拖、斬纜

戀愛失敗，普通話口語叫“吹、告吹、分手”；廣州話叫“掟煲”或“甩拖、斬纜”。

普	粵
普 他們倆早就吹了。	粵 佢哋兩個早就掟煲咯。
普 分手不分手你要慎重考慮啊！	粵 甩唔甩拖你要認真諗清楚嚕！

廣州話的“掟煲、甩拖、斬纜”都是比喻的說法：“掟煲”來源於廣東一些地方的民俗。據說病人康復後，病家就把煎藥的沙鍋扔了，表示從此不再吃藥，以求吉利。這裏可按字面理解為把煮飯的鍋扔了，指兩人沒有共同生活的基礎了，比喻兩人關係破裂。“甩拖”意為原來牽連着的現在斷離了，即指分手了。“斬纜”指維繫兩船“拍拖”（參看上條）的纜繩被砍斷了，不再“拍拖”也就是斷了戀愛關係。不過，“斬纜”現已少說。

普 起名、取名、命名　　粵 安名、改名　　448

給予事物名稱，普通話叫“起名”或“取名、命名”，廣州話叫“安名”或“改名”。

普 我們公司要起個好名字才行。	粵 我哋公司要安個靚名至得。
普 請爺爺給小孫子取個名。	粵 請亞爺幫孫仔改個名。

廣州話的“安”有外加的意思，起名叫“安名”倒也恰當。而說“改名”只是習慣而已，並不是原來已有名字現在改用另一個名字。

普通話口語說“起名、取名”都要兒化。

衣着

449　普 衣服、衣裳、衣衫、衣着 (zhuó)　粵 衫、衫褲

穿在身上用以遮蔽身體和禦寒的東西，普通話統稱“衣服”，口語叫“衣裳”。此外還有“衣衫、衣着”等說法，都帶有書面語性質。“衣衫”用於“衣衫不整、衣衫襤褸”等詞語；“衣着”指人身上的穿戴，用於“衣着樸素、衣着入時”等詞語。

廣州話統稱“衫”，所指包括上下身衣服；強調整套衣服時又叫“衫褲”。

普	粵
她的衣服很多。	佢嘅衫好多。
擺攤賣衣服。	擺檔賣衫。
你這套衣裳搭配得很好。	你呢套衫褲搭配得好好。

450　普 上衣、上身、上裝　粵 衫

只稱上身穿的衣服時，普通話叫“上衣”，有時又叫“上身、上裝”；廣州話叫“衫”。

廣州話的“衫”亦可指上下身衣服。參看上條。

451　普 大衣、外套　粵 褸 (leo[1])、大褸、中褸

較長的西式外衣，普通話叫“大衣”，又叫“外套”；廣州話一般叫“褸”，其中長度及膝部左右的叫“大褸”，衣長剛蓋過臀部的叫“中褸”。

“褸”是借用字。

普 夾克、茄(jiā)克、甲克 粵 飛機恤(sêd¹)、機恤、甲克、纖屐 452

一種長短只到腰部，下口束緊的短外套，普通話叫“夾克”，又叫“茄克”，也有叫“甲克”的。廣州話因其形狀像飛行服，所以叫“飛機恤”，簡稱“機恤”，受普通話影響也有叫“甲克”的，舊時曾叫“纖屐”。

“夾克、茄克、甲克、纖屐”都是英語 jacket 的音譯。

“恤”是方言字，是英語 shirt 的音譯。在廣州話裏，“恤”可以組成“恤衫、波恤、T 恤、飛機恤、文化恤”等詞，但不單用。

普 毛衣、羊毛衫、羊絨衫 粵 冷(lang¹)衫、羊絨衫 453

用毛線織成的上衣，普通話叫“毛衣”，又叫“羊毛衫”；廣州話叫“冷衫”。用羊絨織成的上衣，兩種話都叫“羊絨衫”。

“冷”是法語 laine 的音譯。

普 棉毛衫、絨衣 粵 衛生衣、波恤(sêd¹) 454

裏面有一層絨毛的棉針織上衣，普通話叫“棉毛衫”或“絨衣”；廣州話叫“衛生衣”，也叫“波恤”。

廣州話裏厚絨衣又叫“厚笠”，薄絨衣又叫“薄笠”，但這不等於可以把絨衣統稱為“笠衫”。廣州話的“笠衫”指的是套頭針織汗衫，多為長袖。

“波恤”是英語 ball shirt 的音譯。

455 普 襯衫、襯衣 粵 恤(sêd¹)衫

穿在裏面或單穿的西式單上衣，普通話叫“襯衫”或“襯衣”；廣州話叫“恤衫”。

456 普 汗衫、汗褂、內衣 粵 底衫、線衫、笠衫、文化衫、文化恤(sêd¹)、汗衫、背心

上身穿的薄內衣，普通話叫“汗衫”，口語叫“汗褂”，也有叫“內衣”的。廣州話叫“底衫、線衫”或“笠衫”，多指針織的，其中無領短袖的叫“文化衫、文化恤”或“汗衫”，無領無袖的叫“背心”。

普通話有“線衣”一詞，指的是用粗棉線織成的上衣，與廣州話的“線衫”所指不同。

普通話也有“文化衫”的說法，指的是印有文字或圖案的針織短袖衫，而廣州話則只要是針織短袖衫都叫“文化衫”，不管它有沒有文字、圖案。

其實，普通話的“內衣”所指的範圍要更廣些，凡是貼身穿的衣服，包括襯衣、襯褲等，都可以叫“內衣”。

普通話說“汗褂”時一般要兒化。

457 普 褲子、裙子、下身、下裝 粵 褲、裙

只稱下身穿的衣服時，普通話叫“褲子”或“裙子”，也統稱“下身、下裝”；廣州話叫“褲”或“裙”。

普 短褲　粵 短褲、牛頭褲　458

外穿的西式短褲，普通話叫“短褲”，廣州話也叫“短褲”，又叫“牛頭褲”。

農民或一般勞動者夏天穿的中式短外褲，廣州話也叫“牛頭褲”。

普 褲衩、內褲、褲頭　粵 底褲、短褲、孖(ma¹)煙通、熱褲　459

貼身穿的短褲，普通話叫“褲衩”或“內褲”，有的地區叫“褲頭”。廣州話叫“底褲”或“短褲”；褲腿稍長的，因其像兩個並排的煙囪，人們戲稱之為“孖煙通”。還有一種外穿的極短的女裝短褲，廣州話叫“熱褲”。

廣州話的“短褲”也指西式短褲。參看上條。

廣州話也有“褲頭”一詞，指的是褲子的最上端繫腰帶的地方，相當於普通話的“褲腰”，與一些地區所說的“褲頭”含義不同。

普通話說“褲衩”時一般要兒化。

普 衣袋、衣兜、兜、口袋　粵 袋、衫袋、褲袋　460

衣服上的袋子，普通話叫“衣袋、衣兜”，簡說“兜”，也叫“口袋”。廣州話叫“袋”，其中上衣的袋子叫“衫袋”，褲子的袋子叫“褲袋”。普通話的“衣袋、衣兜”可以兼指褲子的口袋，廣州話的“衫袋”一般不能兼指“褲袋”。

普	粵
普 這件上衣有四個兜。	粵 呢件衫有四個袋。
普 我記得你把鑰匙放進衣兜裏了。	粵 我記得你將鎖匙袋落衫袋度。

普 他從衣袋裏掏出一包紙巾。	粵 佢喺褲袋度拎出一包紙巾。

普通話説“衣兜、兜”時一般要兒化。

461 普 補丁、補釘 粵 補靨 (yim²)、補痭 (na¹)

補在衣服或其他物品破損處的東西，普通話叫“補丁”，又作“補釘”；廣州話叫“補靨”或“補痭 (na¹)”。

普 那件衣服有兩塊補丁。	粵 嗰件衫有兩塊補靨。
普 穿一件打補丁的衣服。	粵 着一件補痭 (na¹) 衫。

“補丁、補釘”的“丁、釘”要讀輕聲。

462 普 褲帶、腰帶、褲腰帶、皮帶 粵 褲頭帶、皮帶

束緊褲腰的帶子，普通話叫“褲帶、腰帶”或“褲腰帶”；廣州話叫“褲頭帶”。用皮革製造的，兩種語言都叫“皮帶”。

463 普 球鞋、膠鞋 粵 膠鞋、球鞋、波鞋

一種帆布做幫、橡膠做底的鞋，常在打球時穿着的，普通話叫“球鞋”，舊時多叫“膠鞋”；廣州話原來叫“膠鞋”，現在則叫“球鞋”或“波鞋”。

其實，在廣州話裏，“波”(英語 ball 的音譯)指的就是“球”，“波鞋”與“球鞋”所指應該是同一物品。但是，近年不少人卻把“波鞋”和“球鞋”看做兩種東西，稱軟底的籃球鞋為“波鞋”，稱其他運動鞋為“球鞋”。

普 鋪蓋　粵 被鋪、牀鋪被蓆、被鋪蚊帳、蚊帳被蓆　464

牀上用品，特別是褥子和被子，普通話統稱“鋪蓋”；廣州話叫“被鋪”或“牀鋪被蓆”，也有叫“被鋪蚊帳”或“蚊帳被蓆”的。

普	粵
普 這鋪蓋該拆洗了。	粵 呢牀被鋪要換洗咯。
普 捲起鋪蓋走人。	粵 執埋被鋪扯人。
普 新添鋪蓋用不了多少錢。	粵 新置被鋪蚊帳唔使幾多錢。

廣州話指鋪蓋，無論是“被鋪蚊帳”還是“蚊帳被蓆”都離不開“蚊帳”，這是因為南方氣候炎熱，蚊蟲多，蚊帳是睡眠必備之物。

普 被子、被臥　粵 被　465

普通話的“被子”指睡覺時蓋在身上的東西，面子和裏子中間裝有棉花、絲綿、鴨絨等，口語叫“被臥”。廣州話統稱“被”，又根據所裝材料的不同，分別叫“棉被、絲綿被、鴨絨被”等。

普 被套、棉絮　粵 棉胎、被胎　466

棉被的胎，普通話叫“被套”或“棉絮”，有的地區叫“棉花套子”；廣州話叫“棉胎”或“被胎”。

廣州話也有“被套”一詞，指的是棉被的布套。普通話“被套”也有這個意思，還指外出旅行時裝被褥的布袋。顯然，普通話的“被套”要比廣州話的“被套”詞義範圍大。

467 普 毯子、毛毯、氈子 粵 氈、毛氈

普通話的"毯子"指一種鋪在牀上或睡覺時蓋在身上的織品，也有鋪在地上或掛在牆壁上的。廣州話叫"氈"。其中用毛線織成的，普通話叫"毛毯"，廣州話叫"毛氈"；鋪在地上的，普通話叫"地毯"，廣州話叫"地氈"；掛在牆壁上的，普通話、廣州話都叫"壁毯"。

普通話還有"氈子"一詞，指的是用羊毛等軋成的像厚呢子或粗毯子似的東西。

468 普 毛巾被、線毯 粵 毛巾被、珠被

質地跟毛巾相同的被子，普通話、廣州話都叫"毛巾被"。其中捲曲經紗露出較短的，普通話叫"線毯"，廣州話叫"珠被"。

469 普 款式、花色、花樣 粵 款、花款、花臣 (sen²)

物品的樣式，普通話叫"款式、花色"，又叫"花樣"；廣州話叫"款、花款"，也叫"花臣"。

普 那雙鞋款式很好。	粵 啯對鞋幾好款。
普 看看有甚麼新的花色。	粵 睇下有乜新花款。
普 他能搞出甚麼花樣來？	粵 佢搞得出乜嘢花臣呀？

"花臣"是英語 fashion 的音譯。

飲食

普 **午飯、午餐** 粵 **晏(ngan³)晝飯、晏晝、晏** 470

中午吃的飯，普通話叫“午飯”，帶書面語性質的叫法是“午餐”；廣州話叫“晏晝飯”，珠江三角洲不少地方叫“晏晝”或“晏”，廣州也有這樣的說法。

廣州話的“晏晝”本是中午的意思，用以代表午飯；“晏”除了指午飯外，還有米飯的意思。

普	粵
普 吃午飯啦。	粵 食晏晝飯囉。
普 午餐在哪裏吃？	粵 晏晝喺邊度食？
普 盛一小碗米飯就行了。	粵 裝碗細晏就得咯。

“晏”是借用字。

普 **晚飯、晚餐** 粵 **晚飯** 471

晚上吃的飯，普通話叫“晚飯”，帶書面語性質的叫法是“晚餐”；廣州話叫“晚飯”。

普 **大米、米** 粵 **米** 472

普 **秈米、粳米** 粵 **粘(jim¹)米**

普 **糯米、江米** 粵 **糯米**

稻的子實去殼後普通話叫“大米”，有時叫“米”；廣州話叫“米”。廣州話沒有“大米”的說法。

人們按米粒形狀、黏性大小等特徵把大米分類：米粒長而細、黏性小的，普通話叫“秈米”；米粒短而粗、黏性較強的，普通話叫“粳米”。秈米、粳米廣州話都叫“粘米”。粳米廣州話又叫“肥仔米”。還有一種富有黏性的稻米，普通話叫“糯米”又叫“江米”，廣州話叫“糯米”。廣州話沒有“江米”這個詞。

普通話有“機米”一詞，這不是米的一個品種。它原來指的是用機器碾出的大米，現在一般指用機器碾出的秈米。廣州話稱用機器碾出的大米原來叫“火攪米”，以區別於用碓臼舂出的米。不過，現在碾米基本上用機器，這一區別已經沒有必要，“火攪米”一詞也就很少有人使用了。

473 普 米湯　粵 飯湯、米水

煮米飯時取出的湯，普通話叫“米湯”；廣州話叫“飯湯”或“米水”。廣州話“米水”也指洗過米的水。

474 普 米粉　粵 粉、米粉、切粉、沙河粉、河粉、河

大米磨漿製成的細條食品，普通話叫“米粉”；廣州話叫“粉”。

廣州話的“粉”，根據其寬窄、乾濕的不同，又有不同叫法：窄的乾米粉叫“米粉”；寬的乾米粉叫“切粉”；寬的濕米粉以廣州沙河產的最為有名，故稱“沙河粉”，簡稱“河粉”或“河”，如“上湯河粉、乾炒牛河（乾炒牛肉沙河粉）”。“河粉、河”的“河”，廣州話習慣變調讀 ho[4-2]。

普通話類似的食物也有叫“粉”的，但那是特指“粉條”或“粉絲”。“粉條”由綠豆、甘薯等的澱粉製成，細條狀；“粉絲”由綠豆、蠶豆、豌豆等的澱粉製成，線狀。

普 菜、菜餚　　粵 餸(sung³)、餸菜、菜　475

普通話的“菜”，既指蔬菜，又指經過烹調供下飯下酒的魚、肉、蛋品、蔬菜等，後者又叫“菜餚”。廣州話叫“餸”，又叫“餸菜”，受普通話影響也叫“菜”。

普 上菜市買菜。	粵 去街市買餸。
普 這一頓沒甚麼菜。	粵 今餐冇乜餸。
普 這家飯館的菜餚不錯。	粵 呢間酒樓嘅餸菜唔錯。

廣州話稱用菜餚下飯叫“送”，下飯的菜餚也叫“送”，因而創造了“餸”這個方言字。

普 素菜、素　　粵 齋菜、齋、素　476

不摻有肉類，而只用蔬菜、瓜果等做的菜，普通話叫“素菜”，又叫“素”（跟“葷”相對）；廣州話叫“齋菜”，又叫“齋”，也叫“素”，例如：佢長年食齋嘅(她長年吃素的) | 多上一個齋菜 | 鼎湖上素(鼎湖：廣東山名)。

普 葷菜、葷　　粵 雜　477

雞鴨魚肉等食物，普通話總稱“葷菜”，又叫“葷”（跟“素”相對）；廣州話叫“雜”。

廣州話口語沒有“葷”這個詞，説“雜”也只在跟“素”相對時説。例如：食齋定食雜（吃素還是吃葷）？ | 一齋兩雜（兩葷一素）。

普 粽子　　粵 粽、裹蒸　478

一種用竹葉等葉子包裹糯米等蒸熟的食品，普通話叫“粽子”，廣州話叫“粽”。各地根據添加的食物用料的不同，又有不同的叫法，如普通話有“肉粽、豆沙粽”，廣州話有“鹼水粽、鹹肉粽”等。

廣州話地區有一種粽子較有名，叫“裹蒸”。它將糯米、去皮綠豆、醃製過的豬肉等，用柊葉包裹成較大的四角錐體，經長達數小時乃至 24 小時的蒸煮而成。以肇慶所產者著名。

“粽”廣州話口語習慣變調讀 zung³⁻²。

---

479 普 油條、油炸鬼 粵 油炸鬼、炸麵

一種長條形的油炸麵食，普通話叫“油條”，又叫“油炸鬼”；廣州話叫“油炸鬼”，也有叫“炸麵”的。

傳說油炸鬼來源於人們用濕麵粉捏成陷害岳飛的秦檜夫婦像油炸而食之。有人據此認為“鬼”是“檜”的音轉。

---

480 普 油餅 粵 油香餅、鹹煎餅、油煎餅

一種扁而圓的油炸麵食，普通話叫“油餅”，廣州話叫“油香餅”，又叫“鹹煎餅、油煎餅”。

---

481 普 蛋羹 粵 □（fag³）水蛋、蒸水蛋、燉蛋

鮮蛋（一般用雞蛋）去殼打勻加水蒸成的食物，普通話叫“蛋羹”，廣州話叫“□（fag³）水蛋”，又叫“蒸水蛋”或“燉蛋”。

普 松花、松花蛋、皮蛋　粵 皮蛋　482

鴨蛋或雞蛋經製作而成的一種食品，因其蛋清上有像松針一樣的花紋，普通話叫“松花、松花蛋”，又叫“皮蛋”，有的地區叫“變蛋”；廣州話叫“皮蛋”。

普 豬蹄、豬腿　粵 豬腳、豬手　483

豬的蹄子，普通話叫“豬蹄”或“豬腿”；廣州話叫“豬腳”。

廣州話地區的人認為，豬的前蹄比後蹄細嫩好吃，因此將其分開出賣，前蹄叫“豬手”，後蹄還是叫“豬腳”（總的也叫“豬腳”），豬手要比豬腳貴。廣州有一道名菜就叫“白雲豬手”。

普 肘子　粵 豬踭 (zang1)、圓蹄　484

作為食物的豬蹄上部的皮肉，普通話叫“肘子”，有的地區叫“蹄髈”；廣州話叫“豬踭”，因其圓形無骨，又叫“圓蹄”。

“踭”是方言字。

普 通脊、裏脊　粵 脢肉、背脊肉　485

作為食物的豬脊背上的瘦肉，普通話叫“通脊”；脊椎骨內側的條狀嫩肉，普通話叫“裏脊”。廣州話叫“脢肉”或“背脊肉”。

普 肉泥、肉糜、肉末、肉丁　粵 肉滑、肉碎、肉粒　486

細碎的肉，根據其細碎的程度，普通話、廣州話都有不同的說法。細碎如泥的，普通話叫“肉泥”或“肉糜”，廣州話叫“肉滑”；略粗些的，普通話叫“肉末”，廣州話叫“肉碎”；成粒狀的，普通話叫“肉丁”，廣州話叫“肉粒”。

廣州話“肉滑”的“滑”習慣讀變調 wad6-2。

487 普 雜碎、上水、下水 粵 雜、上雜、上水、下水、下雜

供食用的大牲畜內臟，普通話叫“雜碎”或“下水”；有的地區把牲畜的心、肝、肺叫“上水”，把肚子（dǔ zi）、腸子等叫“下水”。廣州話叫“雜”，其中心、肝、腎等雜碎中較上乘部分叫“上雜”或“上水”，肺、胰臟、肚子、腸子等較次部分叫“下水”或“下雜”。

488 普 肚子（dǔ zi）、肚 粵 肚

供食用的牲畜的胃，普通話叫“肚子”，又叫“肚”，例如“羊肚子、炒肚絲”。廣州話叫“肚”。

在廣州話裏，豬的胃叫“豬大肚”或“豬肚”，而“豬小肚”指的卻是作為食物的豬的膀胱。未經烹調的豬的膀胱叫“豬尿泡”或“豬尿煲”。

489 普 肫、胗 粵 腎（sen2）

供食用的禽類的胃，普通話叫“肫”，口語作“胗”，廣州話叫“腎”。

廣州話這裏的“腎”，是借用字，與腎臟的“腎（sen6）”所指事物不同，也不同音。

普通話口語說“胗”時一般要兒化。

普 肝 粵 肝、膶 (yên²) 490

供食用的禽畜的肝臟，普通話、廣州話都叫“肝”。

廣州話口語裏往往將“肝”叫“膶”。因為廣州人喜歡以水喻財，而“肝”與“乾”同音，“乾”意味着缺水即缺財，便避而改用滋潤的“潤”，並由此創造方言字“膶”（讀“潤”的變調音）。

普通話口語說這一意義的“肝”時一般要兒化。

普 雞爪子 粵 雞腳、鳳爪 491

雞的爪子，普通話叫“雞爪子”，廣州話叫“雞腳”。

製作點心用的雞爪子，廣州話叫“鳳爪”。“鳳爪”這叫法，近年已逐漸為北方民眾所接受。

普 魚肉丸子 粵 魚丸、魚蛋 492

魚肉弄碎做成的丸子，普通話叫“魚肉丸子”，廣州話叫“魚丸”或“魚蛋”。“魚蛋”是從香港傳入的說法。這裏的“蛋”習慣讀變調 dan⁶⁻²。

又，魚卵，廣州話跟普通話一樣叫“魚子”，又叫“魚春”，不叫“魚蛋”。

普 臘腸、香腸 粵 臘腸、風腸、火腿腸、腸仔 493

用腸衣灌進碎肉和作料等風乾後製成的食品，普通話叫“香腸”，廣州話叫“臘腸”。廣州話又叫“風腸”。

用腸衣灌進瘦豬肉泥、肥肉丁和澱粉、作料，經煮和烤製成的食品，普通話叫“臘腸”，有人也叫“香腸”。廣州話叫“火腿腸”，如手指粗細的俗叫“腸仔”。

廣州話這幾個詞的“腸”，一般讀變調 cêng⁴⁻²。

494 普 狗肉 粵 狗肉、香肉、三六、地羊

作為食品的狗肉，普通話似乎沒有其他說法，廣州話卻還有“香肉、三六、地羊”等說法。叫“香肉”是因為嗜食狗肉者認為狗肉味道濃香，有所謂“狗肉滾三滾，神仙坐不穩”之說，故稱。叫“三六”，是採用隱語形式，三加六為九，廣州話“九”與“狗”同音，“三六”就是指“狗”。叫“地羊”是避免直說，轉用“羊”來指稱狗。

495 普 芝麻油、香油 粵 麻油

用芝麻榨的油，普通話叫“芝麻油”，也叫“香油”，少說“麻油”(北方另有一種用麻籽榨的油，為了避免誤會，用芝麻榨的油一般不說“麻油”)。廣州話叫“麻油”，芝麻醬叫“麻醬”。

496 普 醬油 粵 豉油、抽油、生抽、老抽、白油、朱油

普通話說的“醬油”，廣州話叫“豉油”或“抽油”。

根據釀製工藝的不同，廣州話把醬油分為“生抽”和“老抽”。“生抽”指最初釀成的醬油，多為曬製，色淡味鮮，多用來蘸食物；“老抽”是生抽加糖煮熟而成，色濃味淡，多為做菜調色用。舊時，廣州話的“抽油”多指“生抽”，“豉油”多指“老抽”；現在“抽油、豉油”都用作對醬油的總稱了。另外，對淡色的蘸用醬油，人們往往叫“白油”，其實多指生抽。還有一種色濃、較老抽稠的醬油，廣州話叫“朱油”。

普 胡椒麵 粵 胡椒粉、古月粉 497

胡椒果實磨成的粉末，普通話叫“胡椒麵”；廣州話叫“胡椒粉”，又叫“古月粉”。叫“古月粉”是因為“胡”字由“古、月”二字合成。

糧食磨成的粉末，普通話都叫“麵”，如“豆麵、高粱麵、玉米麵”等（“麵”字都要兒化）；廣州話都叫“粉”，如“豆粉、高粱粟粉、粟米粉”等。小麥磨成的粉末，兩種語言都叫“麵粉”。

普 黃醬、豆瓣醬 粵 麵豉、麵豉醬 498

黃豆、麵粉等發酵後製成的醬，普通話叫“黃醬”；大豆或蠶豆發酵後製成的醬，普通話叫“豆瓣醬”。黃醬、豆瓣醬廣州話都叫“麵豉”或“麵豉醬”。

普通話說“豆瓣”時一般兒化。

普 豆腐乳、腐乳、醬豆腐 粵 腐乳、南乳 499

普通話“豆腐乳”指用小塊豆腐經發酵、醃製而成的食品，又叫“醬豆腐”，受南方話影響也叫“腐乳”。廣州話叫“腐乳”。

廣州地區另有“南乳”，屬醬豆腐的一種，用切塊的芋頭做坯，經發酵、醃製做成，紅色，味鹹，塊兒較大，多做調味用。普通話有一種食品叫“南豆腐”，在煮開的豆漿裏加入石膏凝結而成，與廣州話的“南乳”是兩回事。

普 豆沙、豆蓉 粵 豆沙、豆蓉 500

紅小豆、紅豇豆或芸豆煮熟搗成泥或乾磨成粉加糖製成的食品，普通話、廣州話都叫“豆沙”。木豆、大豆、綠豆或豌豆煮熟曬乾後磨成的粉，普通話、廣州話都叫“豆蓉”。

廣州話的“豆沙”還指一種甜食。紅小豆煮水加糖叫“紅豆沙”，綠豆煮水加糖叫“綠豆沙”，均為暑天常用食物。

501 普 江米酒、酒釀、醪糟 粵 糯米酒、甜酒

普通話“江米酒”指由糯米加麴釀造而成的酒，又叫“酒釀”或“醪糟”；廣州話叫“糯米酒”或“甜酒”。

502 普 西米、西穀米 粵 西米、洋西米、沙穀米

用西穀椰子樹莖內的白色汁液（一說用葛粉）做成的小圓粒狀的食品，一般煮成甜食，普通話、廣州話都叫“西米”，普通話還叫“西穀米”，廣州話又叫“洋西米”或“沙穀米”。

“西穀、沙穀”都是英語 sago 的音譯。

503 普 紅糖 粵 黃糖、片糖

一種用甘蔗糖漿熬成的糖，普通話叫“紅糖”，有的地區叫“黑糖”；廣州話叫“黃糖”，因其往往製成片狀又叫“片糖”，其中一種顏色黃亮而質優的叫“冰片糖”。

504 普 團粉、芡粉 粵 菱粉、豆粉、生粉

烹調時勾芡用的澱粉，普通話叫“團粉”，多用芡實做成，因此又叫“芡粉”。實際上多用綠豆粉等其他澱粉代替芡粉，但仍叫“芡粉”。

廣州話最早叫“菱粉”，因為是用菱角澱粉做的，後來多用綠豆粉等代替菱粉，便改稱“豆粉”，又叫“生粉”。“生粉”是食用澱粉的總稱。

普 焙粉、發粉　粵 泡打粉、發粉　505

發麵用的白色粉末，普通話叫“焙粉”，又叫“發粉”，有的地區叫“起子”；廣州話叫“泡打粉”，也叫“發粉”。

“泡打”是英語 powder 的音譯。

普 木耳、黑木耳　粵 雲耳、木耳　506

普通話說的“木耳”，指的是一種生長在腐朽的樹幹上的真菌，它形狀像人的耳朵，可以吃。為了與“白木耳”區別，又叫“黑木耳”。

廣州話叫“雲耳”，又叫“木耳”。“雲耳”本指雲南出產的木耳，後來就成了木耳的通稱。廣州話的“木耳”，指的是一種粗厚、質次的木耳。

普 銀耳、白木耳　粵 雪耳、銀耳　507

普通話說的“銀耳”，指的是一種生長在某些枯死或半枯死樹上的真菌，白色，半透明，一般用作滋補品，又叫“白木耳”。廣州話因其色白，叫“雪耳”，也叫“銀耳”。

普 金針菜、黃花、金針　粵 金針　508

普通話說的“金針菜”指的是一種多年生的草本植物，通稱“黃花”。不過，通常說的“金針菜、黃花”，指的是這種植物可以做蔬菜的花。由於花筒長而大，黃色，又叫“金針”。廣州話叫“金針”。

普 開水、滾水、白開水　粵 滾水、茶、白滾水　509

煮沸的水或煮沸過的水，普通話叫“開水”，又叫“滾水”。廣州話叫“滾水”，又叫“茶”。大抵強調是“開”的水時用“滾水”，強調“飲用”時用“茶”。如果指開水中不加茶葉或其他東西時，普通話叫“白開水”，廣州話叫“白滚水”。廣州話沒有“開水”這個詞。

普	粵
口乾就喝一口開水。	頸渴就飲啖茶。
藕粉要用滚水沖。	藕粉要用滚水沖。
請給我一杯白開水，不要茶。	唔該畀杯白滚水我，唔要茶。

廣州話的“茶”有更廣的含義，參看下條。

510 普 茶、湯藥 粵 茶

開水沏茶葉做成的飲料，普通話、廣州話都叫“茶”。

某些飲料，包括某些藥材或果子做成的飲料，廣州話也叫“茶”，如“靈芝茶、西洋參茶、杏仁茶、山楂茶、奶茶”等。近年來普通話也從南方話吸收這個叫法。

把中藥材加水煎出汁液，普通話叫“湯藥”，廣州話也叫“茶”，這可能是個避諱詞。例如：執茶（抓中藥）｜煲茶（煎藥、熬藥）｜飲咗一碗茶（喝了一碗藥）。

某些帶水的食品，廣州話也叫“茶”。例如，去皮熟雞蛋加蓮子煮糖水叫“蛋茶”。

511 普 喝茶、喝開水 粵 飲茶、飲滚水

普通話“喝茶”，廣州話叫“飲茶”；普通話“喝開水”，廣州話叫“飲滚水”又叫“飲茶”。參看上條。

廣州地區人們喜歡“飲茶”。所謂“飲茶”，就是到茶樓（館子）去一邊慢慢地品茗、吃點心，一邊聊天的生活習慣。在茶樓裏吃便飯，也可以說“飲茶”。

普 湯　粵 湯、汁、水　512

蔬菜、肉類加水煮熟後用以佐餐的汁水，普通話、廣州話都叫“湯”。

製作菜餚時只加少量的水，混合菜、肉分泌出來的汁液，普通話也叫“湯”，廣州話卻叫“汁”。

另外，用豆類、薯類或果類加水煮成湯水供直接飲用的，普通話還是叫“湯”，如：綠豆湯、紅小豆湯、白薯湯、薑湯、芹菜湯、蘋果湯、鴨梨湯等等。廣州話大多都叫“水”（加糖的叫“糖水”）。

普 蓋飯、蓋澆飯　粵 碟飯、碟頭飯、碗頭飯　513

上面加有菜餚的份飯，普通話叫“蓋飯”，又叫“蓋澆飯”；廣州話因其用盤子盛放叫“碟飯”，又叫“碟頭飯”，如果用大碗盛的叫“碗頭飯”。

普 盛（chéng）飯　粵 裝飯、添飯　514

把飯放到碗裏，普通話叫“盛飯”；廣州話叫“裝飯”，吃飯時第二次及以後的盛飯叫“添飯”。

普 館子、飯館、餐館、飯莊、酒館、酒館子、酒店　粵 食肆、飯店、酒樓、酒家、茶樓、茶居、茶寮、餐廳　515

在普通話裏，賣酒飯的店鋪叫“館子”。其中，出售飯菜的店鋪叫“飯館、餐館”，有的地區叫“菜館”或“菜館子”，規模較大的飯館叫“飯莊”；賣酒和下酒菜等的鋪子則叫“酒館、酒館子”或“酒店”（較大的旅店也稱“酒店”）。

在廣州話裏，賣酒飯的地方總稱“食肆”。出售飯菜的店舖叫“飯店、酒家”，規模較大的叫“酒樓”或“茶樓”，規模較小的叫“茶居”，較簡陋的叫“茶寮”，接近西式的叫“餐廳”。

廣州地區的人喜歡喝茶，有上館子“飲茶”的習慣（參看511條）。不過“茶樓、茶居、茶寮”都是人們吃點心、吃飯乃至設宴的地方，並非僅是喝茶。當地人相對來説較少嗜酒，所以很少專門賣酒的舖子，也就沒有“酒館、酒店”的叫法（旅店稱“酒店”者除外），所謂“酒樓”其實就是“茶樓”，“酒家”也是吃飯的地方。近年出現以出售啤酒為主的“酒吧”算是例外。

516 普 煮、熬、汆 粵 煲、煮、熠(sab⁶)、滾

把東西放在鍋裏加水燒，普通話叫“煮”；廣州話叫“煲”（只是煮飯叫“煲飯”也可叫“煮飯”）。

普	粵
普 蓮藕豬骨煮湯。	粵 煲蓮藕豬骨湯。
普 煮開水。	粵 煲滾水。

根據煮的情況的不同，廣州話還有其他説法：

長時間地煮或煮大塊的東西叫“熠”（普通話除“煮”外也叫“熬”），例如：熠番薯（煮白薯）｜熠豬潲（熬豬食）。

把食物放進沸水中快速煮熟，叫“滾”（普通話有時叫“汆”），例如：滾菠菜湯（煮菠菜湯）｜滾魚片湯（汆魚片湯）。

“熠”是借用字。

517 普 焯、燙、涮 粵 淥(lug⁶)、焯(cêg³)

把蔬菜放進沸水裏略微一煮就拿出來，普通話叫“焯”，也有叫“燙”的；如果略煮的是肉片之類，叫“涮”。

廣州話叫“淥”。“淥”的對象可以是蔬菜也可以是肉片等；如“魚

片淥粥、淥生菜”。也有“焯”一說，如“焯鮮蝦、焯牛肚、焯蜆”。

廣州話裏沒有“涮”這一詞，一般用“淥”或“焯”來代替。人們往往把“涮羊肉”説成“刷羊肉”。

“淥”是借用字。

普 燉、煨、燜 粵 炆 (men¹)、焗 (gug⁶)、煨 518

烹調食物時，加水燒開後用小火長時間地煮，使食物（多指肉類）爛熟，普通話叫“燉”或“煨”，廣州話叫“炆”。燉的過程緊蓋鍋蓋，普通話叫“燜”，廣州話叫“焗”。

普	粵
普 蘿蔔燉牛腩。	粵 蘿蔔炆牛腩。
普 土豆煨牛肉。	粵 薯仔炆牛肉。
普 鱔魚燜飯。	粵 黄鱔焗飯。

“煨”還指把食物埋在帶火的灰裏使熟，這點普通話和廣州話所指相同。

“焗”是方言字，也指把食物密封後烘烤。

普 烤、烘、燎 (liǎo) 粵 燒、燂 (tam⁴) 519

將食物直接靠近火使變熟的烹飪方法，普通話叫“烤”，廣州話叫“燒”。普通話的“烤肉、烤雞、烤鵝”，廣州話分別叫“燒肉、燒雞、燒鵝”。不過，“北京烤鴨”廣州話還是叫“烤鴨”。廣州地區另有“燒鴨”，與北京烤鴨製作、吃法上多有不同。

普通話又叫“烘”，相應的廣州話叫“炕”。“炕”一般指用乾鍋烘。（“炕”的讀音是 kong³。）

廣州話又叫“燂”。“燂”與“燒”有區別。“燒”是要使食物變熟；“燂”目的是使肉類表皮焦脆或去毛。例如：呢塊豬肉咁多毛，要燂下佢至得（這塊豬肉毛這麼多，要烤一下才行）。靠近火把毛燒掉，普通話叫“燎”。

如果只是烤乾或使熱，兩種語言都說“烘”，如“烘麵包”。“烘”不限於對食物，如“烘乾、烘手”。

520 普 烤、焅、燺　粵 炕(hong³)、熩(hog⁶)、熒(hing³)

將食物放在乾鍋裏隔火加熱使乾或使熟，普通話還是叫“烤”，廣州話叫“炕”或“熩”。“炕、熩”指的都是不用油的乾炒，“炕”用微火，“熩”用火略大。

普通話還有“焅”（又作“燺”）一詞，指的是用微火使菜餚的湯汁變濃或耗乾，與廣州話的“熩”近似。

把熟食加熱，廣州話叫“熒”。例如：熒翻熱啲粥（把粥重新加熱）｜熒下佢至好食（熱一下才能吃）。普通話沒有相應的說法。

521 普 燒　粵 炸、油炸

普通話也有“燒”的烹飪方法，指的是食物經油炸後加上湯汁來炒或燉，或先煮熟再用油炸，如“燒羊肉、燒茄子”。廣州話前者沒有相應的說法，後者叫“炸”或“油炸”。

普通話、廣州話都有“紅燒”一說，如“紅燒豬肉、紅燒牛肉”。其製作方法兩地不完全一樣。

522 普 涮鍋子、吃火鍋　粵 打邊爐

把肉片、蔬菜等放在火鍋裏涮着吃，普通話叫“涮鍋子”，又叫“吃火鍋”。廣州話叫“打邊爐”；也有人說“食火鍋”，那是模仿普通話的說法而已。

“邊”是借用字。

普 煙、炊煙、氣、水蒸氣　粵 煙　523

物體燃燒時產生的看得見的氣體，普通話叫“煙”。其中，燒火做飯冒出的煙叫“炊煙”。

廣州話也叫“煙”。但廣州話“煙”的含義要比普通話廣，只要是看得見的氣體都叫“煙”。因而，水蒸氣（蒸汽）叫“煙”，熱油鍋冒出的叫“油煙”，飛揚的塵土叫“煙塵”，等。

普	粵
煙囱冒煙。	煙通出煙。
氣體從甚麼地方排出？	煙喺邊度出嚟？
打開瓶子蓋，裏面的硫酸就冒氣。	打開樽枳，裏頭嘅硫酸就起煙。

普 鍋煙子、煤煙子　粵 鑊撈、火氈煤、火氈塵、火氈毛 (mou4-1)　524

鍋底上聚積的煙子，普通話叫“鍋煙子”，廣州話叫“鑊撈”。

燒柴草的舊式廚房裏房頂、牆壁上聚積的黑灰，普通話叫“煤煙子”；廣州話叫“火氈煤”或“火氈塵”，舊時也有叫“火氈毛”的。

“撈”是借用字。

居住

525 普 農村、家鄉、故鄉、老家　粵 鄉下

農民聚居的地方，普通話叫“農村”，廣州話叫“鄉下”。自己的家庭世代居住的地方，普通話叫“家鄉、故鄉”，口語叫“老家”，廣州話也叫“鄉下”。

普	粵
普 還是農村的空氣好。	粵 重係鄉下嘅空氣好。
普 你家鄉在哪裏呀？	粵 你鄉下喺邊度呀？
普 很久沒回老家了。	粵 好耐冇翻鄉下咯。

廣州話“鄉下”的“下”多讀變調 ha6-2。

526 普 村莊、村子、村寨、寨子、屯　粵 村、圍

農民聚居的居住點，普通話叫“村莊、村子”，也有叫“村寨、寨子、屯”等；廣州話叫“村”。珠江三角洲有的地方的村子用牆、堤等圍起來，叫“圍”，後來就用“圍”代稱村子。如：入圍（進村子）| 附近有一條大圍（附近有一座大村莊）。

527 普 家　粵 屋企（kéi²）、企

家庭的住所，普通話叫“家”；廣州話叫“屋企”，也說“家”。“屋企”可以省稱“企”，省稱僅限於“喺企（在家）、翻企（回家）”兩詞。例如：聽日我喺企等佢（明天我在家等他）| 琴日下晝一落班我就翻企

(昨天下午一下班我就回家)。

廣州話的"屋企"是"家"的意思。但"家"與"屋企"在使用上不完全一樣：①口語一般説"屋企"，少説"家"。如：我屋企就喺前面(我的家就在前面)｜佢屋企裝修得好靚(他家裝修得很漂亮)。②某些習慣語或帶書面語性質的，用"家"不用"屋企"，如：有國至有家(有國才有家)｜張家長李家短｜各家嘅仔女各家管(各家的孩子各家管)｜離家出走。③少數情況用"家"與"屋企"都可以，如：佢係一個好顧家嘅人(他是一個很顧家的人)。例句裏廣州話的"家"可以換成"屋企"。

普 回家　　粵 翻屋企(kéi²)、翻企(kéi²)、翻歸　　528

返回家裏，普通話叫"回家"；廣州話叫"翻屋企"，又叫"翻企"，也叫"翻歸"。

普 房子、房屋、房間、屋子、房　　粵 屋、房、房間　　529

供人居住的建築物，普通話叫"房子"，也叫"房屋"；廣州話口語叫"屋"。普通話的"瓦房、房東、房租、房頂、房契"等，廣州話分別叫"瓦屋、屋主、屋租、屋頂、屋契"等。不過，後來使用的一些詞，廣州話也隨普通話用"房"了，如"房產、房管、公房、民房、平房"等。

房子內隔成的部分，普通話叫"房間"，也叫"屋子"；廣州話叫"房"，又叫"房間"。其實，普通話也説"房"，例如"書房、廚房、客房、雜物房"等同廣州話的説法一樣。但是，普通話的"房"不單用，廣州話的"房"卻多單用。

籠統地説，普通話叫"房"的，廣州話叫"屋"；普通話叫"屋"的，廣州話叫"房"。但有時也混用。

普	粵
普 這房子是祖上傳下來的。	粵 呢間屋係祖上傳落嚟嘅。
普 這套房子有多少個房間呀？	粵 呢套屋有幾個房呀？
普 我們進屋子裏談吧。	粵 我哋入房傾啦。
普 這棟樓的單元房全是三房兩廳的。	粵 呢棟樓嘅單元房通通係三房兩廳嘅。

530 普 房頂 粵 屋頂、瓦面、瓦背、瓦背頂、瓦坑

房子頂上，普通話叫“房頂”，廣州話叫“屋頂”。

由於舊式房子房頂多用瓦鋪成，所以廣州話又有“瓦面、瓦背、瓦背頂、瓦坑”等多個叫法。“瓦面”與“瓦背”字面相反，但其含義、用法完全一樣。“瓦坑”本指瓦壟溝，廣州話借指房頂，如俗語“狗上瓦坑有條路”（狗能上房頂，肯定有牠的路子——比喻某人成功必定有其門路。含貶義）。現在房頂多用鋼筋混凝土建築，但人們有時仍習慣用上述“瓦面、瓦背頂”等詞來稱房頂。

531 普 陽台、涼台 粵 陽台、露台、騎樓

樓房凸出去的有欄杆的小平台，普通話、廣州話都叫“陽台”。普通話因其可供乘涼又叫“涼台”；廣州話又叫“露台、騎樓”。

廣州話的“騎樓”，也指馬路兩旁跨在行人道上的樓房等建築物，為南方特有的建築形式，供行人避雨用。

532 普 曬台、平台、涼台 粵 天台、天棚、曬棚

屋頂上供曬物或乘涼用的露天小平台，普通話叫“曬台”，又叫“平台”，還叫“涼台”。（“涼台”也指可供乘涼的陽台。參見上條。）

廣州話叫“天台”，又叫“天棚”或“曬棚”。

普通話也有“天棚”一詞，不過它指的是“天花板”，即房屋內部在屋頂或樓板下面加的一層東西，與廣州話不同。

普 台階、石級 粵 石級、步級 533

用磚、石、混凝土等築成的、供人上下的、一級一級的構築物，普通話叫“台階”，其中用石頭砌的又叫“石級”。廣州話不管用甚麼材料砌的都叫“石級”，又叫“步級”。

普 地下室、地窖 粵 地廬、地庫 534

建築在地下的房間，普通話叫“地下室”，廣州話叫“地廬”。利用大型建築物的地下室開辦的商場，普通話叫“地下商場”，廣州話叫“地廬商場”。用來貯存物品的地下室或地洞，普通話叫“地窖”，廣州話叫“地庫”。

普 廁所、茅房 粵 屎坑、廁所 535

專供人大小便的地方，普通話叫“廁所”，口語叫“茅房”；廣州話口語叫“屎坑”，文雅點或帶書面語性質時跟普通話叫“廁所”。

廣州話的“屎坑”又指廁所裏的糞坑，即普通話的“茅坑”。

近年，為了避諱，人們把廁所改個叫法，稱為“洗手間”或“衛生間”，甚至叫“化妝間、更衣室”等。這些隱晦乃至名不副實的叫法，多來源於境外。

536 普 旅館、旅店、賓館、飯店、客棧、旅舍、旅社 粵 旅館、旅店、賓館、酒店、客棧

供旅客住宿的地方，兩種語言的叫法大體一致：營業性的叫“旅館”或“旅店”，帶接待性的叫“賓館”。規模較大設備較好的叫“酒店”或“飯店”，北方地區叫“飯店”的多，廣州話地區叫“酒店”的多。设備簡陋的叫“客棧”。

普通話“旅館”又叫“旅舍”或“旅社”，廣州話較少這樣叫。

起居

普 起牀　　粵 起身、起牀　　537

睡醒後下牀，普通話叫“起牀”；廣州話叫“起身”，又叫“起牀”。

普	粵
他天還沒亮就起牀了。	佢天未光就起身咯。
他起牀後，抹一把臉就走了。	佢起身之後，擦擦塊面就走咗。
他很貪睡，經常忘了起牀。	佢好爛瞓，經常唔記得起牀。

普 熬夜　　粵 捱 (ai[4]) 夜、捱更抵夜、戙 (dung[6]) 起牀板　　538

通宵或深夜不睡覺，普通話叫“熬夜”；廣州話叫“捱夜”或“捱更抵夜”，形象點說叫“戙起牀板”。（戙起：豎立起。“戙起牀板”意為把牀板豎立起來，即指不睡覺。）

普	粵
昨晚熬夜看足球比賽轉播。	琴晚捱夜睇足球比賽轉播。
老是熬夜，怪不得你眼圈都黑了。	成日捱更抵夜，唔怪得眼圈都黑埋啦。
今晚要熬夜趕寫材料。	今晚要戙起牀板趕寫材料。

539 普 洗澡　粵 沖涼、洗身、洗白白

用水洗身體，普通話叫“洗澡”；廣州話叫“沖涼”或“洗身”，對小孩用“洗白白”。

廣州地區天氣炎熱，人們洗澡不光為了除去污垢，往往也為了得到涼快，因此叫“沖涼”。

交通

普 自行車　粵 單車　540

一種有兩個輪子、用腳蹬動前進的交通工具，普通話叫“自行車”，有的地區叫“腳踏車”；廣州話叫“單車”。

普 摩托、摩托車　粵 摩托、摩托車、電單車　541

裝有內燃發動機的兩輪車或三輪車，普通話叫“摩托”或“摩托車”；廣州話也是這樣叫，例如“博一博，單車變摩托”（意為拼搏一回就會獲取大利）。

摩托，廣州話原來俗稱“電單車”。近年出現以蓄電池為動力的兩輪車，人們便稱之為“電單車”，而摩托仍叫“摩托”或“摩托車”。

“摩托”是英語 motor 的普通話音譯。

普 出租車、出租汽車　粵 的士 (dig[1] xi[2])、出租車　542

普通話“出租車”全稱是“出租汽車”，指的是供人臨時僱用的汽車，一般指小型汽車。由於它多按里程收費，有的地區叫“計程車”。

廣州話叫“的士”，也按普通話叫“出租車”，但口語不說“出租汽車”。“的士”一詞已逐漸在北方地區廣泛使用，這些地區也相應地跟廣州話使用“打的”（僱用出租車）一詞，並且創造了“的哥（男出租車司機）、的姐（女出租車司機）、麵的（麵包車出租車）、摩的（摩托車出租車）”等詞流行使用。

“的士”是英語 taxi 的音譯。

543 普 小轎車、臥車、小汽車 粵 小汽車、小車、房車、私家車、的士 (dig[1] xi[2])

供人乘坐的、有固定車頂的小型汽車，普通話叫“小轎車”，又叫“臥車”，俗稱“小汽車”。

廣州話叫“小汽車”，省稱“小車”，豪華型的叫“房車”。抗日戰爭前後，小轎車數量極少，也多為私有，人們就叫小轎車為“私家車”。又，因出租車多為小轎車，起初不少人便叫小轎車為“的士”，現在已很少人這樣叫了。

544 普 人力車 粵 車仔、手車

一種用人拉的載人的車，普通話叫“人力車”，有的地區叫“黃包車”；廣州話叫“車仔”，舊時叫“手車、黃包車”。

545 普 輪船、火輪船、火輪 粵 輪船、電船、火船、火船仔

用機器推動前進的船，普通話叫“輪船”，舊時叫“火輪船”，又叫“火輪”。

廣州話現在也叫“輪船”，小的叫“電船”，舊時叫“火船”。“火船”主要指航行在海上的大輪船；航行在內河上，用來牽引渡船的小型輪船，叫“火船仔”(參看553條)。

普通話叫“火輪船、火輪”，廣州話叫“火船”，都因為舊時輪船用蒸汽機作動力，要燒煤炭，所以叫“火”。後來輪船改用內燃機作動力了，人們還是習慣那樣叫。

普 艇、小船、划子　　粵 艇、艇仔　　546

小型而輕便的船，兩種語言都叫“艇”。普通話口語又叫“小船”，用槳撥水行駛的小船叫“划子”；廣州話口語叫“艇仔”。普通話說的“划船”廣州話叫“扒艇”。

某些軍用船隻，習慣上也叫“艇”，如“炮艇、登陸艇、潛水艇”等，廣州話與普通話的叫法是一樣的。

“划子”的“子”要讀輕聲。

普 汽艇、摩托艇、快艇　　粵 汽艇、摩托艇、電扒 (pa²)　　547

一種用內燃機做動力的小型船隻，速度高，機動性大，這種船普通話、廣州話都叫“汽艇、摩托艇”，普通話還叫“快艇”。高速汽艇香港地區叫“電扒”。

普 渡船、船　　粵 艔 (dou⁶⁻²)、橫水艔、拖艔、花尾艔　　548

載運人、物、車等渡過水面到對岸的船，普通話叫“渡船”，省稱“船”；廣州話叫“艔”。

“艔”是方言字，其實即“渡”，也就是渡船。珠江三角洲屬水網地帶，過去路橋不發達，過渡是常事，因而處處可見載客過江的小艇，當地人稱之為“橫水艔”，省稱“艔”。後來“艔”兼指行駛於珠江上的輪渡及客船，例如“肇省艔”（肇慶到廣州的客船）、“江門艔”（開往江門的客船）等。這些客船本身沒有動力，由另一艘專門的小型輪船拖帶。該小型輪船叫“火船仔”；客船稱“拖艔”，由於往往在船尾外部畫有花紋，故又稱“花尾艔”。

549 普 駕駛、開、行 粵 揸(za1)、駛、開、行

操縱車、船等使其開動行駛，普通話叫“駕駛”，又叫“開、行”；廣州話叫“揸”或“駛”，也說“開、行”。

普	粵
他很多年前就駕駛汽車了。	佢好多年以前就揸車咯。
你們誰會開車？	你哋邊個識開車？
開船也不容易。	駛船亦唔容易。
注意行車安全！	注意行車安全！

550 普 划 粵 扒、棹、划

撥水使船前進，普通話叫“划”；廣州話叫“扒、棹”。一般來說，用短槳划叫“扒”，如“扒艇仔(划艇)、扒龍船”；用長槳、櫓划叫“棹”，如“棹船、棹艇”。

受普通話影響，廣州話也說“划”，讀音為wa1，跟計劃的“劃”不同。

551 普 舵、方向盤、舵輪、舵盤 粵 舦(tai5)

船隻控制行駛方向的裝置，普通話叫“舵”。汽車控制方向的裝置叫“方向盤”。輪船等把控制方向的操作裝置做成輪狀，也叫“方向盤”。車、船的方向盤又叫“舵輪”或“舵盤”。

無論是“舵”還是“方向盤”，凡是交通工具上控制方向的裝置，包括自行車、三輪車、摩托等的車把，廣州話都叫“舦”。普通話叫的“左舵車”廣州話叫“左舦車”。

有人主張，指船舵用“舦”字，指車的方向盤用“軚”字。其實“舦、軚”都是借用字，用其一即可。

普 帆　　粵 帆、悝 (léi⁵)　　552

掛在桅杆上的布篷，利用風力使船前進，這布篷普通話叫“帆”，廣州話也叫“帆”，口語叫“悝”。

普 開船，張帆。	粵 開船，扯悝。
普 有風就張滿帆。	粵 有風駛盡悝。

“悝”是方言字。廣州話“帆”與“翻”音近，行船怕翻，水上人家便改“帆”為“悝”，並創造“悝”字。但不能因此説，廣州話能用“悝”代替“帆”。“悝”僅指船上借風做動力的那張布篷而已，“帆船、帆板、征帆、風帆、一帆風順”等等的“帆”，都不能改用“悝”。

普 輪子、車輪、車軲轆　　粵 車輪、車轆、轆　　553

車輛上接觸地面圓形能旋轉的部件，普通話叫“輪子”，又叫“車輪”，口語叫“車軲轆”。廣州話也叫“車輪”，口語叫“車轆、轆”。

普 碼頭、渡頭、渡口　　粵 碼頭、埗 (bou⁶) 頭、渡頭　　554

水邊供船舶停靠的地方，普通話、廣州話都叫“碼頭”，廣州話又叫“埗頭”。一般來説，“碼頭”較大，“埗頭”較小。舊時廣州話還稱小河的碼頭叫“墈”，俗語“移船就墈”意思即為移動船隻遷就碼頭，比喻採取主動配合對方。

有船或筏子擺渡的地方，兩種語言都叫“渡頭”，普通話又叫“渡口”。

555 普 到、到達 粵 到、到定 (déng⁶)、到埠 (bou⁶)

達於目的地，兩種語言都説“到”。普通話又説“到達”，廣州話又説“到定”或“到埠”。

普	粵
普 飛機甚麼時候到？	粵 飛機幾時到？
普 到達以後來一個電話。	粵 到定之後嚟個電話。
普 他一到達就開始工作。	粵 佢一到埠就開始工作。

廣州話的“到定、到埠”與普通話的“到達”不完全相同。普通話的“到達”可以指抵達目的地，也可以指抵達中途某一點。廣州話的“定”是借用字，“地方、處所、目的地”的意思（這裏不讀 ding⁶）。“埠”指碼頭，轉指目的地（這裏不讀 feo⁶）。所以，“到定、到埠”指的是抵達目的地，不指抵達中途站。同時，“到達”可以帶賓語，“到定、到埠”不能帶賓語。

556 普 拉縴 (qiàn) 粵 拉纜、扯纜

在岸上用繩子拉船前進，普通話叫“拉縴”，廣州話叫“拉纜”或“扯纜”。（拉船的繩子，普通話叫“縴繩”，廣州話叫“纜”。）

另，帶頭幹某事，普通話叫“打頭炮”，廣州話叫“拉頭纜”或“扯頭纜”。

做事

普 事情、事兒　粵 事、事幹、嘢(yé⁵)、東東、景轟(gueng²)　557

普通話的“事情”一詞，口語多叫“事兒”，廣州話叫“事”或“事幹”，由於普通話的影響，也有說“事情”的。口語還有“嘢”這詞，原來是“東西”的意思，但“做事”或“做事情”要說“做嘢”。

普 每天有很多事情要處理。	粵 每日有好多事要處理。
普 晚上沒有事兒可以來聊聊。	粵 夜晚冇事幹就嚟傾下喇。
普 有甚麼事情那麼急啊？	粵 有乜事幹咁急呀？
普 你做事要細心一點才行。	粵 你做嘢要細心一啲至得。

此外，廣州話有時用“東東”、“景轟”來戲稱一些不便明說的事情。

普 你跟她的那些事兒辦得怎麼樣了？	粵 你同佢嗰啲東東辦得點樣喇？
普 不知道他們有甚麼曖昧事兒。	粵 唔知佢哋有乜嘢景轟。

“嘢”是方言字。

普 工作、做事　粵 做嘢(yé⁵)、做事、高就、發財　558

普通話表示幹工作、做事的詞有“工作、做事”；廣州話多用“做嘢”，也說“做事”，俗一點的用“發財”，文雅一點的用“高就”。

普	粵
李先生，你在哪裏工作？	李生，你喺邊度高就？
你在省府裏工作吧？	你喺省府做事呀？
你在深圳還是廣州做事？	你喺深圳定喺廣州發財？

559 普 謀生、掙錢、務工、打工、幹活兒 粵 搵(wen²)食、搵米路、打工、撈(lou¹)

到社會上謀生，或外出務工、做生意，普通話有“謀生、掙錢、務工、打工、幹活兒”等說法。廣州話有“搵食、打工”等詞，“搵米路”是帶諧謔的說法。普通話的“打工”一詞是近年來從廣州話裏吸收的。

普	粵
大家都想到城市謀生。	大家都想去城市搵食。
在鄉村你要掙錢的機會不多。	喺鄉下你要搵米路嘅機會唔多。
農民都願意外出務工嗎？	農民都願意出去打工咩？

廣州話還有“撈”一詞，比較粗俗，相當於普通話的“混”，一般只在很相熟的朋友之間才用。

“搵”是借用字。

560 普 上班、上工 粵 翻工、上班

工人、職員或公務員到有關機構工作，普通話叫“上班、上工”；廣州話過去多用“翻工”一詞，由於普通話的影響，現在也有不少人用“上班”。

普	粵
你幾點鐘上班？	你幾點鐘翻工？
今天我們提前一個小時上班。	今日我哋提前一個鐘上班。
我們不用每天都上工。	我哋唔使日日都翻工。

普 下班　粵 放工、落班　561

工作到了規定停止的時間而離開崗位，普通話叫“下班”；廣州話叫“放工”，也有不少人用“落班”一詞。

普	粵
我們每天都是下午五點下班。	我哋每日都係下晝五點落班。
今天下班之後要開會。	今日放工之後要開會。

普 兼職、找外快　粵 炒更、秘撈 (lou¹)　562

在業餘時間兼做其他工作，普通話叫“兼職、找外快”，廣州話叫“炒更、秘撈”。幾個詞意思不完全一致：普通話的“兼職”是指在本職之外兼任其他職務，“找外快”指掙得正常收入以外的收入。廣州話的“炒更”指業餘時間，尤指晚上到別的地方再幹其他工作以增加收入；“秘撈”直譯是瞞着老闆秘密地去兼職掙錢，也是利用業餘時間去幹工作。

普	粵
除了工資之外，兼職每月有千餘塊錢。	除咗薪水，炒更每月有千零文。
有些工人到外面找外快。	有啲工友去外便秘撈。

普 領頭、帶頭　粵 拉頭纜、頂頭陣、打頭陣、打頭鑼　563

首先行動並帶動其他人做某事，普通話叫“領頭、帶頭”，廣州話叫“拉頭纜、頂頭陣、打頭陣、打頭鑼”。

普	粵
他一帶頭大家就跟着幹了。	佢拉頭纜大家就跟住做喇。
這件事由誰來領頭？	呢件事由邊個嚟打頭鑼？

廣州話表示帶頭的意思，還有“打頭炮”，指首先發言的意思。如“呢次開會請你打頭炮”（這次開會請你首先發言）。

564 普 完工、結束、收攤兒、收場 | 粵 殺瀨、搞完、搞掂（dim⁶）、收科、收檔

工作或工程完成，不再繼續，普通話叫“完工、結束”；廣州話叫“殺瀨、搞完”，幹得比較滿意的叫“搞掂”。普通話把結束當前手頭的工作叫“收攤兒”，而用於結束當前的不好局面用“收場”，廣州話則分別用“收檔、收科”。

普	粵
展覽會昨天結束了。	展覽會琴日殺瀨喇。
工程要到年底才完工。	工程要到年尾至搞完。
我看你這個鬧劇甚麼時候收場。	我睇你呢個鬧劇幾時收科。
你這個活動該收攤兒了。	你呢個活動好收檔咯。
清理這堆垃圾有兩天就能弄好。	清理呢堆垃圾有兩日就搞掂喇。

“掂”是借用字。

565 普 收尾、煞尾、收拾 | 粵 埋尾、執手尾

結束事情的最後一段，普通話叫“收尾、煞尾”，而對工作現場做最後的整理或清理工作則叫“收拾”，廣州話前者叫“埋尾”，後者叫“執手尾”。

普	粵
最近幾天做的是收尾的工作。	最近呢幾日做嘅係埋尾嘅工作。
這麼大的工地要有人來收拾清理才行。	咁大嘅工地要有人嚟執手尾至得。

普 承擔、擔待　粵 擔戴、孭(mé1)、孭飛、孭鑊(wog6)、睇(tei2)數　566

擔當某事的責任，普通話叫“承擔、擔待”，廣州話叫“擔戴”，還有“孭、孭鑊、孭飛、睇數”等説法。“孭”是“背”的意思，轉指負起責任。“孭鑊”是背黑鍋的意思。“孭鑊、睇數”多指承擔後果。

普	粵
放心吧，有甚麼問題由我承擔。	放心啦，有乜問題由我擔戴。
出了問題誰擔待？	出咗問題邊個孭飛？
這個責任他一個人承擔不起。	呢個責任佢一個人唔孭得起。
你要他來承擔責任不合理。	你要佢嚟孭鑊唔合理。

廣州話的“擔戴”這個詞本來是來自書面語的“擔待”，其中的“待”字廣州話只按近似普通話的讀音而不按照字音讀 dam1 doi6，正如普通話的“交代”（囑咐意）一詞，廣州話不讀 gao1 doi6（交代）而讀作 gao1 dai3（交帶）一樣。

普 難辦、為難、不好辦、不好對付　粵 踢腳、擇使、惡搞、惡作、惡鯁(keng2)、為難　567

做事遇到困難，普通話叫“難辦、不好辦”，對麻煩事難以表態、難以選擇叫“為難”。廣州話叫“踢腳、擇使”或“惡搞、惡作、惡鯁”。廣州話的“惡”有難的意思，“惡鯁”意為難以吞下，轉指難以承擔。有時也使用“為難”。

普	粵
這些事情的確很難辦。	呢啲事的確好惡搞。
有時遇到勞資糾紛，很不好對付。	有時遇到勞資糾紛，真係好踢腳㗎。
他覺得同意還是不同意都很為難。	佢覺得同意定唔同意都好為難。

“鯁”是借用字。

568 普 失敗、糟、黃　粵 衰、搞(wo⁵)、□(wang¹)、倒灶、甩(led¹)底

辦事不成功，普通話叫“失敗、糟”，口語叫“黃”，有的地區叫“砸鍋”；廣州話叫“衰、搞、□(wang¹)”也說“倒灶、甩底”。

普	粵
我看這次又要糟了。	我睇呢次又要倒灶咯。
小心點，千萬不要搞黃嘍。	注意啲呀，千祈唔好搞□(wang¹)咗呀。
這次讓他砸鍋了。	呢次畀佢搞搞晒咯。
我們不會失敗的。	我哋唔會衰嘅。

569 普 吃虧、佔下風　粵 蝕抵、執輸
普 佔便宜、佔上風　粵 着數、執贏

受到損失或處於不利的地位，普通話叫“吃虧”或“佔下風”，廣州話叫“蝕抵”，或“執輸”。相反，得到額外的利益、好處，或處於有利地位，普通話叫“佔便宜”或“佔上風”，廣州話叫“着數”或“執贏”。

普	粵
跟他們比，怎麼也不能佔下風。	同佢哋比，點都唔能夠執輸。
你們人少，肯定會吃虧的。	你哋人少，實蝕底喇。
打籃球，個子高就佔便宜了。	打籃球，身高就着數咯。
你爭取主動就會佔上風。	你爭取主動就會執贏。

570 普 錯過、錯失、喪失　粵 漏雞、走雞、失咗(zo²)、漏咗、錯失

失去時機，事情無法挽回，普通話叫“錯過、錯失、喪失”，廣州話叫“漏雞、走雞”或“失咗、漏咗”，也說“錯失”。

普 他來遲了一天，報名機會喪失了。	粵 佢嚟遲咗一日，報名機會走雞喇。
普 這麼好的機會不要錯過了。	粵 咁好嘅機會唔好失咗佢。

普 失業、沒工作、待業　粵 冇嘢 (mou⁵ yé⁵) 做、踎 (meo¹) 墩、吊砂煲、吊煲、失業、待業　571

找不到工作或失去工作，普通話叫“失業、沒工作”或“待業”；廣州話一般叫“冇嘢做”，或者使用普通話的詞“失業、待業”，口語喜歡使用諧謔的說法“踎墩、吊砂煲、吊煲”。“踎”是蹲着的意思，“吊砂煲、吊煲”即把做飯的鍋吊起來，比喻為失業。

普 如果這間工廠倒閉，很多人都要失業。	粵 如果呢間工廠執笠，好多人都要吊砂煲。
普 他失業兩個月了。	粵 佢踎墩兩個月咯。

“冇、嘢、踎”都是方言字。

普 倒楣、見鬼、背時、遭殃　粵 當衰、當黑、當災、當□ (dem³)、撞鬼、頭頭碰着黑　572

形容人遭遇不好，或者運氣不好，普通話叫“倒楣、背時”，或罵一聲“見鬼”；廣州話叫“當衰、當黑、當災”，俗氣點叫“當□ (dem³)”，都有“真倒楣、該倒楣”的意思，有時也罵一聲“撞鬼”。

普 這兩天經常趕不上班車，真見鬼。	粵 呢幾日時時趕唔上班車，真當衰。
普 我不相信做好事就這樣倒楣。	粵 我唔信做好事就咁當黑。

普 是你的責任怎麼賴別人呢，活見鬼！	粵 係你嘅責任點賴人呢，真係撞鬼！

遭受冤屈、蒙受不白之冤，廣州話叫“當災”，如俗語“黑狗偷食，白狗當災”（黑狗偷吃，白狗遭殃），比喻人受冤枉、背黑鍋。而廣州話的“頭頭碰着黑”是處處碰壁、倒楣，事事不遂願的意思。

573 普 白費勁、白幹、徒勞 粵 嘥 (sai[1]) 氣、嘥心機、賺搞、混吉

做無效勞動，浪費精力，普通話叫“白費勁、白幹”，書面語多用“徒勞”一詞。廣州話有“嘥心機、賺搞、嘥氣”等說法，俗一點的有“混吉”一詞。廣州話還經常用“嘥心機捱眼瞓”來形容做事徒勞無功或事倍功半。

普 給你準備了材料都不看一看，白費勁了。	粵 同你準備咗材料都唔睇一下，嘥心機咯。
普 搞到最後還是要折掉，徒勞了。	粵 搞到最後重係要折咗，賺搞咯。
普 幹了幾年還是一事無成，簡直是白幹了。	粵 搞咗幾年重係一事無成，直程係混吉。

廣州話“混吉”一詞詞義曲折複雜。這裏的“吉”是替代詞，它替代“空”字。因為廣州話“空”與“兇”同音，人們認為很不吉利，於是凡是帶“空”字的詞多換成“吉”字。如“空屋（空房子）、空車、空舖、空身”等詞，要換説“吉屋、吉車、吉舖、吉身”等。而形容人白幹一場，混來混去還是兩手空空，就是“混出一場空”，進而改為“混出一場吉”，最後濃縮為“混吉”一詞。所以“混吉”是“一無所獲、一事無成”的意思。

廣州話“賺搞”的“賺”，一般要變調讀 zan[6-2] 音。

普 沒辦法、無法、沒轍、沒治　粵 冇計 (mou⁵ gei²)、冇術、冇符、冇修　574

對事情表示無可奈何，普通話用“沒辦法、無法”等詞，口語用“沒轍、沒治”，廣州話用“冇計、冇術、冇符、冇修”等。

普 對待這樣的人，大家都沒辦法。	粵 對待噉嘅人，大家都冇計。
普 你們不行，我也沒轍。	粵 你哋唔得，我亦都冇符。
普 這孩子這麼淘氣，大家都毫無辦法。	粵 呢個仔咁跳皮，大家都冇晒修。

普通話“沒治”，形容情況非常壞，但也用來形容人或事非常好。屬於哪個意思，要看當時的語境。例如：孩子學習這麼糟，我真拿他沒治了（個仔學習咁差，我真係冇晒修咯）｜這幅畫這麼精美，簡直沒治了(呢幅畫咁靚，直程冇得彈喇)。

“冇”是方言字。

普 拼命、拼、豁出去　粵 拚命、拚死、搏、搏命　575

為了達到某一目的而不惜付出任何代價，普通話用“拼命、拼、豁出去”，廣州話用“拚命、拚死、搏、搏命”等詞。

普 為了保護她孩子，她會跟你拼命的。	粵 為咗保護佢個仔，佢會同你搏命㗎。
普 現在沒有別的辦法，我只有豁出去了。	粵 而家冇第啲辦法，我惟有拚命咯。
普 一炮拼雙象還是值得。	粵 一炮搏雙象重係值。

廣州話的“搏”是“拼”或“較量”的意思。近年來普通話新出現的“拼搏”一詞，可能是由普通話“拼”的與廣州話的“搏”相結合而成。

普	粵
普 你要使盡解數去拼才有贏的可能。	粵 你要出盡八寶去搏至有可能贏。
普 誰輸誰贏要拼過才知道。	粵 邊個輸邊個贏要搏過至知。

576 普 退縮、打退堂鼓 粵 縮沙、褪軚 (ten³ tai⁵)、做縮頭烏龜

由於畏縮而後退或取消行動，普通話叫“退縮”或“打退堂鼓”，廣州話叫“縮沙、褪軚”，這種行為被譏笑為“做縮頭烏龜”。

普	粵
普 決定要幹誰也不能中途退縮。	粵 決定要做邊個都唔准縮沙。
普 看你是不是又想打退堂鼓啦？	粵 睇你係唔係又想褪軚喇？
普 誰也不想打退堂鼓。	粵 邊個都唔想做縮頭烏龜。

“軚”是方言字。“褪軚”原意為操縱車、船向後退，比喻退縮。

用品、工具

普 工具、傢伙、東西　粵 架鐾(cang[1])、架生、嘢(yé[5])　577

工作使用的工具，普通話叫“工具”，俗一點的叫“傢伙”或“東西”，廣州話叫“架鐾”，有人變讀為“架生”，通俗叫“嘢”。

普	粵
這個箱子全是木工工具。	呢個箱裏頭全部係鬥木架鐾。
你的傢伙帶來了沒有？	你啲架鐾帶嚟未呀？
泥水匠的東西（工具）不多。	泥水佬嘅嘢唔多。

普通話的“傢伙”還指人或隨身所帶的武器，而廣州話的“嘢”多兼指人，為了避諱也可以指武器。

“鐾、嘢”是方言字。

普 鍋碗瓢盆、碗碗筷筷　粵 砂煲(bou[1])罌(ngang[1])鐾(cang[1])、筷子碗碟　578
普 罈罈罐罐　粵 埕(qing[4])埕塔塔

泛指各種廚具，普通話用“鍋碗瓢盆”指炊具，用“碗碗筷筷”指餐具；廣州話前者用“砂煲罌鐾”，後者用“筷子碗碟”。普通話還用“罈罈罐罐”指廚房用具一般家什，廣州話則用“埕埕塔塔”。普通話這裏的“罈”指“罈子”說的是口小腹大的陶質容器，廣州話叫“埕”，其中口較大的叫“塔”。

“煲、鐾、埕”都是方言字。“塔”是借用字。

579 普 瓢、勺、舀子、油提、酒提 粵 殼、飯殼、水殼、勺

用來舀水或其他東西的用具，普通話叫“瓢、勺”；廣州話叫“殼”，具體的有飯殼、水殼等。副食店賣油、酒等液體所用的器具，普通話分別叫“油提、酒提”，廣州話都叫“勺”。

普	粵
普 用瓢來舀水， 普 用勺來盛湯。	粵 攞水殼嚟捭水，攞湯殼嚟捭湯。
普 這個油提只用來打油，不能打酒。	粵 呢個勺只係打油，唔打得酒。

580 普 碟子、盤子 粵 碟

用來盛放菜餚或其他物品、底平而淺的用具，普通話叫“碟子”或“盤子”。盤子比碟子大。廣州話無論大、中、小的都叫“碟”。另外，廣州話的“盤、盆”同音，廣州人說普通話時容易把“盤子”說成“盆子”。如“一盤燒鴨”，往往說成“一盆燒鴨”。

581 普 鍋 粵 煲 (bou1)、鑊 (wog6)

圓形中凹的炊事用具，普通話總稱叫“鍋”。廣州話視其形狀不同而叫法不同：壁深而陡、底平的叫“煲”，無壁圓底的叫“鑊”。“煲”有陶質的（叫“砂煲”。參看下條），也有金屬做的，多用來煮飯、煮水或熬湯、粥、藥汁等；“鑊”用鐵、鋁或銅等金屬製成，多作炒、煎、炸食物用。

“煲”是方言字。

普 沙鍋 粵 瓦煲 (bou1)、砂煲 582
普 沙淺、沙鍋淺 粵 瓦罉 (cang1)

用陶土和沙燒製成的鍋，普通話叫“沙鍋”；廣州話叫“瓦煲”，又叫“砂煲”。普通話的“沙鍋”可以寫成“砂鍋”，廣州話的“砂煲”也可以寫成“沙煲”。

比較淺的沙鍋，普通話叫“沙淺”或“沙鍋淺”，兩個詞説時都要兒化；廣州話叫“瓦罉”。

另外，廣州話裏煎藥用的沙鍋叫“藥煲”或“茶煲”，熬湯或煮粥用的高沙鍋叫“企身煲”或“龍頭煲、牛頭煲”。

“煲、罉”是方言字。

普 缸 粵 缸、甕、甕缸 583

普通話“缸”指的是一種容器，一般口大底小，可用陶、瓷、搪瓷、玻璃等質料做成。廣州話所指的“缸”一般口底一樣大（水缸則口大底小），多為陶製，大缸叫“甕”或“甕缸”。

普 烤爐、烤箱 粵 焗 (gug6) 爐 584

烘烤食品的裝置，普通話叫“烤爐、烤箱”，廣州話叫“焗爐”。廣州話沒有“烤”這個詞，一般用“燒”。普通話烤鴨、烤肉的“烤”，廣州話都稱“燒”。但“烤爐”不叫“燒爐”，而改稱“焗爐”，因為烤爐是利用爐裏面的熱力把肉類燜熟的，所以叫“焗爐”。

“焗”是方言字。

585 普 籮筐、提籃 粵 籮、囉(lo¹)、手抽

用竹子編成的用具，一般盛菜蔬、食品或其他物品用，普通話大的叫“籮筐”，小的有提梁的叫“提籃”。廣州話大的叫“籮”，小的叫“囉”，二者只是聲調不同。另外還有一種用藤皮、蓆草、竹篾、塑膠條等編成，叫“手抽”。

586 普 帚、掃帚、笤帚、撣子 粵 掃把、掃(sou³⁻²)

除去塵土、垃圾、油垢等的用具，普通話叫“帚”。其中用竹枝等紮成的，叫“掃帚”；用去粒的高粱穗、黍子穗等紮成的，叫“笤帚”。笤帚比掃帚小，清掃灶台、碾盤或睡炕等用。另外，用來洗刷鍋碗的，叫“炊帚”。

廣州話掃帚叫“掃把”，用來掃地的較大的笤帚也叫“掃把”；清掃牀、炕、鍋台等的笤帚則叫“掃”。

用雞毛或布等綁成的用來除去灰塵的用具，普通話叫“撣子”，廣州話也叫“掃”。普通話說的“雞毛撣子”廣州話叫“雞毛掃”。

587 普 剪刀、剪子 粵 鉸剪

普通話稱“剪刀”又叫“剪子”，廣州話叫“鉸剪”。

另外，普通話的“指甲剪”廣州話叫“指甲鉗”。

588 普 螺絲刀、改錐 粵 螺絲批

裝卸螺絲釘的用具，普通話叫“螺絲刀”，也叫“改錐”，有的地區叫“起子”。廣州話叫“螺絲批”。

普 鉗子、鑷子　粵 鉗 (kim⁴⁻²)　589

用來夾東西的工具，普通話叫“鉗子”，其中夾取細小東西的叫“鑷子”；廣州話都叫“鉗”，沒有“鑷子”的説法。

另外，用來夾火炭等的鉗子廣州話叫“火鉗”。“鉗”字不變調。

普 洋鎬、鶴嘴鎬、十字鎬　粵 番啄 (dêng¹)、鶴嘴鋤　590

掘土挖石用的工具，鎬頭一頭尖一頭扁窄，或兩頭尖，普通話叫“洋鎬、鶴嘴鎬”，也有叫“十字鎬”的。廣州話叫“番啄”或“鶴嘴鋤”，沒有“鎬”的説法。“啄”是鳥類用嘴取食物的意思，這裏形容洋鎬使用時像鶴嘴啄食一樣。

“啄”字讀 dêg³，這裏讀 dêng¹ 是訓讀。

普 管子、管　粵 通、喉、管　591

圓而細長中間空的東西，普通話叫“管子”，在合成詞裏叫“管”。如，用於輸送水的叫水管，輸送油料的叫油管，用鐵做的叫鐵管等。廣州話一般叫“通”或“喉”，如“鐵通、膠通、膠喉”等。自來水管叫“水喉通”。受普通話影響，現在廣州話也説“管”，但不用“管子”的説法。

普 橡膠、塑膠　粵 膠、塑膠　592

普通話橡膠製品與塑膠製品名稱不同；廣州話橡膠叫“膠”，塑膠製品往往也叫“膠”（又叫“塑膠”）。如，“膠管”既指橡膠管子也指塑膠管子，“膠拖”既指橡膠拖鞋也指塑膠拖鞋。塑膠管子和塑膠拖鞋分別又可叫“塑膠管”和“塑膠鞋”。

593 普 肥皂、胰子 粵 梘(gan²)、番梘

洗衣服、洗澡等用的塊狀化學製品，普通話叫“肥皂”，過去口語也叫“胰子”。加入香料精煉而成的叫“香皂”，加了化學藥品用來洗澡消毒的叫“藥皂”。廣州話總稱“梘”或“番梘”，香皂叫“香梘”、藥皂叫“藥梘”等。

594 普 漱口杯、口杯 粵 啷(long²)口盅、口盅

漱口的杯子，普通話叫“漱口杯”或“口杯”；廣州話叫“啷口盅”或“口盅”。

“啷”為方言字。

595 普 箱子 粵 箱、喼(gib¹)、槓(lung⁵)

放衣物的方形器具，普通話叫“箱子”，按所用材料分別叫皮箱、木箱、藤箱等。廣州話一般叫“箱”，其中除了用木材、金屬、硬塑膠造的以外，也叫“喼”，“喼”一般可手提。例如“皮喼（皮革手提箱）、藤喼（藤編的手提箱）、書喼（小書箱）”。盛衣物的大箱子，廣州話又叫“槓”，諺語“未食五月粽，寒衣唔入槓”中的“槓”即指此，“槓”多為木製。

“喼”是方言字。“槓”是借用字，又作“籠”或“簣”。

596 普 扁擔、槓子、竹槓 粵 擔(dam³)挑、擔竿、擔膶(yên⁶⁻²)、竹槓、竹升

挑東西用的工具，用木棍或竹子製成，形狀扁而長，普通話叫“扁擔”，用圓形的棍子或竹子製作的叫“槓子”或“竹槓”。廣州話叫“擔

挑”或“擔竿”。由於“竿”與“乾”同音，人們認為不吉利，改叫“擔潤”，“潤”通常用方言字“膶”(參看 490 條)。“竹槓”與普通話相同，由於廣州話“槓”與“降”同音，為了避諱，把“竹槓”改稱“竹升”。

普 鈴、鈴鐺　粵 鈴 (ling⁴)、鈴鈴 (ling¹ ling¹)、呤 (lang¹) 鐘　597

用銅或鋼等金屬製成的響器，多為鐘形或半球形，普通話叫“鈴”或“鈴鐺”；廣州話一般的叫“鈴”，小的叫“鈴鈴”，電鈴、自行車或鬧鐘上的鈴叫“呤鐘”。

“呤”是方言字。

文化、體育

598 普 **故事** 粵 **古、古仔**

發生在過去的真實或虛構的事情，普通話叫“故事”，廣州話叫“古、古仔”。

599 普 **戲劇、戲** 粵 **戲、大戲**

通過人的表演反映以往發生過的或虛構的故事，普通話叫“戲、戲劇”，廣州話叫“戲”，所指包括話劇、戲曲、歌劇、舞劇等。廣州話地區的地方戲曲粵劇，人們習慣稱為“大戲”。

600 普 **鋼筆、自來水筆** 粵 **鋼筆、墨水筆**

筆頭用金屬製成的筆，普通話叫“鋼筆”，其中有貯存墨水裝置的又叫“自來水筆”；廣州話叫“鋼筆”或“墨水筆”。

601 普 **球** 粵 **球、波**

某些體育項目用品，多數為圓形，普通話叫“球”，包括籃球、排球、足球、乒乓球、羽毛球、枱球、網球、棒球、冰球、橄欖球等。廣州話籠統稱球時多叫“波”，“波”是英文 ball 的音譯。如，打球叫“打波”，踢球叫“踢波”，球鞋叫“波鞋”，觀看球賽叫“睇波”，勢均力敵的球賽叫“五五波”等。具體的球除了乒乓球多叫“乒乓波”（乒乓球拍叫“波板、波拍”）之外，其餘的都與普通話相同，如，籃球不叫“籃波”，羽毛球不叫“羽毛波”等。

另外普通話的“枱球”，廣州話叫“桌球”。廣東人認為“枱”，就是“桌”，所以把“枱球”，說成“桌球”似乎文雅一點。反過來，北方人認為“桌”比較口語化，說“枱”古雅一點，所以把“桌球”反而說成“枱球”了。

普 哨子、警笛　粵 哨子、銀雞、雞　602

能用口吹響的器物，吹響時對眾人有警示作用，多用於集合隊伍、指揮交通、體育運動裁判等。普通話叫“哨子”，廣州話也叫“哨子”，又叫“銀雞”，簡說“雞”。

另外警察用的長圓筒形的多音哨子，普通話叫“警笛”，廣州話叫“銀雞”。

普 武術、功夫　粵 功夫、國技　603

中國傳統的打拳和使用冷兵器的體育技術，普通話叫“武術”，廣州話叫“功夫”，過去民間也叫“國技”。近年來普通話也吸收“功夫”這詞，如武打片叫“功夫片”。

耍武術或武術表演廣州話叫“打功夫”。還有一個說法叫“食夜粥”，是練武藝的意思。因為民間習武的人多在夜間進行，直至深夜，最後都要加餐喝點粥。所以“食夜粥”成了練武術的代名詞。如：你唔好睇小佢呀，佢食過幾日夜粥㗎(你別小看他，他是練過幾天武術的)。

民俗

604 普 曆書、皇曆、黃曆、通書　粵 通書、通勝

過去供人查閱年、月、日和節氣等的書，普通話叫“曆書”，又叫“黃曆、皇曆、通書”；廣州話叫“通書”，由於“書”與“輸”同音，忌諱的人認為不吉利，改叫“通勝”。

605 普 年庚、八字　粵 年生、八字、生辰八字

人出生的年、月、日、時，普通話叫“年庚”，廣州話叫“年生”。由於中華曆法的年、月、日、時都在“干、支”中各取一個字表示，共八個字，所以普通話稱年庚為“八字”。廣州話也叫“八字”或“生辰八字”。

606 普 端午節　粵 端午節、五月節、五月五、龍舟節

農曆五月初五是中國傳統節日，普通話叫“端午節”；廣州話有多種叫法，口語多用“五月節”或“五月五”，因民間多在這時舉行龍舟活動，所以又叫“龍舟節”，現今書面上叫“端午節”，口語也逐漸採用。

普 中秋節　粵 中秋節、八月十五　607

農曆八月十五是中國傳統節日，普通話叫“中秋節”，廣州話叫“八月十五”，也叫“中秋節”。

普 冬至　粵 冬至、冬節、冬　608

二十四節氣之一，在 12 月的 21、22 或 23 日。這一天太陽經過“冬至點”，北半球白天最短，夜間最長。普通話叫“冬至”，廣州話也叫“冬至”，又叫“冬節”，簡稱為“冬”。如“冬大過年”，意思是冬至比新年重要。這是廣東一些地區，尤其是鄉村，對冬至這個節氣十分重視的意思。實際上，農曆新年是鄉村最大的節日，過得也最隆重。

其他

609 普 曬場、場　粵 地塘、禾塘、曬穀場

晾曬農作物的場地，普通話叫"場"或"曬場"，廣州話叫"地塘、禾塘、曬穀場"。

廣州話的"塘"除"地塘、禾塘"外一般指水塘。

610 普 窩棚、棚子、茅屋　粵 棚、茅屋、茅寮

用草等蓋頂，竹木作支架搭建的簡陋房屋，普通話叫"窩棚"或"棚子"，用茅草或稻草蓋頂的叫"茅屋"。前者廣州話叫"棚"，後者叫"茅屋"或"茅寮"。廣東人容易把茅屋説成"茅房"，在北方，茅房是廁所的意思。

611 普 豬圈 (juàn)、豬屋、豬舍、豬窩　粵 豬欄、豬陸、豬竇 (deo³)

飼養豬的地方，普通話叫"豬圈"，又叫"豬屋、豬舍"；廣州話叫"豬欄"或"豬陸"。另外農家只飼養一頭豬的，多半不用圈養，只有一個讓豬睡臥的地方，普通話叫"豬窩"，廣州話叫"豬竇"。

"竇"字音讀 deo⁶，廣州話作窩解，是借用字。"陸"是借用字。

普 牛圈 (juàn)、牛棚　粵 牛欄、牛棚　612

圈養耕牛的建築，普通話叫“牛圈”或“牛棚”；廣州話叫“牛欄”，也有人説“牛棚”。

普 雞舍、雞窩　粵 雞塒、雞竇 (deo³)　613

飼養雞的地方，普通話叫“雞舍”，廣州話叫“雞塒”或“雞竇”。雞產蛋或孵小雞的地方普通話叫“雞窩”，廣州話叫“雞竇”。

普 墳、墳墓、墓　粵 山、山墳　614

埋葬死人的地方，普通話叫“墳、墳墓、墓”，廣州話叫“山、山墳”。普通話“掃墓”，廣州話叫“拜山”，文雅一點的説法是“行青”或“行山”。

十、人際交往

人際交往

615 普 謝謝、多謝 粵 多謝、唔該、多謝晒、唔該晒、多得、多得晒、有心、盛惠、承惠

表示感謝，普通話說“謝謝”或“多謝”。

廣州話表示感謝有多個說法：

一般說“多謝”或“唔該”。“多謝”多在接受別人饋贈禮物之後表示感謝時用。“唔該”一般是在別人為自己提供了說明、服務、方便等之後表示感謝時用。感謝的程度較深時，用“多謝晒、唔該晒”。

對別人的幫忙表示感謝時說“多得”，程度深點說“多得晒”。“多得”含有多虧、虧得的意思。

感謝別人對自己的關心問候時，一般說“有心”。

顧客在購買東西或接受服務之後付款時，售貨員、服務員一般說“盛惠”或“承惠”表示感謝。其意思分別是“多謝厚惠”和“多承惠顧”。

“晒”是借用字。

616 普 勞駕、請、借光、請問 粵 請、唔 (m⁴) 該、借借、借歪 (mé²)、請問

請別人做某事，要使用適合的客套話。普通話一般用“勞駕”或“請”，廣州話用“請”或“唔該”。

普 勞駕，把那個扳手遞給我。	粵 唔該，將嗰個士巴拿遞畀我。
普 請幫忙扶着梯子。	粵 請幫忙扶實張梯。

請別人讓路，普通話一般用“勞駕”或“借光”；廣州話多用“借借”或“借歪”，說“借歪”時前面多加“唔該”表示客氣。

普 勞駕，請讓讓路。	粵 借借。
普 借光，借光。	粵 唔該，借歪。

向人詢問，普通話多用“請問”，口語用“借光”；廣州話也用“請問”，口語有用“唔該”的。

普 請問，郵局在甚麼地方？	粵 請問，郵局喺邊度？
普 借光，哪裏有廁所？	粵 唔該，邊度有洗手間？

“唔、歪”都是方言字。“歪”的讀音是 wai1。

普 對不起、對不住　粵 對唔 (m4) 住、唔好意思　617

表示歉意，普通話用“對不起、對不住”；廣州話用“對唔住、唔好意思”。“唔好意思”語氣要比“對唔住”輕。

普 對不起，我來晚了。	粵 唔好意思，我嚟遲咗。
普 對不住，給大家增添這麼多麻煩。	粵 對唔住，畀大家增加咁多麻煩。

“唔”是方言字。

普 沒關係、不要緊、沒事　粵 唔 (m4) 緊要、冇 (mou5) 所謂、冇問題、冇事　618

回應別人的道歉，表示沒有妨礙、不成問題，普通話一般用“沒關係、不要緊”或“沒事”；廣州話用“唔緊要、冇所謂、冇問題”或“冇事”。

普	粵
普 甲：對不起，踩了您的腳了。	粵 甲：對唔住，踩親你隻腳添。
普 乙：沒事。	粵 乙：冇事。
普 甲：對不住，讓您久等了。	粵 甲：唔好意思，要你等咁耐。
普 乙：不要緊。	粵 乙：唔緊要。

“唔、冇”是方言字。

619 普 禮物 粵 禮物、手信

贈送給別人的物品，普通話叫“禮物”；廣州話也叫“禮物”，還叫“手信”。不過，“手信”指的是探親訪友時隨身攜帶的禮物，多是水果、點心、土產等體積不太大、價值不太高的東西。較莊重場合用的禮物，不能叫“手信”。普通話沒有與“手信”相類的説法。

普	粵
普 去探望姨媽帶點土產做見面禮吧。	粵 去探姨媽帶啲土產做手信啦。
普 幫我帶點禮物給他吧。	粵 幫我帶啲手信畀佢啦。

620 普 紅包 粵 利市、利事、利是、封包

用來饋贈或獎勵別人的包着錢的紅紙包，普通話叫“紅包”；廣州話叫“利市、利事、利是”或“封包”。“利市、利事、利是”是一個讀音的三種不同寫法，它們都讀 léi⁶ xi⁶ 或 lei⁶ xi⁶。

普	粵
普 封了十元紅包，意思意思吧。	粵 封咗十文利市，係噉意啦。
普 這裏的醫生是不收紅包的。	粵 呢處嘅醫生係唔收封包嘅。

普通話書面語也有“利市”一詞，意思為利潤，與廣州話不同。

文言裏關於用財物作禮物視不同情況有不同的說法：送給人作為路費的錢叫“程儀”，送別時的財禮叫“塵儀”，為感謝別人而送的財物叫“謝儀”，送人表示祝賀的財物叫“賀儀”，送給嫁女兒人家的賀禮叫“奩儀”，送給喪家用於祭奠的財物叫“奠儀、賻儀”，等。這些詞現在只有在書柬上偶見，大家都極少使用了。

普 商量、合計　　粵 商量、斟、斟盤　　621

交換意見以求取得一致的看法或得出最好的辦法，普通話叫“商量”，口語叫“合計”；廣州話也叫“商量”，又叫“斟”或“斟盤”。“斟盤”本指商談生意（盤：指商業行程），帶有談判的意思，引申指一般的商議事情。

普 大夥合計一下這事該怎麼辦。	粵 大家商量一下呢件事點算好。
普 我有事要跟你商量商量。	粵 我有事要同你斟下。
普 雙方商量了很久。	粵 兩家斟盤斟咗好耐。

廣州話的“斟”後面可以帶賓語，例如“唔知佢哋斟乜嘢（不知他們商量甚麼）”；也可以帶補語，例如“佢哋斟咗好耐（他們商量了很久）”。“斟盤”則既不能帶賓語也不能帶補語。

普通話這裏“商量”的“量”、“合計”的“計”都要讀輕聲。廣州話“斟盤”的“盤”要變調讀 pun$^{4-2}$。

普 合作、合夥、搭夥　　粵 合(gab^{3})手、拍檔、合檔、合份　　622

互相配合做某件事，普通話叫“合作”，廣州話叫“合手”或“拍檔”。這樣合成一夥，普通話叫“合夥”或“搭夥”；廣州話叫“合檔、合份”，也可以叫“拍檔”。

普 大家合作肯定會做得好。	粵 大家合手梗會做好。
普 我們已經合作多年了。	粵 我哋已經拍檔好多年咯。
普 他也想來搭夥。	粵 佢亦想嚟合份。

另外，通力合作廣州話叫“拍硬檔”。

廣州話的“拍檔”在這裏是動詞，例如“佢兩個拍檔做生意（他倆合夥做生意）”。它可作形容詞，例如“佢兩個好拍檔（他倆合作得很好）”；還可以作名詞，例如“邊個係你嘅拍檔呀（誰是你的合作夥伴）”。

廣州話這裏的“合”是借用字，讀音 heb⁶。

---

623 普 合得來 | 粵 啱 (ngam¹)、啱偈 (gei²)、啱蕎 (kiu²)、啱傾、合 (gab³)、合檔、打得埋、拍檔、糖黐 (qi¹) 豆

相互能夠融洽相處，普通話叫“合得來”。廣州話則有很多説法，如“啱、啱偈、啱蕎、啱傾”，相處得很好也叫“合、合檔、打得埋、拍檔”等。

普 他倆很合得來。	粵 佢兩個好啱。
普 他跟誰都合得來。	粵 佢同邊個都打得埋。
普 想不到他們這麼合得來。	粵 想唔到佢哋咁合。

另外，形容兩人關係十分密切，廣州話往往用“糖黐豆”來比喻。例如“佢兩個簡直係糖黐豆（他倆簡直形影不離）”。

“啱、黐”是方言字；“偈、蕎”是借用字。

普 合不來　粵 唔啱偈 (m⁴ ngam¹ gei²)、唔合 (gab³)、唔打得埋、唔啱牙 (nga⁴⁻²)、唔合牙、行唔埋、水搵油　624

相互不能融洽相處，普通話叫“合不來”。同上一條一樣，廣州話也有着許多不同的說法，總的來說是用上一條列出的各詞加上否定詞“唔”來表示，如“唔啱偈、唔合、唔打得埋”等；此外還有“唔啱牙、唔合牙、行唔埋”等說法。

普	粵
他倆性情不相投，合不來的。	佢兩個脾氣唔合，唔啱牙嘅。
正副總經理合不來，公司哪能搞得好？	正副總經理行唔埋，公司點會搞得好？

形容兩人關係很不好，互不來往，廣州話往往用“水搵油”來比喻。例如“而家佢哋變成水搵油咯（現在他們變得互不來往了）”。

“搵”是借用字。

普 失信、食言、沒信用、失約　粵 冇 (mou⁵) 口齒、甩 (led¹) 底　625

答應別人的事沒做，說了不算，普通話叫“失信、食言”，口語叫“沒信用”；廣州話叫“冇口齒”。

沒有履行約定，普通話叫“失約”，廣州話叫“甩底”。“甩底”也有失信於人的意思。

普	粵
說過就要做到，不要失信。	講過就要做到，咪冇口齒。
你沒信用，誰相信你呢！	你冇口齒，邊個信你喎！
明天我在辦公室等你，別失約喲。	聽日我喺辦公室等你，咪甩底呀。

“冇”是方言字，沒有的意思。“甩”是借用字，這裏是脱離開的意思。

626　普 欺負　　粵 蝦、恰、蝦霸

蠻橫無理地侵犯、侮辱別人，普通話叫“欺負”；廣州話叫“蝦、恰”或“蝦霸”。

普	粵
不能以大人來欺負小孩。	唔能夠大蝦細。
做哥哥的怎麼能欺負弟弟呢？	做哥哥嘅點能夠恰細佬呢？
他到處欺負人家。	佢周圍蝦霸人哋。

到處欺負人，廣州話可以說“蝦人蝦物”；欺負到臉上來，廣州話叫“剃眼眉”。

“蝦、恰”是同音借用字。

627　普 捉弄、耍弄、戲弄　　粵 整蠱、整鬼、撚(nen²)、撚化、玩

拿人開玩笑讓他難堪，甚至暗中使壞使人小受損害，普通話叫“捉弄”，廣州話叫“整蠱、整鬼”或“撚、撚化”。

普	粵
這傢伙很喜歡捉弄人。	呢個嘢好中意整蠱人。
他太張狂了，我來捉弄他一下。	佢太沙塵咯，等我撚化佢至得。

比“捉弄”程度更深一層的，是蒙蔽而玩弄，普通話叫“耍弄、戲弄”，廣州話叫“玩”。用這態度對人，自己遊戲而已，對方卻當真，結果人家發現上當受騙後，當然十分氣惱。

普	粵
你別耍弄我。	你咪玩我。
這樣戲弄人家，誰都會生氣的。	噉玩人哋，邊個都嬲啦。

普 愚弄人、下圈套、設陷阱　粵 揾(wen²)笨、揾老襯、裝、裝彈弓、蹁(xin³)西瓜皮　628

用計蒙蔽玩弄別人，普通話叫"愚弄人"，廣州話叫"揾笨、揾老襯"；進而使人上當吃虧、受損失，普通話叫"下圈套、設陷阱"，廣州話叫"裝、裝彈弓"或"(讓人) 蹁西瓜皮"。

普	粵
你騙他去不是愚弄人嗎？	你呃佢去唔係揾笨咩？
他喜歡愚弄人。	佢中意揾人老襯。
小心別人下圈套！	當心人哋裝彈弓！
他是設了陷阱讓你跳。	佢係叫你蹁西瓜皮。

"揾"是借用字；"蹁"是方言字。

普 上當、受騙、中計、中圈套　粵 領嘢(léng⁵ yé⁵)、領當、入笭(léng¹)　629

中了他人的計謀、落入他人設下的圈套，普通話叫"上當、受騙"或"中計、中圈套"；廣州話叫"領嘢、領當"或"入笭"。

普	粵
你太相信他，怪不得受騙啊。	你太信佢，唔怪得領嘢咯。
他太天真了，上了當還不知道。	佢太天真咯，領當重唔知。
你如果去，就會中人家的圈套。	你如果去，就會入笭。

廣州話"笭"是魚笱，魚進入魚笱就出不來了。

630 普 騙、欺騙、蒙騙　粵 呃 (ngag¹)、滾、棍

用虛假的言語或詭計使人上當，普通話叫“騙、欺騙、蒙騙”，廣州話叫“呃、滾”或“棍”。

普	粵
別相信他，他是欺騙你的。	咪信佢，佢係呃你嘅。
被人騙了一百元。	畀人滾咗一百文。

廣州話對於騙子使用騙術騙人，還有一些生動的説法：

設圈套騙人進行敲詐勒索叫“揿鵪鶉”。這説法源於獵人將雌鵪鶉置籠中誘雄鵪鶉飛入即按而捉之。例如：佢好會揿鵪鶉，害咗唔少人(佢很會下圈套騙人，坑了不少人)。

兩人串通蒙騙別人叫“扯貓尾”或“搣貓尾”。例如：我睇呢兩個人係搣貓尾嘅，顧住嚟(我看這兩個人是串通行騙的，小心點)。

以婦女為餌引誘男子結婚，得到錢財後婦女即像放飛的鴿子那樣逃回，這叫“放白鴿”。例如：呢個女人想放白鴿，畀人識穿咗(這個婦女想假借結婚騙錢，被人識破了)。

長途汽車的司乘人員中途拋棄乘客或強迫乘客換車，這叫“賣豬仔”。例如：我搭長途車畀人賣豬仔咯（我乘長途汽車途中被司乘人員拋棄了)。

“呃、滾、棍”都是借用字。

631 普 強迫、逼迫　粵 焗 (gug⁶)、監 (gam¹)、抭 (nged¹)

用壓力使服從，普通話叫“強迫、逼迫”；廣州話叫“焗、監、抭”。

普	粵
逼迫着他，讓他不得不這樣做。	焗住佢，等佢唔得唔噉做。
強迫他吃藥。	監佢食藥。

普 強迫他把剩下的貨物都買了。	粵 抗佢將剩低嘅貨都買晒。

廣州話的"焗、監、抗"相互略有區別："焗"是指多方施壓，使不得不做某事；"監"指緊緊地督促使做某事；"抗"是硬壓對方做某事或接受某一事實。

"焗"是方言字；"抗"是借用字。

普 慫恿、唆使　粵 慫、撑(dêu²)、撑鬼、唆擺 632

鼓動、挑使別人去幹某事，普通話叫"慫恿"或"唆使"。"慫恿"偏重鼓動、挑動；"唆使"偏重指使甚至騙使。廣州話叫"慫"或"撑、撑鬼、唆擺"。"慫"相當於普通話的"慫恿"；"撑、撑鬼、唆擺"相當於普通話的"唆使"。

普 大家慫恿他出面找主任談。	粵 大家慫佢出面搵主任傾。
普 他自己不敢幹就唆使你去幹。	粵 佢自己唔敢做就撑鬼你去做。
普 他幹壞事是受人唆使的。	粵 佢做壞事係受人唆擺嘅。

普 連累、牽累、拖累　粵 連累、累、佗累、負累、佗衰、累人累物 633

因事牽連別人，使別人受累，普通話叫"連累、牽累、拖累"。廣州話也叫"連累"，一般叫"累"或"佗累、負累"。

普 有甚麼事我來承擔，絕不連累大家。	粵 有乜事我嚟承擔，決唔會連累大家。
普 這事與他無關，不要牽累他。	粵 呢件事同佢冇關係，唔好佗累佢。

普	粵
被他拖累我也沒臉見人。	畀佢累到我都冇面見人。
老人家怕拖累子女，不要他們照顧。	老人家怕負累仔女，唔要佢哋照顧。

另外，廣州話把連累別人倒楣叫“佗衰”，例如：我哋全班都畀佢佗衰晒（我們全班都被他牽累一齊倒楣）。把拖累並害苦了別人叫“累人累物”，例如：全班因你受批評，你真係累人累物咯（全班因你而受批評，你真是牽累大家了）。

634 普 理睬、理、管　粵 理、睬、打理、騷

對別人的言行表示態度，普通話叫“理睬、理”或“管”；廣州話叫“理”或“睬”，又叫“打理”，近年還叫“騷”。

普	粵
這件事我們不能不理。	呢件事我哋唔能夠唔理。
大家都不理睬他。	大家都唔睬佢。
這事你管它幹嗎？	呢件事你打理佢做乜？
沒人理他。	冇人騷佢。

“騷”同音借用字。

635 普 不理睬、不理、不管　粵 懶理、闊佬懶理、好少理、冇(mou5)眼睇(tei2)、睬佢(kêu5)都傻、話之、打理

對上一條“理睬、理、管”的否定式，普通話只要加上否定詞“不”就行，即“不理睬、不理、不管”。廣州話也可以用相對應的詞加上否定詞“唔”來表示，即“唔理、唔睬、唔打理、唔騷”。

可是事情並不那麼簡單，廣州話還有好些詞語是表示這個意思的：

“懶理”。懶得理睬、懶得過問，即不理睬、不過問。例如：懶理

你哋咁多嘢（懶得去管你們那些事）。

“闊佬懶理”。懶得過問，撒手不管。例如：唔理佢哋搞成點，我一於闊佬懶理（不管他們搞得怎麼樣，我就是撒手不管）。

“好少理”。字面上是很少理睬或很少管，實際上是說不理睬、不管。例如：佢嘅事我好少理（他的事我不管）。

“冇眼睇”。字面上是沒有眼睛看，實際上是指不願理、不想管。例如：呢啲衰嘢我冇眼睇（這些破事我不想管）。

“睬佢都傻”。字面上是理睬他的都是傻瓜，實際上是指沒有人理睬他，包括說話人自己。例如：噉做會損害大家利益，睬佢都傻（這樣做會損害大家的利益，傻瓜才會理睬他）。

“話之”後面加上人稱代詞“佢（他、她）”或“你”，表示不管他（你）、不理會他（你）。例如：講極佢都唔聽，話之佢呀（怎麼說他都不聽，管他呢）。

“打理”。根據說話人的語氣，可以表示肯定意思（見上條），也可以表示否定的意思。表示否定意思的，例如：打理佢咁多（管他那麼多）！

“冇、佢”是方言字。

普 有矛盾、衝突、不和　粵 拗(ngao3)撬、嗌(ngai3)霎、唔啱(m4 ngam1)　636

兩人互相抵觸或排斥，普通話叫“有矛盾”，廣州話叫“拗撬”；抵觸、排斥表面化，普通話叫“衝突”，廣州話叫“嗌霎”；抵觸、排斥程度淺的，普通話叫“不和”，廣州話叫“唔啱”。

普	粵
他倆有矛盾，見面都不說話。	佢兩個有拗撬，見面都唔講話。
雙方衝突，差點打架。	雙方嗌霎，差啲打交。
他倆不和，不過大家都不表露出來。	佢兩個唔啱，不過大家都冇表露出嚟。

“唔、啱”是方言字。

637 普 仇恨、冤仇、深仇大恨、積怨、怨恨、嫌隙　粵 仇口、十冤九仇、牙齒印、隔夜仇

強烈地憎恨，普通話叫“仇恨”；受到侵害而產生的仇恨，普通話叫“冤仇”。“仇恨、冤仇”廣州話都叫“仇口”。仇恨非常深，普通話叫“深仇大恨”，廣州話叫“十冤九仇”。

普 兩個村子的冤仇終於化解了。	粵 兩條村嘅仇口終於化解咗嘞。
普 你倆有甚麼深仇大恨不能解開呢？	粵 你兩個有乜十冤九仇解唔開呢？

積累下來的怨恨，普通話叫“積怨”，廣州話叫“牙齒印”或“隔夜仇”。“牙齒印”比喻被傷害留下的痕跡；“隔夜仇”指過去未化解的仇怨。

普 他在原單位有一些積怨。	粵 佢喺原單位有啲牙齒印。
普 難道你和他有積怨嗎？	粵 唔通你同佢有隔夜仇咩？

強烈的不滿，普通話叫“怨恨”；因相互不滿或誤解而產生的惡感，普通話叫“嫌隙”。這兩個詞廣州話都沒有相應的說法。

638 普 聽憑、任憑、隨便　粵 由得、由、隨得、任…唔嬲 (m4 neo1)

讓某人願意怎樣就怎樣，普通話叫“聽憑、任憑”或“隨便”；廣州話叫“由得、由、隨得”或“任…唔嬲”。

普 他想怎樣做，聽憑他吧。	粵 佢想點做，由得佢啦。
普 這房間任憑你怎麼佈置都行。	粵 呢間房隨得你點佈置都得。
普 隨便看。	粵 任睇唔嬲。

廣州話的“任…唔嬲”帶點詼諧味道，字面意思是“隨便…也不會生氣”，強調了讓對方隨意的意味。

“唔、嬲”是方言字。

普 答應、應允、答允、應許、應承、應　粵 應承、應　639

同意做某事，普通話有“答應、應允、答允、應許、應承、應”等許多說法，這些說法其含義和用法基本一樣。廣州話一般說“應承”，有時說“應”。

普	粵
這件事要想清楚才答應啊。	呢件事要諗真啲至好應承呀。
這事應該應下來。	呢件事應該應落嚟。

普通話“答應”的“應”要讀輕聲，“應允、應許、應”的“應”讀 yīng，“應承”的“應”讀 yìng。廣州話“應承”的“應”讀 ying[1]，單音詞“應”讀 ying[3]，與普通話不呈對應關係。

普 拍馬屁、拍馬、拍、抬轎子　粵 托大腳、托、擦鞋　640

用卑賤的態度討好別人，普通話叫“拍馬屁”，簡說“拍馬、拍”；如果討好的對象是有權勢的人，則又叫“抬轎子”。廣州話都叫“托大腳”，簡說“托”；近年出現一個說法叫“擦鞋”。例如：

普	粵
那傢伙很會拍馬屁。	嗰個嘢好會托大腳。
對那些喜歡拍馬溜鬚的人要小心點。	對嗰啲中意托嘅人要小心啲。
他不是讚揚你，為你抬轎子罷了。	佢唔係讚你，擦你鞋之嗎。

641 普 調戲、性騷擾、討便宜、佔便宜 粵 非禮、性騷擾、揩油、索油、索嘢(yé5)

對婦女態度輕佻、語言侮慢，普通話叫“調戲”，略輕一點的叫“性騷擾”，一般在言行上對婦女不尊重、帶玩弄意味的叫“討便宜、佔便宜”，有的地區叫“吃豆腐”。廣州話對應“調戲、性騷擾”的叫“非禮”，也叫“性騷擾”；對應“討便宜、佔便宜”的叫“揩油”或“索油、索嘢”。

普 你調戲婦女該當何罪！	粵 你非禮婦女該當何罪！
普 這傢伙見到婦女就想佔便宜。	粵 呢個嘢睇見女人就想揩油。

普通話的“討便宜、佔便宜”和廣州話的“揩油”使用範圍要更廣一些，不限於對婦女，凡是用不正當的手段獲取額外利益，都可以使用。

普 想在他身上討便宜沒那麼容易。	粵 想揩佢嘅油冇咁容易。
普 誰也別想佔公家的便宜。	粵 邊個都咪想揩公家嘅油。

普通話也有“揩油”一詞，比喻佔公家或別人的便宜，一般沒有佔婦女便宜的意思，與廣州話的“揩油”不盡相同。

“嘢”是方言字。

642 普 輕視、看輕、看不起、瞧不起、小看 粵 睇唔(tei2 m4)起、睇小、睇低、睇衰

對某人某物不予重視、不認真對待，普通話叫“輕視、看輕”，口語叫“看不起、瞧不起、小看”；廣州話叫“睇唔起、睇小、睇低”，程度深的叫“睇衰”。

普 自己不爭氣，人家就會看不起。	粵 自己唔爭氣，人哋就會睇唔起。
普 不要小看他，他的論文得過獎呢。	粵 咪睇小佢，佢嘅論文得過獎呢。
普 大家好好幹，別讓人家瞧不起。	粵 大家做好啲，咪畀人哋睇衰。

“唔”是方言字。

普 使壞　　粵 出術、出蠱惑、出老千、出千、鬮、煲(bou¹)、使橫手、出橫手　　643

出壞主意或使用不正當手段對人，普通話叫“使壞”。廣州話一般叫“出術”，視情況又有多種説法：

出鬼點子、耍滑頭、耍花招，叫“出蠱惑”。例如：佢又出蠱惑，唔知想做乜嘞（他又耍花招，不知道要搞甚麼鬼了）。

使用騙術，叫“出老千”或“出千”。例如：佢打牌總係出千嘅（他打牌總是弄鬼騙人的）。

算計逼人掏錢，叫“鬮”；宰客，也可叫“鬮”。例如：嗰間飯店有名“一把刀”，我畀佢鬮到怕嘞（那家酒家是有名的“一把刀”，我讓它宰怕了）。

用計暗害，叫“煲”。例如：顧住佢諗計煲你（當心他想辦法暗害你）。

請人為自己做傷害別人的事，叫“使橫手”或“出橫手”（橫手：替人行兇者）。例如：佢唔會自己郁手打人咁笨嘅，梗係使橫手嘞（他不會自己動手打人這麼愚蠢的，肯定是指使別人行兇）。

“煲”是方言字。

644 普 抓把柄、揪辮子 粵 執雞腳、捉雞腳、捉痛腳

抓住別人的過失或錯誤等進行要挾或攻擊，普通話叫“抓把柄”或“揪辮子”；廣州話叫“執雞腳、捉雞腳”或“捉痛腳”。

普	粵
讓人家抓住把柄了。	畀人執雞腳咯。
他被人家揪住辮子，所以不敢吭聲。	佢畀人捉住痛腳，聲都唔敢聲。

645 普 誇耀、炫耀、擺闊、擺架子 粵 演嘢(yé5)、演、擺闊佬、擺款、端款

有意在人前顯示自己的才能、財富、地位等，普通話叫“誇耀、炫耀”，廣州話叫“演嘢、演”。

普	粵
他從來不誇耀自己。	佢從嚟唔演嘢嘅。
得了一點成績用不着到處炫耀。	得咗一啲成績唔使周圍噉演嘅。

炫耀財富，普通話叫“擺闊”，廣州話叫“擺闊佬”。

普	粵
他賺了兩個錢就處處擺闊。	佢賺咗兩文錢就處處擺闊佬。
他很喜歡擺闊，甚麼都用名牌。	佢好中意擺闊佬，乜都用名牌。

因誇耀地位和權勢而裝腔作勢，普通話叫“擺架子”，有的地區叫“擺譜”；廣州話叫“擺款”或“端款”。

普	粵
大家這麼熟，你擺甚麼架子！	大家咁熟，你擺乜款嗻！
那傢伙擺起個架子真叫人討厭。	個嘢端起個款好討厭。

“嘢”是方言字。

普 服輸、服氣、甘拜下風　粵 認輸、服輸、認低威、認衰仔、認細佬　646

承認失敗，普通話叫“服輸”；廣州話叫“認輸”，也叫“服輸”。輸得口服心服，自認不如，普通話叫“服氣、甘拜下風”，廣州話叫“認低威、認衰仔、認細佬”。（“衰仔”是孬種的意思；“細佬”即弟弟。）

普	粵
普 這場比賽差距明顯，他不得不服輸。	粵 呢場比賽差距明顯，佢唔得唔認輸。
普 你棋藝高明，我甘拜下風。	粵 你嘅棋藝高明，我認低威咯。

十一、經濟活動

經濟活動

647 ㊢普 **錢、金錢、錢財** ㊢粵 **錢** (qin⁴⁻²)**、銀** (ngen⁴⁻²)**、錢銀、水**

貨幣，普通話叫“錢”，又叫“金錢、錢財”；廣州話叫“錢、銀、錢銀”，又叫“水”。

普	粵
沒錢辦不成這件事。	冇錢辦唔成呢件事。
金錢買不到愛情。	錢銀買唔到愛情。

廣州人喜歡“以水喻財”，把錢財叫“水”。例如：有錢叫“有水”，缺錢叫“水緊”，沒錢叫“冇水、水乾”，給錢叫“磅水、畀水”，補錢叫“補水”，退錢叫“回水”，借錢叫“度（dog⁶）水”，籌錢叫“揼水”，等等。其實，普通話也有用“水”指錢財的，例如：匯費又叫“匯水”，外快收入又叫“外水”，甚至在金融財務業務裏也有“貼水、升水”這樣的專業名詞。不過，普通話用“水”指錢財僅限於指附加費用和額外收入，而廣州話卻用得廣泛而普遍。

648 普 **鈔票、紙幣** 粵 **銀紙、紙**

紙做的貨幣，普通話叫“鈔票”，書面語叫“紙幣”；廣州話叫“銀紙”或“紙”。

普	粵
他有的是鈔票。	佢大把銀紙。
他拿來的全是硬幣，沒有紙幣。	佢攞嚟嘅都係銀仔，冇張銀紙。

廣州話指紙幣的“紙”在使用上有以下特點：①用在表示錢的數量詞後面。例如：五文紙（五塊錢）｜一毫紙（一毛錢）。②指鈔票的面額

情況，大面額的紙幣叫“大紙”，零錢叫“散紙、碎紙”。③指人民幣以外的某些貨幣。例如：西紙（外幣），港紙（香港貨幣），坡紙（新加坡貨幣）。除此以外，其他美元、英鎊、法郎、日元、澳門幣等等都不稱“紙”。④不單獨使用。

普 銀圓、銀元、銀洋　粵 銀 (ngen⁴⁻²)、大洋 (yêng⁴⁻²)、白銀　649

普通話“銀圓”指舊時使用的一種硬幣，銀質，圓形，每枚面額一圓。也叫“銀元、銀洋”，有的地方叫“光洋”。廣州話叫“銀”或“大洋、白銀”。

另外，假銀圓廣州話叫“銅銀 (ngen⁴⁻²)”。

普 銅圓、銅元、銅板、銅子兒　粵 仙、銅仙、仙屎、鏍 (lêu¹)、鏍屎　650

普通話“銅圓”指的是清代末年至抗日戰爭前通用的一種輔幣，銅質，圓形。一般作“銅元”，又叫“銅板”，口語叫“銅子兒”。廣州話叫“仙”，也叫“銅仙、仙屎”，又叫“鏍、鏍屎”。“鏍、鏍屎”現在只用於極言無錢的某些說法中，如：一個鏍屎都唔畀（一個子兒都不給）。

“仙”是英語 cent 的音譯。

普 硬幣、鋼鏰、鋼鏰子　粵 銀 (ngen⁴⁻²) 仔　651

金屬的貨幣，普通話叫“硬幣”，其中的輔幣叫“鋼鏰”，也叫“鋼鏰子”。廣州話稱硬幣為“銀仔”。

652 普 工資、薪金、薪水 粵 薪水、工資、人工、糧

以貨幣或實物形式定期付給勞動者的勞動報酬，普通話叫“工資”，書面語也叫“薪金、薪水”；廣州話一般叫“薪水”，也叫“工資”，舊的說法叫“人工”。廣州話還把工資叫“糧”，但僅限於“出糧（發工資）、雙糧（雙薪）”二詞。

普	粵
普 我的工資就這麼一點，不算高。	粵 我嘅薪水就咁多，唔算高。
普 每月有多少工資？	粵 每個月有幾多人工？
普 甚麼時候發工資？	粵 幾時出糧？
普 每年發一次雙薪。	粵 每年出一次雙糧。

兩種語言的“薪水”都可以省作“薪”，都多用於書面語詞，如“發薪、加薪、底薪、年薪、工薪階層、停薪留職”等。

653 普 結賬、算賬 粵 埋單、埋數、睇數、找數、算賬

結算賬目普通話叫“結賬、算賬”；廣州話叫“埋單、埋數”或“睇數、找數”，也叫“算賬”。

普	粵
普 服務員，請結賬。	粵 服務員，唔該埋單。
普 最後算賬是多少錢？	粵 最後埋數係幾多錢？

廣州話的“埋”，是個含義很豐富的方言詞。在“埋單、埋數”裏，“埋”是總合、結算的意思，“單”指賬單，“數”指賬目。“埋單”的意思就是“總合各種費用開出一張清單”。有人不了解這一意思而依照大致的讀音寫作“買單”，顯然脫離了廣州話的實際。

普 付賬、會賬、會鈔　　粵 睇數、埋單、度(dog⁶)水、磅水　　654

接受服務，或在飲食店吃喝後，付給應付的錢，普通話叫“付賬”，或“會賬、會鈔”；廣州話叫“睇數、埋單”，或“度水、磅水”。

普 這一頓我會賬。	粵 呢餐我睇數。
普 我已經付賬了。	粵 我磅咗水咯。
普 罰單都開了，付款就是了。	粵 罰單都開咗咯，磅水係啦。

普通話的“會賬、會鈔”多指接受服務或吃喝後一人為大家付賬。

普 廣告、招貼　　粵 廣告、告白、街招、招紙　　655

“廣告”是一種宣傳形式，用於介紹商品、服務內容、活動專案等。廣州話口語叫“告白”。

普 這間店鋪登了廣告之後生意就紅火了。	粵 呢間鋪頭賣咗告白之後生意就旺嘞。
普 這部電視劇插的廣告太多了。	粵 呢部電視劇插廣告太多嘞。

貼在街頭等公共場所的廣告，普通話叫“招貼”，廣州話叫“街招”或“招紙”。

普 菜市　普 集市　　粵 街市、菜市、市頭(teo⁴⁻²)　粵 墟、墟場　　656

城鎮裏集中零售蔬菜和肉類的場所，普通話叫“菜市”；廣州話叫“街市”，受普通話影響也叫“菜市”，舊時叫“市頭”。

普	粵
普 一起去菜市買菜。	粵 一齊去街市買餸。
普 這裏離菜市很遠。	粵 呢度離菜市好遠。

另外，鄉村或小城鎮中定期買賣貨物的市場，普通話叫“集市”，廣州話叫“墟”或“墟場”。

657 普 開張、開攤兒 粵 開張、開檔

商店等成立後開始營業，普通話、廣州話都叫“開張”。做小買賣的售貨攤開始營業，普通話叫“開攤兒”，廣州話叫“開檔”。

普通話的“開攤兒”和廣州話的“開檔”又指售貨攤一天中的開始營業。

普通話的“開張”也指一天中的第一次成交，廣州話的“開張”沒有這一意思。一天中的第一次成交廣州話叫“發市”。

普	粵
普 他的店鋪昨天開張。	粵 佢嘅鋪頭琴日開張。
普 每天八點開攤兒。	粵 每日八點開檔。
普 店裏今天還沒開張。	粵 鋪頭今日重未發市。

658 普 關張、倒閉、關閉、歇業、關門 粵 執笠、搵斗 (kem² deo²)、搵檔

商店等不再營業，普通話叫“關張、倒閉、關閉、歇業”，帶點委婉性質時叫“關門”；廣州話叫“執笠”，又叫“搵斗、搵檔”。

普	粵
普 那間超市半個月前倒閉了。	粵 嗰間超市半個月前執笠咯。
普 公司關閉，大家另謀出路。	粵 公司搵斗，大家另謀出路。

普通話的“歇業”又表示暫時停止營業，又叫“停業”。廣州話口語沒有類似的說法，也跟着普通話說“歇業、停業”。

“搵”是方言字。

普 講價、議價、討價還價、壓價、駁價、還價、砍價、殺價 粵 講價、講數、講數口、拗數口、還價 659

買賣貨物時，雙方商議價錢，普通話、廣州話都叫“講價”。普通話又叫“議價”或“討價還價”；廣州話又叫“講數、講數口、拗數口”。

普 我們這裏不習慣講價。	粵 我哋呢度唔興講價嘅。
普 對方開價很高，可以跟他們討價還價。	粵 對方開價好高，可以同佢講數口。

買方壓低賣方開出的價錢，説出自己願意付出的價格，普通話叫“壓價、駁價、還價”，口語叫“砍價、殺價”。廣州話還是用“講價、講數、講數口、拗數口”，也説“還價”。

普 你説多少就多少，我不駁你的價。	粵 你話幾多就幾多，我唔同你講數口。
普 在這裏買東西，一定要砍價。	粵 喺呢度買嘢，一定要講價。

普通話的“討價還價”和廣州話的“講數、講數口、拗數口”，還指談判或接受任務等時提出種種條件爭取利益。本條目所列其他各同義詞則沒有這一意思。

普 便宜 (pián yi)、低賤 粵 平 (péng4)、相宜、便 (pin4) 宜、爛賤 660

價錢低，普通話叫“便宜”，廣州話叫“平”，也叫“相宜、便宜”。非常便宜，廣州話叫“爛賤”，普通話叫“低賤”。

普 這裏的東西很便宜。	粵 呢度啲嘢好平。
普 今年荔枝很低賤。	粵 今年荔枝好爛賤。

普通話的“便宜”如果讀成 biàn yí， 則是便利、方便的意思。

661 普 合算、划算、划得來 粵 抵、着數、化算、有數為、為得過、制得過

付出較少而收效較大，普通話叫“合算”，又叫“划算、划得來”；廣州話叫“抵、着數、化算”，又叫“有數為、為得過、制得過”。“化算”是對普通話“划算”的摹音。“有數為、為得過、制得過”是經過成本測算（一般是大致的估量）認為值得的意思。

普	粵
普 五毛錢一斤，合算吧？	粵 五毫子一斤，抵啩？
普 還是坐火車去划算。	粵 重係坐火車去着數。
普 這宗生意划得來。	粵 呢單生意有數為。

“制”是借用字。

662 普 不合算、不划算、划不來 粵 唔(m⁴)抵、唔着數、唔化算、冇(mou⁵)數為、為唔過、唔制得過

本條是上一條的否定說法。從條目上看，都在上一條各同義詞上加了否定詞：普通話加“不”，廣州話加“唔”或“冇”（對應“有”的用“冇”，其他用“唔”）。

普	粵
普 買這些二手貨不合算。	粵 買呢啲二手貨唔着數。
普 這些東西空運過去不划算。	粵 呢啲嘢空運過去為唔過。
普 這樣的分配比例我們划不來。	粵 噉嘅分配比例我哋唔制得過。

“唔、冇”是方言字；“制”是借用字。

普 市場狀況　　粵 市道、市況　　663

市場狀況、營銷形勢，普通話似乎沒有專門的叫法；廣州話叫“市道”或“市況”。

普	粵
市場狀況不錯，趕快多進點貨。	市道唔錯，快啲進多啲貨。
市場狀況不好，生意很難做。	市況唔好，生意好難做。

普 暢銷　　粵 好市、旺市、搶手、好賣、渴市　　664

貨物銷路好，賣得快，普通話叫“暢銷”；廣州話叫“好市、旺市、搶手、好賣”，某種商品供不應求叫“渴市”。

普	粵
這個牌子的化妝品很暢銷。	呢隻牌子嘅化妝品好旺市。
這個新產品一上市就很暢銷。	呢隻新產品一上市就好搶手。

此外，某種商品賣完了，一時不能繼續供應，普通話叫“脫銷”，廣州話叫“斷（tün^5）市”。

普 滯銷　　粵 滯市、𦡆(neo^6)市、爛市　　665

貨物銷路不好，難以銷售，普通話叫“滯銷”；廣州話叫“滯市、𦡆市”，嚴重滯銷叫“爛市”。

普	粵
這款衣服樣式不好，難怪滯銷了。	呢隻服裝款式唔靚，怪唔得滯市喇。

普 今年香蕉太多，嚴重滯銷。	粵 今年香蕉太多，好爛市。

“粫”是借用字。

---

666 普 賤賣 粵 平 (péng⁴) 賣、平沽、賣大包、大出血

貨物降價出售，普通話叫“賤賣”，廣州話叫“平賣、平沽”，詼諧的說法叫“賣大包”，商家喊苦的說法叫“大出血”。

普 積壓的東西賤賣算了。	粵 積壓嘅嘢平賣算咯。
普 那商店又賤賣了。	粵 嗰間舖頭又賣大包咯。

十二、量詞

量詞

667 普 個 粵 個

普通話和廣州話都有“個”這個量詞，但兩者的使用範圍和結合能力有較大差異。

普通話的“個”用法有：①作為通用量詞，用於沒有專用量詞的名詞。例如：一個人｜兩個西瓜｜一個願望｜三個月。有些名詞除了專用量詞之外也能用“個”。②用於約數的前面。例如：估計會提早個兩三天完工｜一天賣個百十斤不成問題。③用於帶賓語的動詞後面，有表示動量的作用。例如：説個話｜喝個酒。④用在動詞和補語中間，使補語略帶賓語的性質。例如：睡個夠｜收拾得個整整齊齊。

廣州話與普通話的①相同，都用“個”。其中有些名詞，如“牙、拳頭、雞蛋、鑊、手錶”等等，還可以用“隻”。現代廣州話口語裏，使用“個”的情況逐漸增多，許多有專用量詞的名詞也隨便用“個”做量詞，這是一個新的趨勢。廣州話沒有普通話②③④的用法。

有兩種情況，普通話用其他量詞不用“個”，廣州話卻用“個”：

①用於一部分單位的東西。例如：一座鐘（一個鐘）｜一塊手錶（一個手錶）｜一口井（一個／眼井）｜一條麻袋（一個麻包）｜一枚戒指（一個／隻戒指）。

②口語上表示貨幣單位“元”，普通話説“塊”，廣州話用“個”或用“文”（men[1]）。例如：四百六十二塊五毛二（四百六十二個／文五毫二）｜五塊六毛（五個／文六）。如果“塊、個”後面沒有具體的尾數，普通話要加“錢”字，相應廣州話也要加“銀錢”二字。例如：七塊錢（七個銀錢）｜塊把錢（個／文零銀錢）。

用於人，普通話、廣州話都用“個”，帶尊重意味時用“位”。不過，廣州話貶稱時可用“條、蔸”或“隻（zég[3]）”，這是普通話沒有的。

“條、蔸、隻”後面不能帶“人”字，而要改用指人的一些貶稱甚至詈稱。例如：嗰條／蔸友靠唔住（那傢伙靠不住）｜呢隻衰仔好乞人憎（這個渾小子很討人嫌）。廣州話還有一個量詞“丁”，用於少量的人，這也是普通話沒有的。例如：咁大個戲院先幾丁人睇（那麼大的劇院才幾個人看）｜得翻兩丁友（剩下兩個傢伙）。

普 隻　　粵 隻　　668

普通話和廣州話都有“隻”這個量詞，但彼此的使用範圍和與其他詞的結合能力有較大差別。總的來說，普通話用“隻”的地方廣州話一般都用“隻”，而廣州話有些用“隻”的地方，普通話卻往往使用別的量詞。也就是說，“隻”的使用範圍廣州話比普通話大。

普通話的“隻”用法有：①用於某些成對的東西中的一個。例如：兩隻鞋子｜兩隻石獅子｜一隻筷子｜一隻耳朵。②用於動物，多指飛禽、走獸，包括家禽、某些家畜。例如：一隻鳥｜兩隻老虎｜三隻雞｜兩隻貓。③用於某些器具。例如：一隻碗｜一隻皮箱。④用於船隻。例如：三隻快艇｜兩隻木船。這些，廣州話也都用“隻”。

普通話不用“隻”而廣州話用，主要有下面的情況：

①人的上下肢，普通話用“條”（手腕、腳腕以下用“隻”），廣州話用“隻”。例如：一條胳膊（一隻手臂）｜兩條腿（兩隻腳）｜一隻腳板（一隻腳板）。

②大型家畜，普通話用“頭、口、匹”等，個別用“隻”，廣州話基本上都用“隻”。例如：一頭牛（一隻牛）｜一口豬（一隻豬）｜兩匹馬（兩隻／匹馬）｜兩匹駱駝（兩隻駱駝）｜三隻羊（三隻羊）。

③牙齒，普通話用“顆”，廣州話用“隻”。例如：他掉了三顆牙齒（佢甩咗三隻牙）。

④做菜的鐵鍋，普通話用“口”，廣州話叫“鑊”，其量詞用“隻”。例如：這口鍋夠大（呢隻鑊夠大）。

⑤撲克牌、麻將牌、唱片等，普通話用“張”，廣州話用“隻”。例

如：一張A(一隻A屎)｜一張白板(一隻白板)｜一張好牌(一隻好牌)｜兩張唱片(兩隻唱碟)。

另外，有些事物普通話不用“隻”，廣州話則既可以用其他量詞，也可以用“隻”：

①分類物品，普通話用“種”，廣州話可用“種、停”也可用“隻”。例如：這種顏色漂亮一些(呢種/隻顏色靚啲)｜那種米很賴(嗰種/隻米好曳)｜這種布不錯(呢停/隻布唔錯)。

②故事，普通話用“個”，廣州話可用“個”也可用“隻”。例如：這個故事很好聽(呢個/隻古仔好好聽)。

③歌曲，普通話用“支”或“首”，廣州話可用“首”也可用“隻”。例如：她唱的那支/首歌人人都喜歡聽(佢唱嘅嗰首/隻歌人人都中意聽)。

廣州話的“隻”與“個”基本相通。除人外，凡指具體的東西，用“個”的地方大都可以用“隻”。但是並不是所有用“隻”的地方都能用“個”代替，如“一隻鞋，一隻船”就不能説成“一個鞋，一個船”。

669 普 條 粵 條

普通話和廣州話都有“條”這個量詞，都用於細長的東西，例如：一條電線｜一條蛇｜一條扁擔｜一條馬路。也用於分項的事物，例如：兩條新聞｜三條措施。

普通話用“條”的地方，廣州話也有不用“條”而改用其他量詞的。例如普通話的“一條狗，一條肥皂(兩塊肥皂相連)，一條被子，一條麻袋”，廣州話分別説成“一隻狗，一孖梘，一張被，一個麻包”。

廣州話用“條”的地方，普通話也有不用“條”而用其他量詞的。例如廣州話的“一條臘腸，一條鎖匙，一條魚，一條數”，普通話分別説成“一根香腸，一把鑰匙，一尾魚，一筆賬”。

普 根、桿　　粵 條、支、把　　670

普通話對長條狀的東西，一般用“根”；對長條而帶桿的東西，則用“桿”。廣州話沒有“根”和“桿”這兩個量詞，對應“根”使用“條、支”，對應“桿”則使用“支、把”等。

普	粵
一根棍子，一根藤，一根頭髮	一條棍，一條藤，一條頭髮
一根火柴，一根香煙	一支火柴，一支煙仔
一桿槍，一桿水煙筒，一桿秤	一支槍，一支大轆竹，一把秤

普 支、枝、瓶　　粵 支、枝、樽　　671

普通話和廣州話都有量詞“支”，都用於隊伍、歌曲或樂曲，還用於桿狀的東西；對桿狀的東西還可以用“枝”。例如：一支軍隊 | 一支歌 | 一支 / 枝筆 | 一支 / 枝玫瑰。

廣州話的“支”使用範圍比普通話廣，用瓶子裝的液體東西除了可以用“樽”之外，還用“支”。例如：普通話的“一瓶咳嗽藥，三瓶礦泉水，一瓶牛奶，兩瓶酒”，廣州話要說成“一樽咳藥，三支礦泉水，一支牛奶，兩支酒”。

普 棵、株　　粵 樖 (po1)、蔸 (deo1)　　672

普通話用於植物的量詞有“棵”和“株”，廣州話只有“樖”，有些地方（如珠江三角洲西部地區）用“蔸”。

普	粵
這棵柚子樹開花了。	呢樖碌柚樹開花喇。
這裏要種八十株桃樹。	呢度要種八十樖桃樹。
拔掉那棵稗草。	搣咗嗰蔸稗仔。

廣州話有時對人蔑稱，或對小的魚也用“蔸”。例如：嗰蔸友又嚟喇（那傢伙又來了）| 一蔸金魚（一條金魚）。

673 普 節、段、截 粵 節、段、橛(güd⁶)、轆

對分段的東西，如竹子自然形成的節、人工對長條的東西分成的若干部分，普通話用量詞“節、段、截”，讀“截”時一般兒化。廣州話也用“節、段”，但不用“截”而用“橛”。

普	粵
普 這根甘蔗有五六節。	粵 呢條蔗有五六節。
普 一條繩子剪成四段。	粵 一條繩剪成四段 / 橛。
普 不要切成一截兒長一截兒短的。	粵 唔好切成一橛長一橛短嘅。

對原木，普通話用量詞“段”或“截”，廣州話用“轆”。

廣州話的“節”多指自然形成的東西，“段、橛”多指人工造成的東西。另外，人工把甘蔗切成一截兒一截兒的，叫“爽”，如一爽蔗(一截兒甘蔗)。

674 普 粒、顆 粵 粒

對顆粒狀的東西，普通話用量詞“粒”，顆粒稍大時用“顆”。二者界線不很分明，有時可以互換。廣州話一般用“粒”，沒有“顆”這個詞。

普	粵
普 一粒米，一粒沙子，一粒花生米	粵 一粒米，一粒沙，一粒花生仁
普 一顆星星，一顆奶糖，一顆珍珠	粵 一粒星，一粒奶糖，一粒珍珠

廣州話量詞“粒”在用法上有幾個有趣的特例：①用於一個、頂多不超過兩個的子女。例如：佢得一粒仔咋（他只有一個兒子呀）。②用於俗語“粒聲唔出”（一聲不吭）。③足球賽踢進一個球叫“入一粒球”。

普 塊 粵 塊、嚿(geo6)、嚿溜(leo6)、件、辮(lin2) 675

對塊狀或比較厚的東西，普通話不分大小，用量詞“塊”。廣州話也用“塊”，對較厚的塊狀東西用“嚿”或“嚿溜”，對切開的小塊用“件”。

普	粵
普 一塊/片瓦，一塊玻璃	粵 一塊瓦，一塊玻璃
普 一塊磚，一塊石頭，一塊土	粵 一嚿磚，一嚿石，一嚿泥
普 切開兩塊，一塊蛋糕	粵 切開兩件，一件蛋糕
普 衣兜裏裝着一大塊東西。	粵 衫袋袋住一嚿溜嘢。

“嚿溜”一般用於使人有臃腫、難看感覺的成團的東西。

廣州話有一個特例：對大塊的生肉，量詞用“辮”。例如“買咗一辮豬肉（買了一大塊豬肉）”。

普 塊 粵 塊、笪(dad3)、窟(fed1) 676

普通話對某些片狀的東西，也用量詞“塊”，例如：一塊抹布｜一塊空地。廣州話也用量詞“塊”，說法一樣。

不過，廣州話對於佔有一定面積的片狀東西，還使用量詞“笪”或“窟”。一般情況，特別是用於地方、土地時用“笪”。例如：牆上有笪水漬（牆壁上有一塊浮水印）｜面度有笪瘌（臉上有塊疤）｜呢笪地方位置幾好（這塊地方位置不錯）。面積較小一般用“窟”，例如：一窟補釘（一塊補丁）｜崩咗一窟（缺了一塊）。用“笪”還是用“窟”，很多時候要看習慣。

普 片 粵 片、塊 677

普通話的量詞“片”有如下用法：①用於片狀、一般不很大的東西。例如：兩片樹葉｜半片紅糖。②用於地面和水面等。例如：一片沙漠｜一片樹林｜一片碧波。③前面加“一”字，用於景色、氣象、聲音、語言、心意等。例如：一片新氣象｜一片喧鬧｜一片真情。這些，廣州話也同樣用“片”。

不過，對於①，廣州話往往還可以用“塊”，例如可以說“兩塊樹葉，半塊片糖（紅糖）”等。對於②，用於土地、田地時，廣州話更多的是用“塊”，例如：一塊草地｜一塊坡地｜一塊空地。

678 普 把、撮(cuō)、撮(zuǒ) 粵 拃(za⁶)、執(zeb¹)

一隻手所能抓取的數量，普通話叫“把”，廣州話叫“拃”，也可用“把”。較少的或只用三、四隻手指抓取的量，北方有的地區叫“撮”(cuō)，廣州話叫“執”。普通話把“撮”借用於極少壞人或事物，廣州話沒有這個用法（“一小撮壞人”不能說成“一小執壞人”）。另外，用於成叢的毛髮，普通話用“撮”（zuǒ），廣州話用“執”。

普	粵
普 抓一把米餵小雞吧。	粵 揦一拃米餵雞仔啦。
普 下一小撮鹽就夠了。	粵 放一執仔鹽就夠嘞。
普 頭髮剃光了，只剩下腦後一撮毛。	粵 頭髮剃光晒，剩翻後枕一執毛。

679 普 捆、把、束 粵 把、紮

對於捆紮起來的東西，普通話用量詞“捆、把”，小一點的用“束”。廣州話對大一點的東西用“把”，小一點的用“紮”，少用“捆”。“把”和“紮”界線不分明，有時可以互換。

普	粵
普 一捆柴火，一捆稻草	粵 一把柴，一把禾稈草
普 一把掛麵，一把韭菜	粵 一紮掛麵，一把／紮韭菜
普 一束鮮花	粵 一紮鮮花

普 把　　粵 把、張　　680

普通話的量詞"把"用於帶把手的器具，廣州話則分別用"把"或用"張"。

普 一把剪子，一把劍	粵 一把鉸剪，一把劍
普 一把梳子，一把掃帚，一把扇子	粵 一把梳，一把掃把，一把扇
普 一把菜刀，一把椅子，一把凳子	粵 一張菜刀，一張椅，一張凳

普通話還有一些比較抽象的名詞也用量詞"把"的，如"一把年紀，一把力氣，一把眼淚"等。這些，廣州話用其他説法，不用量詞。

廣州話的量詞"把"另有幾個與普通話不同的用法：①用於某些器具。例如：一把秤（一桿秤）｜一把手槍（一支手槍）。②用於捆在一起的東西。例如：一把禾稈草（一捆稻草）｜一把柴（一捆柴火）。③用於嘴巴、牙齒（比喻話語）。例如：佢把嘴好犀利（她那張嘴巴很厲害）｜得把牙（光有一副牙齒 —— 意為光説不幹）。

普 張　　粵 張、把　　681

普通話的量詞"張"有以下用法：①用於薄而有一定面積的物品。例如：一張紙｜一張皮子｜一張鈔票。②用於牀、桌子等。③用於嘴、臉。④用於弓。

普通話的①②，廣州話也用量詞"張"。普通話的③④，對於嘴、弓廣州話用量詞"把"；對於"臉"（廣州話叫"面"）廣州話用量詞"塊"。例如：幾張嘴一起説（幾把嘴一齊講）｜一張弓（一把弓）｜一張臉（一塊面）。

682 普 口、枚 粵 隻、眼、啖

普通話對某些家畜或器物等用量詞“口”。廣州話對這些家畜用量詞“隻”，例如：一口豬（一隻豬）｜三口羊（三隻羊）；對這些器物多用量詞“眼”，例如：一口井（一眼井）｜一口池塘（一眼池塘）。也有用別的量詞的，例如：一口缸（一隻缸）｜一口鋼刀（一把鋼刀）。

普通話的量詞“口”也用於吃到口中的食物和吸入的空氣，廣州話用“啖”。例如：扒了兩口飯（扒咗兩啖飯）｜喝了兩口咖啡（飲咗兩啖咖啡）｜吸了一口氣（嘣咗一啖氣）。

普通話的量詞“口”還用於人，廣州話用於人的量詞可用“口”也可用“個”。例如：一家五口人（一家五口／個人）。

普通話用於較小的東西的量詞有“枚”，廣州話用“眼”，個別用“個”。例如：一枚針（一眼針）｜三枚釘（三眼釘）｜一枚獎章（一個獎章）。

683 普 幅、塊、片 粵 幅

普通話對薄而有一定面積的東西如布疋、呢絨、地圖、圖畫等用量詞“幅”，廣州話也一樣。不過廣州話用“幅”的範圍要大些，普通話的“一塊田，一片菜地，一張被面，一面牆壁”，廣州話一般說成“一幅田，一幅菜地，一幅被面，一幅牆”。

普通話和廣州話對地圖、圖畫等都既可用“幅”，也可用“張”。

684 普 遝、疊、摞 粵 遝(dab⁶)、戙(dung⁶)

對重疊起來的較薄的東西，普通話用量詞“遝、疊”，對堆疊得較厚的東西用“摞”。廣州話用“遝”或“戙”。

普	粵
一遝稿紙，一遝鈔票	一遝稿紙，一遝銀紙
一摞牌，一摞磚	一戙牌，一戙磚

廣州話的"遯、戙"可以用於樓房。用於樓房時"戙"現多寫作"棟"。例如：一遯樓，一戙 / 棟樓。

普 層、重(chóng)　粵 層、重(chung⁴)、浸(zem³)　685

普通話對重疊、積累的東西用量詞"層"或"重"，廣州話也一樣用"層"或"重"。但是"重"不用於樓房。例如：這棟樓房有二十層（呢間樓有二十層）。這窗戶安裝了兩層 / 重玻璃(個窗鑲咗兩層 / 重玻璃)。

普通話和廣州話的量詞"層"還用於可以從物體表面揭開或者除去的東西。例如：蒙一層尼龍薄膜 | 鋪一層沙 | 擦掉那層灰（擦咗嗰層灰）| 湯麵上有一層油。

廣州話還有個同義量詞"浸"，多用於緊緊貼在一起的薄層。上一段例子的"層"大都可以換成"浸"，只是"蒙一浸尼龍薄膜"不如說"蒙一層尼龍薄膜"貼切，因為薄膜跟被蒙蓋的物體不一定緊貼。不過這只是相對而言，有時"層""浸"也可以混用。

"浸"是借用字。

普 排、行(háng)、列　粵 排、行(hong⁴)、迾(lad⁶)、梳、棚　686

對於成排成行的東西，普通話用"排、行、列"等量詞，廣州話用"排、行、迾"。

普	粵
一排樹，兩排座位	一排樹，兩排座位
一行字，兩行眼淚	一行字，兩行眼淚
建了一排排新房子。	起咗一迾迾新屋。
樹要種成一列一列才好看。	樹要種成一迾一迾至好睇。

廣州話把"一排牙"（yed¹ pai⁴ nga⁴）說成"一棚牙"（yed¹ pang⁴ nga⁴）是由於語音的變化，即"逆行同化"而產生的結果。

對於排列成梳齒狀而又不很大的東西，廣州話用量詞“梳”(普通話還是用“排”)。例如：一梳子彈(一排子彈) | 一梳香蕉(一排香蕉)。

687 普 瓣 粵 楷(kai⁵)、𢶍(sag³)

對植物的種子、果實、球莖中的小塊，普通話用量詞“瓣”，說“瓣”時要兒化。廣州話用“楷”，人為分割開的用“𢶍”。

普	粵
一瓣兒橘子，一瓣兒柚子	一楷柑，一楷碌柚
這個柚子有十瓣兒。	呢個碌柚有十楷。
把那個西瓜切成四瓣兒。	將嗰個西瓜切開四𢶍。

對蒜瓣兒，普通話用量詞“瓣”，廣州話既不用“瓣”也不用“𢶍”，而是用“粒”。

另外，物體破碎後分成的部分，普通話也用量詞“瓣”，廣州話用“𢶍”(或“塊”)不用“楷”。例如“碗摔成幾瓣兒”，廣州話說“碗碎成幾𢶍”，不說“碗碎成幾楷”。

“楷”是借用字；“𢶍”是方言字。

688 普 串、掛、嘟嚕 粵 揪(ceo¹)、揪褸(leo¹)、□(leng³)、□□(kueng³ leng³)、藭(kung⁴)

普通話對連貫起來的東西用量詞“串”或“掛”，對連成一簇的東西，用量詞“嘟嚕”。廣州話一般用“揪、揪褸”或“□(leng³)、□□(kueng³ leng³)”，對成串的果實或玉米用“藭”。

普	粵
一嘟嚕葡萄，一串鑰匙	一揪葡萄，一揪 / □(leng³)鎖匙
一嘟嚕臘味	一□□(kueng³ leng³)臘味
一掛荔枝	一揪荔枝
一包玉米	一藭粟米

689

普 攤
普 攤、泡

粵 坺 (pad⁶)、坺迾 (lad⁶)
粵 篤 (duk¹)、泡 (pao¹)

對攤開的軟爛或糊狀的東西，普通話用量詞“攤”；廣州話用“坺”或“坺迾”，用“坺迾”指量略多一點。

普	粵
一攤爛泥	一坺 / 坺迾爛溼
一攤漿糊	一坺漿糊
一攤鼻涕	一坺鼻涕

普通話的“攤”還用於屎、尿等，用於屎、尿等還有量詞“泡”；廣州話則用“篤”或“泡”。對口水或痰，普通話用量詞“口”，而廣州話則用“篤”。

普	粵
撒一泡尿，一攤牛屎	屙一泡 / 篤尿，一篤牛屎
吐了一口痰。	吐咗一篤口水痰。

690

普 股、陣、縷
普 股

粵 朕 (zem⁶)、𩙪 (bung⁶)、陣 (zen⁶)、縷 (leo⁵)
粵 鋪、股

普通話對氣體或氣味等用量詞“股”或“陣”，廣州話用“朕”或“𩙪”。而對煙霧，普通話一般用量詞“縷”，廣州話用“陣”也用“朕”，有時也用書面語的“縷”。

普	粵
放過鞭炮，聞到一股火藥味。	燒過炮仗，聞到一朕 / 𩙪火藥𩟔。
風吹過來一陣煙。	風吹過嚟一朕 / 陣煙。
屋頂升起一縷縷炊煙。	屋頂升起咗一縷縷炊煙。

普通話的量詞“股”還有以下用法：①用於較抽象的東西如力氣、勁頭等。②用於成條的東西。例如：擰成一股繩 | 一股山泉叮咚作響。

③用於成批的人，多含貶義。例如：一股土匪｜一股惡勢力。

廣州話對應①一般用量詞“鋪”，例如：他有一股蠻勁兒（佢有一鋪牛力）；對應②③還是同普通話一樣用“股”。

691 普 部、輛、架、台　粵 架、部

對車輛和機器，普通話的量詞用“部”，車輛也用“輛”。廣州話過去多用“架”，近年來多用“部”。對儀器或電視機、錄音機等家用電器，普通話多用“台”，廣州話也用“架”或“部”，而且除個別例子外，“架”和“部”是通用的。

普	粵
一輛卡車，一輛出租小汽車	一架／部貨車，一架／部的士
一輛自行車，一台拖拉機	一架／部單車，一架／部拖拉機
一架飛機，一架鋼琴	一架飛機，一架／部鋼琴
一台電視，兩台錄音機	一架／部電視機，兩架／部錄音機。

692 普 堂　粵 堂

普通話和廣州話都有“堂”這個量詞，但是二者在用法上同少異多。

相同的是：都用於分節的課程、戲劇表演的場景、壁畫等。例如：一個上午上四堂課｜要製作三堂內景｜一堂壁畫。還有，舊時審案一次叫“一堂”。

不同的是：①普通話“堂”可以用於成套的傢具，廣州話不用“堂”而用“套”。例如：一堂傢具（一套傢具）。

②廣州話的“堂”用於可以架設起來的用具或工具，而普通話則分別使用“座、架、頂、把、張、道”等不同的量詞。例如：一堂磨（一

座磨）｜一堂水碓（一座水碓）｜一堂織布機（一架織布機）｜一堂蚊帳（一頂／堂蚊帳）｜一堂轎（一頂轎子）｜一堂鋸（一把鋸子）｜一堂漁網（一張漁網）｜一堂樓梯（一道樓梯）。

廣州話的“堂”還用於：一堂買賣（一樁買賣）｜一堂眉毛（一副眉毛）｜一堂碗箸（擺開的多人使用的碗筷）。

另外廣州話的“堂”還用於計算路程，十里為一堂路（也叫“一鋪路”）。例如：一日能行八堂／鋪路（一天能走八十里路）。

普 棟、座、所、家 粵 棟、間、座、不(den²) 693

普通話用於建築物的量詞有“棟、座、所”，廣州話多用“棟、間、座”，口語用“不”。普通話對工廠、企業用量詞“家”，廣州話用“間”。

普 一棟洋樓，一棟宿舍樓	粵 一座洋樓，一不宿舍樓
普 一座禮堂，一座寶塔	粵 一座禮堂，一座塔
普 一所房子，一所學校	粵 一間屋，一間學校
普 一家公司，一家工廠	粵 一間公司，一間工廠

廣州話的“間”既指整個建築物，也指建築物裏的一個小單元；普通話也有“間”這個量詞，但僅是指整個建築物裏的一個小單元。如：呢間屋有三間房（這所房子有三間屋子／三個房間）。

普 道 粵 條、度、埲(bung⁶) 694

普通話的量詞“道”有多個用法，根據不同用法廣州話與之對應的量詞也不同。

普通話的“道”用於長條形的東西（也可以說“條”）時，廣州話多用“條”。如：一道河（一條河）｜一道紅線（一條紅線）｜一道劃痕（一條劃過嘅印）。

普通話的“道”用於門、橋（對門又可用“扇”，對橋又可用“座”）時，廣州話用量詞“度”，連讀時多變音為“洞”(dung⁶)。例如：那道／

扇門很少開（嗰度門好少開）。這裏搭了一道 / 座木橋（呢處搭咗一度木橋）。

普通話的“道”用於牆（也可用“堵”）時，廣州話用量詞“埲”。例如：砌一道牆圍着（起一埲圍牆圍住）。

普通話的“道”用於表示次數的意思時，廣州話用“次”。例如：上三道漆（油三次漆油）。

695 普 件、樁、筆　粵 件、單

對個體事物，普通話用的量詞有“件、樁”等。“樁”用於事情、生意等，用於生意也可用“筆”。廣州話一般用“件”，對生意用“單”；對一些比較隱諱的事情也用“單”。

普	粵
普 一天辦了幾件事。	粵 一日辦咗幾件事。
普 這樁事你千萬不要幹。	粵 呢單嘢你千祈唔好制。
普 做這筆生意保證你能賺到不少錢。	粵 做呢單生意保你賺唔少錢。

696 普 樣、種、類　粵 樣、種、類、停、隻、味 (méi6-2)

表示事物的種類，普通話用量詞“樣、種、類”等，廣州話也用“樣、種、類”，還用“停、隻”等表示某一具體的品種。

普	粵
普 這樣東西跟那樣東西不能相比。	粵 呢樣嘢同嗰樣嘢唔能夠比。
普 水稻跟小麥不是同一類的植物。	粵 禾同小麥唔係同一類嘅植物。
普 有一種東西你每天都要吃。	粵 有一種嘢你每日都要食。
普 這一種是優良的品種。	粵 呢一停係優良嘅品種。
普 這種布的顏色不好。	粵 呢隻布嘅色水唔好。

普通話的“樣”一般不用於人，廣州話的“樣”卻可以，例如“一樣米養百樣人”(俗語。同樣的糧食卻養育出性格、品質各不相同的人來)。

廣州話還有一個量詞“味”，多用於不好的事情。普通話沒有相應的量詞。例如：呢味嘢好牙煙㗎（這種事情很危險的）| 呢味嘢得人驚(這樣的事情實在使人害怕)。

普 盤、局　　粵 盤、局、鋪　　697

棋藝或球類比賽的小場次，普通話用的量詞有“盤、局”，廣州話除“盤、局”外還用一個“鋪”。

普	粵
普 一場排球要打三局。	粵 一場排球要打三局。
普 跟我下一盤象棋吧。	粵 同我捉一鋪象棋啦。
普 讓你贏回一局吧。	粵 等你贏翻鋪啦。

普 雙、對　　粵 對、孖(ma¹)、啤(pé¹)　　698

用於成雙成對的人、物，普通話有量詞“雙”或“對”；廣州話有“對”或“孖”，口語雖然有“雙”這個詞，但使用得較少。

普	粵
普 他們兩個真是一雙好夥伴。	粵 佢兩個真係一對好拍檔。
普 買一雙新鞋穿穿吧。	粵 買一對新鞋着下啦。
普 一把筷子有十雙。	粵 一把筷子有十對。
普 一斤香腸有十對兒。	粵 一斤臘腸有十孖。

“孖”作量詞時，只用於成對並相連的東西。例如：一孖番梘（一條肥皂)| 一孖油炸鬼(一根油條)| 兩樽一孖㗎紮好(兩瓶一對兒捆好)。

廣州話還有一個量詞“啤”，用於情侶、打橋牌的搭檔，或撲克中點數相同的兩張牌。例如：佢兩個係一啤（他們倆是一對兒）| 打橋牌你兩個一啤(打橋牌時你們兩個做一對兒)| 我有一啤A屎(我有兩張A)。

699 普 群、夥、幫、班 粵 群、幫、班

用於人群的量詞，普通話有“群、夥、幫、班”，前兩個詞較常用，後兩個詞多用於土匪、盜賊等壞人，也能用於一般的人群。廣州話也用“群、幫、班”，不用“夥”。

普	粵
一群一群的人圍在一起。	一群一群人圍埋一度。
有一夥人衝了進去。	有一幫人衝咗入去。
你們這一夥人有多少位？	你哋呢班人有幾多位？
這幫土匪都帶有刀槍。	呢幫土匪都帶刀槍。
這班姑娘都會唱歌。	呢班女仔都會唱歌。

對人數眾多的一群人，普通話用量詞“大群”，廣州話用“大幫”或“軍”。量詞“軍”出現的歷史不長，而且僅用於“成軍人”這個短語。例如：叫一大群人來幹嗎呀（叫成軍人嚟做乜嗬）？

700 普 批、撥、輩 粵 批、輩、脱

用於成批的人或物，普通話有量詞“批、撥、輩”等，“撥”要兒化；廣州話也用“批、輩”，還用量詞“脱”。

普	粵
一批人先進去參觀。	一批人先入去參觀。
一百人分成五撥兒。	一百人分成五批。
老一輩人都知道這事。	老一脱人都知到呢件事。
我們在這裏住了十幾輩人了。	我哋喺呢度住咗十幾輩人咯。

普通話的“輩”、廣州話的“輩、脱”都僅用於輩分。

701 普 窩 粵 竇 (deo3)、窿 (lung1)

對一胎所生的動物或一次孵出的動物，普通話用量詞“窩”；廣州話用“竇”，如果是穴居動物則用“窿”。

普	粵
一窩雞有二十隻小雞。	一竇雞有二十隻雞仔。
一窩小豬賣多少錢？	一竇豬仔賣幾多錢？
牆裏有一窩白蟻。	牆裏頭有一竇白蟻。
山洞裏有一窩蛇。	山窿裏頭有一窿蛇。
那些賭徒和小偷是蛇鼠一窩。	嗰啲賭棍同埋賊仔係一窿蛇。

“竇”是借用字。

普 套、身　　粵 套、脱　　702

對成組的事物，普通話、廣州話都用量詞“套”。如果用於衣裳，普通話用“套”或用“身”，“身”要兒化；廣州話用“脱”，也用“套”。

普	粵
一套傢具，一套機器，一套課本	一套傢俬，一套機器，一套課本
一套技術，一套規章制度	一套技術，一套規章制度
一套唐裝，一套戲服	一脱 / 套唐裝，一脱 / 套戲服
做了一身兒 / 套新衣裳。	做咗一套 / 脱新衫。

普 勺、瓢、調羹　　粵 殼、匙羹　　703

帶把兒的舀取東西的用具，普通話叫“勺、瓢”，小的可以舀食物的叫“調羹”，都常用作量詞。廣州話大的叫“殼”，小的叫“匙羹”，也常作量詞。

普	粵
舀一勺水加到鍋裏去。	擇一殼水加落個煲度。
吃一調羹咳嗽糖漿。	食一匙羹咳嗽糖漿。

滿眶淚水，廣州話叫“一殼眼淚”。普通話沒有這樣的說法，不能說“一勺眼淚、一調羹眼淚”等。

704 普 碟、盤　粵 碟

盛菜餚用的器具，底平而淺，普通話叫“碟、盤”，“盤”比“碟”大；廣州話叫“碟”，沒有“盤”的說法，都常作量詞用。

普	粵
一碟白切雞。	一碟白斬雞。
一盤素什錦。	一大碟羅漢齋。

普通話量詞“盤”還有其他用法，廣州話有不同的量詞分別與之對應：①用於形狀或功用像盤子的東西，如“一盤磨，一盤土炕”。廣州話前者叫“一堂磨”，後者沒有相應的說法，因為廣州話地區沒有“土炕”這東西。②用於迴旋盤繞的東西，如“一盤蚊香，一盤鐵絲”。廣州話分別叫“一餅蚊香”和“一紮鐵線”。③用於球類、棋類等比賽，如：羽毛球賽剛結束了一盤混合雙打 / 這盤棋你贏了。廣州話也用“盤”。

705 普 罐、罎　粵 罐、罌(ngang[1])、埕(qing[4])、塔

口小腹大的陶製容器，通常用於盛食品等，普通話叫“罐子、罎子”，用作量詞時只叫“罐”或“罎”。一般來說“罐子”口較大，現在也有用金屬、塑膠等製造的；“罎子”口較小。廣州話叫“罐”或“罌、埕、塔”，也可作量詞。“罌”較小，多有蓋；“埕”即罎子；“塔”是一種底寬口小的罎子。

普	粵
大的那一罐是酸菜，小的那一罐是鹽。	大嘅嗰一罐係酸菜，細嘅嗰一罌係鹽。
一罎鹹鴨蛋。	一塔 / 埕鹹鴨蛋。

普 席、桌　　粵 圍、枱　　706

用於成桌的酒菜，普通話量詞叫“席、桌”，廣州話叫“圍、枱”。

普	粵
普 他們結婚辦了十幾席酒。	粵 佢哋結婚辦咗十幾圍酒。
普 一桌酒席大概要多少錢？	粵 一枱酒大概要幾多錢？

普 擔 (dàn)、挑　　粵 擔 (dam³)　　707

用於成擔的東西，普通話的量詞叫“擔”或“挑”，廣州話叫“擔”。

普	粵
普 一擔木柴，一挑柴火	粵 一擔柴，一擔柴草
普 一挑水，一挑行李	粵 一擔水，一擔行李

普 拃、步　　粵 揇 (nam³)　　708

拇指與中指（或小指）張開後兩指尖端的距離，普通話用量詞“拃”，廣州話叫“揇”。用腿邁一步的距離，普通話叫一“步”，廣州話也叫一“步”，又叫一“揇”。例如：我的褲子有六拃長（我條褲有六揇長）| 大人一步有三尺長（大人一步 / 揇有三尺長）。

“揇”是借用字。

普 鋪 (pù)　　粵 堂、鋪 (pou³)　　709

十里，普通話沒有專門的量詞，過去書面語用“鋪”，現已少用（“鋪”今多用於地名）。廣州話一般用“堂”，也用“鋪”。

普	粵
普 兩村的距離不足十里路。	粵 兩條村嘅距離唔夠一堂路。
普 從這裏到那裏要走十多里路。	粵 由呢度到嗰度要行堂幾路。
普 一天可以走五十里路。	粵 一日行得五鋪 / 堂路。

710 普 圓、元、塊　　粵 文(men⁴⁻¹)、個、文雞、皮

人民幣單位"圓"，也作"元"，普通話口語用"塊"；廣州話口語用"文"，如果元以下帶有角、分則多用"個"。元以下不帶零頭的數目，普通話"塊"要說成"塊錢"，廣州話"個"要說成"個銀錢"。

普	粵
雞蛋四元 / 四塊錢一斤。	雞蛋四文 / 四個銀錢一斤。
豬肉十二元五毛 / 十二塊五毛一斤。	豬肉十二文半 / 十二個半一斤。

廣州話口語對"元"還有下面兩個說法：

"文雞"：只用於少量的錢數，一般是10元以下，而且後面不帶角、分，如：三文雞(三元) | 十文雞(十元)。

"皮"：比較俗的說法。用於不帶角、分的錢數。如：七皮(七塊) | 十零皮(十來塊)。"皮"後可以帶"嘢"字，意思不變。上面兩個例子可以說成"七皮嘢，十零皮嘢"。

711 普 角、毛　　粵 毫、毫子

人民幣的輔幣單位"角"，普通話口語叫"毛"或"毛錢"。廣州話叫"毫"或"毫子"。

普	粵
白菜五角 / 五毛錢一斤。	白菜五角 / 五毫子一斤。
大白菜八角二分 / 八毛二一斤。	黃牙白賣八角二 / 八毫二子一斤。

712 普 小時、鐘頭、刻鐘、分鐘　　粵 個鐘、個骨、個字

計算時間的長短，普通話用"小時、鐘頭"表示60分鐘，用"一刻

鐘”表示 15 分鐘，用“一分鐘”表示 60 秒。廣州話用“一個鐘”表示 60 分鐘，用“一個骨”表示 15 分鐘（現已少用），用“一個字”表示 5 分鐘。有時用“半個字”表示 2 分半鐘，或 2 至 3 分鐘。

另外，廣州話計算時間的習慣與普通話有所不同。普通話的“點”以後按分計算，廣州話按“字”計算，每一個“字”為五分鐘（因鐘錶刻度盤上每五分鐘有一個數字而得名）。如“三點一”即三點五分，“三點二”即三點十分，其餘類推。

普	粵
普 開會開了一個小時又二十分鐘。	粵 開會開咗一個鐘零四個字。
普 在這裏等了兩小時。	粵 喺度等咗兩個鐘。
普 現在是八點差五分鐘。	粵 而家係八點差一個字。
普 四點一刻休息十分鐘。	粵 四點一個骨休息兩個字。

“骨”是英語 quarter 的音譯，指四分之一。

普 段 粵 輪、排、駁、陣 713

對某一定長短的時間，普通話用量詞“段”，廣州話用“輪、排、駁、陣”。其中“輪、駁”都用於一段日子，基本上可以交換使用；“排”可用於若干日子（時間不會太長），也可用於一會兒；“陣”多用於一會兒。

普	粵
普 這一段時間你到哪裏去了？	粵 呢一輪 / 駁你去邊度喇？
普 前段時間我到東北去了。	粵 前一駁 / 輪我去東北喇。
普 設計圖要等一段時間才能完成。	粵 設計圖要等一排至得。
普 他已經等了好一會了。	粵 佢已經等咗一排嘅嘞。
普 他一會兒就回來了。	粵 佢一陣就翻嚟㗎嘞。

普通話“前段時間”可以說成“前些時候”。

714 普 次、回、趟、遍、遭、輪、頓　粵 次、鋪、匀、仗、輪、趟、餐

表示動作的次數，普通話有“次、回、趟、遍、遭、輪、頓”等量詞，廣州話有“次、鋪、匀、仗、輪、趟、餐”等。普通話計算反覆出現的動作用“次”或“回”，計算走動的次數用“趟”，計算一個動作從開始到結束的過程用“遍”，計算遇到的事情用“遭”，計算循環的事情用“輪”，計算吃喝、打罵等行為用“頓”。廣州話多用“次”，有時還用“鋪、匀、仗”等；計算動作比較複雜的用“輪”，計算吃喝、打罵等行為用“餐”，“趟”是書面語詞。

普	粵
普 你犯了幾次同樣的錯誤。	粵 你犯咗幾次同樣嘅錯誤。
普 這回你看清楚了吧？	粵 呢次你睇清楚喇嗎？
普 這回他估計錯了。	粵 呢鋪佢估計錯咗。
普 這次他肯定碰釘子。	粵 呢仗佢實撞板。
普 這回誰也不會上當了。	粵 呢匀邊個都唔會上當咯。
普 今年我回家兩趟了。	粵 今年我翻屋企兩趟咯。
普 文章起碼要修改三遍才行。	粵 文章起碼要修改三次 / 輪至得。
普 我恨不得揍他一頓。	粵 我真想摷佢一餐。
普 一天吃三頓 / 餐飯。	粵 一日食三餐飯。

十三、副詞等

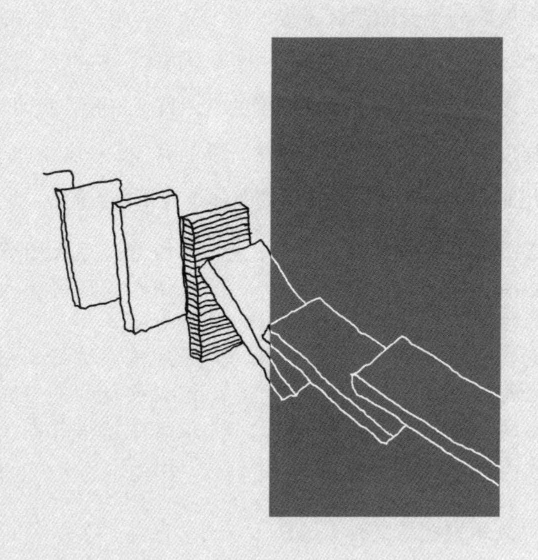

副詞

715

普 很、極、挺、非常	粵 好、好鬼、鬼咁 (gem3)、鬼死咁、認 (ying6-2) 真
普 相當	粵 幾
普 湊合	粵 麻麻地、麻麻

表示程度極高，普通話有“很、極、挺、非常”等幾個副詞，有的地區說“蠻”；程度略次一點的有“相當”；再次一點的有“湊合”，表示勉強達到要求。廣州話表示極高程度的有“好、好鬼、鬼咁、鬼死咁”等幾個；程度次一點的有“幾”；再次一點的有“麻麻地”。普通話的“湊合”和廣州話的“麻麻地、麻麻”後面都不能帶形容詞。

普 這個意見非常好。	粵 呢個意見鬼死咁好。
普 這個人我認識，脾氣挺好的。	粵 呢個人我識得佢，脾性好好。
普 這裏的環境好極了。	粵 呢度嘅環境好到極喇。
普 他的表現相當好。	粵 佢嘅表現都幾好嘅。
普 他的成績不算高，還湊合吧。	粵 佢嘅成績唔算高，麻麻地喇。

廣州話表示程度高還有“認真”一詞，它有“確實、的確、非常”等意思。這詞過去使用的人多，現在使用的人較少。如：呢個人認真好（這個人確實好）｜廣州熱天認真熱（廣州夏天非常熱）｜呢隻荔枝認真好食（這種荔枝非常好吃）。

普 太、過於　　粵 太、太過、過頭、過龍、真、最　　716

表示程度過分，普通話用“太、過於”，廣州話用“太、太過、過頭、過龍”。

普	粵
這件襯衣太肥了，不合他穿。	呢件恤衫太闊喇，唔啱佢着。
路太遠，沒有車去不了。	路太遠喇，冇車唔去得。
這個箱子過於重，無法帶。	呢個箱重過頭，冇辦法帶。
五十元就夠，一百元太多了。	五十文就夠，一百文多過龍咯。

普通話的“太”還表示對程度極高的讚歎。廣州話沒有這種用法，而用“真”或“最”。

普	粵
這個學生的成績太好了。	呢個學生嘅成績真好。
有你來幫忙就太好了。	有你嚟幫手就最好咯。
太舒服了！	真舒服！

普 稍微、稍為、略微、略為　　粵 稍為、略為、略略、些少、多少　　717

表示程度不深，普通話和廣州話都說“稍為、略為”，普通話還用“稍微、略微”等副詞，廣州話還有“略略、些少、多少”等。廣州話“些少、多少”兩個詞，除了作形容詞表示數量少之外，也作副詞表示輕微的程度。

普	粵
這個現象你只要稍微注意一下就會發現。	呢個現象你只要略為注意一下就會發現。
我覺得顏色略微深了點。	我覺得色水略略有啲深。
我的腿稍微有點不舒服。	我隻腳有些少唔舒服。

718 普 無論如何、決(不) 粵 無論如何、一於、幾大都、點都

表示決心大，情況怎樣變化都要做，兩種語言都說“無論如何”。普通話還用“決(不)”，或用形容詞“堅決”；廣州話還用“一於、幾大都、點都”等副詞。

普	粵
你無論如何也要幫這個忙。	你無論如何都要幫呢個忙。
無論如何也要找到他。	一於要搵到佢。
這次救災我堅決要參加。	呢次救災我幾大都要參加。
這個意見我們決不同意。	呢個意見我哋點都唔同意。

719 普 拼命地、不要命地、玩兒命地 粵 搏命噉(gem²)、起勢噉、猛咁(gem³)、死咁、拚命噉、拚死噉、唔要命噉

盡最大的努力做某事，普通話叫“拼命地、不要命地、玩兒命地”，廣州話有“搏命噉、起勢噉、猛咁、死咁、拚命噉、拚死噉”等幾個說法。

普	粵
當時大家拼命地幹。	當時大家搏命噉做。
不要拼命地吃，小心撐着。	唔好搏命噉食，當心掙親。

普通話還有“不要命地、玩兒命地”也表示這個意思，相當於廣州話的“拚命噉、拚死噉、唔要命噉”等意思。

“噉、咁”是方言字。

普 不斷、不停 粵 勿歇、密密、枕住、枕長 720

指動作連續不斷，普通話用“不斷、不停”；廣州話用“勿歇、密密、枕住、枕長”等，其中“枕住、枕長”多指連續不斷的動作存在的時間較長。

普	粵
這兩天他不停地温習功課。	呢兩日佢勿歇噉温習功課。
學外語要不斷地學才有進步。	學外語要枕住噉學至有進步。
這種藥要連續不斷地吃一段時間。	呢種藥要枕住食一個時期。

普 接連、連續 粵 連氣、凜扰 (dem²) 721

指事物一個接着一個地、接二連三地出現，普通話用“接連、連續”，廣州話用“連氣、凜扰”。

普	粵
球隊接連輸了幾場。	球隊連氣輸咗幾場。
他連續幾次打破這項記錄。	佢連氣幾次打破呢項記錄。
事故接連出現。	事故凜扰出。
新產品一出，訂單接連來。	新產品一出，訂單凜扰嚟。

廣州話的“連氣”同“凜扰”不盡相同。“連氣”指在同類事物中未有間斷，如“連氣輸咗幾場球”，表示在所指的一段時間內每逢球賽都輸。“凜扰”有陸續的意思，形容事物時斷時續地出現，如接連幾場球賽裏夾有一場不輸，就不能説“連氣輸球”而只能説“凜扰輸球”。另外，事物連續出現超過三次即可用“連氣”，而“凜扰”則表示事物出現次數要更多些。

722 普 經常、常常、時常 粵 時時、周時、周時無日

表示經常發生某事，普通話用“經常、常常、時常”，廣州話用“時時、周時、周時無日”。

普	粵
我出差經常都打電話回家。	我出差時時都打電話翻屋企。
你時常去打擾人家不好。	你周時無日去滾攪人哋唔好呀。

723 普 老、老是、整天 粵 成日、一日到黑

表示情況一直如此，普通話用“老、老是、整天”，廣州話用“淨、淨係、成日”。

普	粵
不要老提這個問題。	唔好成日提呢個問題。
這裏老是颳風。	呢度成日都打風。
不要整天都批評他。	唔好一日到黑都批評佢。

724 普 光、光是、只、只是 粵 淨、淨係、只、只係、單、單係

表示動作或情況僅是如此，普通話用副詞“光、光是、只、只是”，廣州話用“淨、淨係、只、只是、單、單係”。

普	粵
不要光吃菜不吃飯。	唔好淨食餸唔食飯。
你光說不幹有甚麼用！	你淨係講唔做有乜用！
我只要你一個人來參加。	我單係要你一個人嚟參加。
我們只是參觀參觀而已。	我哋只係參觀一下之嗎。

普 偶爾、間或　　粵 間 (gan³) 中、耐唔 (m⁴) 中　725

表示不經常、有時候做某事，普通話用副詞“偶爾、間或”，廣州話用“間中、耐唔中”等。

普	粵
我們不經常來往，只是偶爾見見面。	我哋冇經常來往，只係間中見下面。
間或有人來聯繫業務。	耐唔中有人嚟聯繫業務。

“唔”是方言字。

普 一向、向來、從來　　粵 不留 (leo¹)、一路、一自　726

表示從過去到現在，普通話用副詞“一向、向來、從來”，廣州話用“不留、一路、一自”。

普	粵
我們一向都支持他。	我哋不留都支持佢嘅。
這房子向來都是我們住的。	呢間屋一路都係我哋住嘅。
我一直都認為你是本地人。	我一自都認為你係本地人。

廣州話的“一自”是普通話“一直”的摹音詞。

普 不時、時不時　　粵 時不時、耐不耐、耐唔耐、耐耐、耐中、耐唔 (m⁴) 中、久不久、久唔久　727

表示事情或動作時常或經常發生，但並非連續不斷地發生，普通話用“不時”，也說“時不時”；廣州話用“時不時、耐不耐、耐唔耐、耐耐、耐中、耐唔中、久不久、久唔久”等。

普 他一邊走一邊不時地四處張望。	粵 佢一便行一便時不時噉四圍望。
普 我們時不時開一次聯歡會。	粵 我哋耐不耐開一次聯歡會。
普 大家時不時見一次面。	粵 大家久唔久見一次面。

廣州話的“耐不耐、耐唔耐、耐耐”各詞，後一個“耐”一般變調讀 noi6-2。廣州話的“耐”是“久”的意思。廣州人説普通話時，容易把“耐不耐去一次”説成“久不久去一次”。這是不合適的，應該説“時不時去一次”。

“唔”是方言字。

728 普 即將、快要、將要、就要　粵 就嚟(lei4)、就快

表示動作或事情很快會發生，普通話用“即將、快要、將要、就要”，廣州話用“就嚟、就快”。

普 展覽會快要開幕了。	粵 展覽會就快開幕啦。
普 你就要畢業了，有些甚麼打算？	粵 你就嚟畢業喇，有啲乜嘢打算呀？

表示動作的即將發生，一般不需要時間詞來限制。如果動作發生的時間不是近在眼前，廣州話一般不用“就嚟”，而用“要”，而普通話仍然可以用“將要、即將”等詞。

普 今年學校將要舉行一次運動會。	粵 今年學校要舉行一次運動會。
普 兩年後這裏將要蓋一座高樓。	粵 兩年後呢度要起一座高樓。

“嚟”是方言字。

普 動不動、動輒 粵 嘟(yug1)親、嘟下、嘟啲(di1) 729

表示某種情況很容易發生，普通話用“動不動”，書面語用“動輒”；廣州話用“嘟親、嘟下、嘟啲”。

普 這女孩動不動就哭。
普 他動不動就生氣。
普 現在開銷很大，動不動都要花錢。

粵 呢個女仔嘟下就喊。
粵 佢嘟啲就嬲。
粵 而家開銷好大，嘟親都要使錢。

普 肯定、一定、準、當然、自然、必然、必定、勢必 粵 實、實穩、一實、實行、梗、坐梗、坐實、自然、是必、定必 730

表示對判斷或推論確定、毫無疑問，普通話有“肯定、一定、準、當然、自然、必然、必定、勢必”等副詞，廣州話有“實、實穩、一實、實行、梗、坐梗、坐實、是必、定必、自然”等詞。

普 放假我肯定回家看看。
普 這裏幾個人肯定是你最大了。
普 他一上街必定到書店買書。

粵 放假我實翻屋企睇下。
粵 呢度幾個人梗係你最大咯。
粵 佢一出街定必到書店買書。

普通話的這幾個詞，我們可以將它們分為“肯定、一定、準”和“必定、當然、自然、必然、勢必”兩組。每組內各詞意義大體一樣，可以互換使用。兩組詞之間有時也可以互換使用，但是它們還是有區別的：“肯定”一組表達說話人的主觀判斷多些，“必定”一組則表示根據客觀規律必然會這樣。廣州話的這幾個詞相互區別不大，都可以與普通話的兩組詞分別對應。

普	粵
普 我們群策群力肯定能夠完成任務。	粵 我哋有計出計有力出力實穩會完成任務。
普 你付出了努力，自然會得到回報。	粵 你付出咗努力，梗會得到回報。

731 普 可能、説不定、沒準　粵 話唔 (m⁴) 定、話唔埋、…都唔定

表示也許是但不一定，普通話用“可能”，可能性大一些用“説不定、沒準”；廣州話用“話唔定、話唔埋”或“…都唔定”。

普	粵
普 這場球我們可能贏。	粵 呢場波我哋話唔定贏。
普 你把理由説清楚，説不定他會同意。	粵 你將理由講清楚，話唔埋佢會同意。
普 你不去調解，他們沒準會打起來。	粵 你唔去調解，佢哋打起身嚟都唔定。

普通話説“沒準”時一般要兒化。

“唔”是方言字。

732 普 全、完全、完、盡、光　粵 完全、冚唪呤 (hem⁶ bang⁶ lang⁶)、冚啲 (di¹)、…晒

表示齊全、所有的意思，普通話用“全、完全、完、盡、光”，廣州話用“完全、冚唪呤、冚啲、…晒”等説法。普通話的“全、完全”和廣州話的“完全、冚唪呤、冚啲”只用於動詞的前面。普通話的“完、盡、光”以及廣州話的“晒”只用於動詞的後面，表示全部的意思。

普	粵
普 你説的完全對。	粵 你講嘅冚啲都啱。

普	粵
這筐水果我全都買了。	呢籮生果我冚唪呤都買晒喇。
甚麼都被他吃光了。	乜都畀佢食晒。
壺裏的水喝光了。	水壺嘅水飲完晒喇。

"冚、唪、呤、啲"都是方言字。

普 大約、左右　粵 大概、大約、度(dou²)、左近、上下、左右　733

表示數目或情況只知道個大致，具體不很清楚，普通話用"大約"，廣州話用"大概"，也用"大約"。如果僅指數量，普通話可在數量詞之後加"左右"表示，廣州話則往往在數量詞後加"度、左近、上下、左右"等詞。

普	粵
他大約這個時候到達。	佢大概呢個時候到。
這個人大約有三十五、六歲。	呢個人有三十五歲度喇。
她有一米六左右吧。	佢有一米六左近喇。

普 好像、似乎　粵 好似　734

表示彷彿的意思，普通話用副詞"好像"或"似乎"，廣州話用副詞"好似"。

普	粵
我看好像不對勁。	我睇好似唔對路噃。
他似乎很生氣。	佢好似好嬲噉。
我似乎感冒了。	我好似感冒咯。

735 普 終於、終歸、終究、到底、畢竟、 粵 終須、卒之、始終

表示經過種種變化之後出現的情況，普通話有“終於、終歸、終究、到底”等詞，另外“畢竟”也表示類似的情況；廣州話有“終須、卒之、始終”等詞。

普	粵
普 只要你努力學習，終歸能學會的。	粵 只要你努力學，終須能學得會嘅。
普 一個人的力量終究有限。	粵 一個人嘅力量始終係有限嘅。
普 我幾次都想説，但終於沒有説出口。	粵 我幾次都想話，卒之都係冇講出口。
普 經過多次實驗，最後成功了。	粵 經過多次實驗，卒之成功喇。

普通話的“畢竟”帶有説話人的主觀看法，廣州話與之對應除了用“始終”之外，也有用“話晒”，表示儘管如此，還是應該如何如何。

普	粵
普 這本書畢竟是大家都喜歡讀的。	粵 呢本書始終係大家都中意讀嘅。
普 這幅畫雖然舊，畢竟是名人的真跡。	粵 呢幅畫係舊啲，話晒係名人嘅真跡。

736 普 實際上、事實上、其實 粵 實情、查實、其實

説明事實的真實情況，普通話用“實際上、事實上”，廣州話用“實情、查實、其實”等詞。

普	粵
普 實際上我不是這個單位的人。	粵 我實情唔係呢個單位嘅人。
普 事實上他們沒有給我發通知。	粵 查實佢哋冇發通知畀我。

普 沒、沒有、未、未曾　粵 冇(mou⁵)、未、未曾、唔(m⁴)曾　737

否定副詞，表示對動作已發生或狀態已經如此的否定，普通話用“沒、沒有”，文雅一點的用“未、未曾”，廣州話用“冇”或“未、未曾、唔曾”等。

普	粵
普 昨天我們沒去開會。	粵 琴日我哋冇去開會。
普 這句話我沒有説過。	粵 呢句話我冇講過。
普 反擊的時機尚未成熟。	粵 反擊嘅時機重未成熟。
普 我從未聽見過他唱歌。	粵 我唔曾聽見過佢唱歌。

普通話的否定副詞還有“不”。“不”和“沒、沒有”的分別是：“不”是對意志的否定，如：我不去 | 我不給他 | 我不買。“沒、沒有”是對事實的否定，如：我沒去 | 我沒有給他 | 我沒買。廣州話與“不”相當的詞是“唔”，如：我唔去 | 我唔畀佢 | 我唔買。與“沒、沒有”相當的是“冇”，如：我冇去 | 我冇畀佢 | 我冇買。

普 幸虧、多虧、幸好　粵 好在、好彩、好得、多得　738

表示僥倖地避免某種困難或不幸，普通話用“幸虧、多虧、幸好”等詞，廣州話用“好在、好彩”或“好得、多得”等詞。“好得、多得”有感謝別人幫助使自己得以避免不幸的意思。

普	粵
普 幸虧消防車趕到，實驗室才沒有被燒。	粵 好在救火車趕到，實驗室至冇畀火燒到。
普 多虧有你幫助，不然我就沒辦法了。	粵 多得有你幫助，唔係我就冇辦法咯。

代詞

739 普 别的、其他、另外的 粵 第啲(di¹)、第二啲、第二個、第個、另外嘅(gé³)

表示另外的意思，普通話叫“别的”或“其他”，有時也說“另外的”。廣州話叫“第二啲、第啲”或“第二個、第個”。“第啲、第個”是“第二啲、第二個”的簡縮。廣州話的“第二”及其減縮叫法“第”都表示“别的、其他的、另外的”的意思，如，别的地方叫“第二度、第二處”或“第度、第處”，等等。普通話的“另外的”一語，廣州話使用“另外嘅”，不用“第二啲、第二個”等說法。

普 還有沒有别的顏色的？	粵 重有冇第二啲色水㗎？
普 你去其他店看看吧。	粵 你去第二間舖頭睇下喇。
普 這是另外的一件事情。	粵 呢個係另外嘅一件事。

“啲、嘅”是方言字。

740 普 甚麼 粵 乜(med¹)、乜嘢(yé⁵)、乜鬼嘢、乜鬼、乜東東、咩(mé¹)、咩嘢

疑問代詞，問事物，普通話用“甚麼”，有的地區用“啥”。廣州話有“乜”以及它的擴充說法，如“乜嘢、乜鬼嘢、乜鬼、乜東東”等。“乜東東”是“乜東西”的詼諧說法。另外，廣州話還有“咩、咩嘢”兩個說法，“咩”是“乜”的變音。

“乜、咩”是借用字。“嘢”是方言字。

連詞

普 和、跟、同、與、連同　粵 同、同埋、連埋、嗱(na1)、嗱埋、共、與共　741

表示聯合關係的連詞，普通話有“和、跟、同、與、連同”等，其中“同、與”多用於書面語。廣州話常用“同、同埋、連埋”，更口語化的有“嗱、嗱埋”。

普	粵
廣東和廣西都是南方的省區。	廣東同埋廣西都係南方嘅省區。
大人連同小孩一共有 20 人。	大人嗱埋細佬哥一共有 20 人。

廣州話還有兩個表示聯合關係的連詞“共、與共”，常見於較早期的粵語文學作品。“共”到現在還有時使用，如：唔知頭共尾（不知頭和尾）| 我共你唔係一路人（我和你不是一路人）。“與共”現在一般只出現在書面語包括説唱曲詞中，如：黃瓜與共豆角（黃瓜和豆角）| 蓮香與共吉祥，茗茶靚嘍（粵曲唱詞：蓮香樓和吉祥茶樓，茗茶好啊）！現在大多數人口語都以用“同、同埋、連埋”為常。

“嗱”是方言字。

普 然後、接着、後來　粵 然之後、跟住、跟手、連隨、後嚟(lei4)　742

表示接着某種動作之後，普通話用“然後”，或者用“接着”，廣州話用“然之後”或“跟住、跟手”，也有説“連隨”的。“連隨”指後續動作與前一動作相接很緊。如果指過去某一個時間之後的時間，普通話用“後來”，廣州話用“後嚟”，也可說“跟住、跟手”。

普	粵
先討論清楚然後再做決定。	討論清楚先然之後再做決定。
開完會接着放錄影。	開完會跟住放錄影。
我們接着會給你們發通知的。	我哋跟手會發通知畀你哋嘅。
後來他變好了嗎？	後嚟佢變好咗咩？

“嚟”是方言字。

743 普 還是、或、或者 粵 定、定係、抑或、一係

從兩種對象或做法當中選擇其一，中間所用的連詞普通話用“還是”或“或、或者”，“或”多用於書面語；廣州話用“定、定係、抑或”。

普	粵
你要吃米飯還是麵條？	你要食飯定食麵？
通過開會宣佈還是個別通知都可以。	通過開會宣佈抑或個別通知都得。
或者你去或者他去，反正要有人去。	一係你去一係佢去，總之要有人去。

744 普 要麼、要不、不然 粵 一係、一唔 (m⁴) 係、唔啱 (ngam¹)、不宜

表示兩種辦法的選擇關係，普通話用“要麼、要不、要不然”，廣州話用“一係、一唔係”或“唔啱、不宜”。這裏“不宜”可能是普通話“不如”的變音，並不是“不適宜”的意思。

普	粵
我説要麼打籃球要麼打排球。	我話一係打籃球一係打排球。
要不就到東北旅遊。	唔啱就去東北旅遊。

普 我說不然看場電影算了。	粵 我話不宜睇場電影算咯。

“唔、啱”是方言字。

普 不僅、不但　粵 不特、不特只、唔(m⁴)只、唔單只、不單只、唔淨只　745

表示超出某個數量或範圍，或用在表示遞進意義的複句的前頭，普通話用“不僅、不但”等，廣州話用“不特、不特只、不單只、唔只、唔單只、唔淨只”等。

普 不僅對大家有利，對個人也有利。	粵 不特只對大家有利，對個人亦都有利。
普 他不僅影響工作，還影響團結。	粵 佢唔單只影響工作，重影響團結添。

“唔”是方言字。

普 且不說、莫說、別說　粵 姑勿論、唔(m⁴)好話、咪(mei⁵)話　746

表示認為姑且忽略對方的不利條件，對方也不能達到目的時，普通話用“且不說”或“莫說、別說”；廣州話文雅一點用“姑勿論”，口語用“唔好話、咪話”。

普 且不說你不是本單位人員，就算是也不行。	粵 姑勿論你唔係本單位人員，就算係亦唔得。
普 別說是你，就是你師傅也沒辦法。	粵 咪話係你，就係你師傅亦冇辦法呀。

“唔、咪”是方言字。

介詞

747 普 替、給、為 粵 同、幫、為、戥 (deng^{6})

表示代替、幫助、為等意思，普通話用“替、給、為”等介詞，廣州話叫“同、幫、為”等，與普通話基本相同，但不用“給”。

普	粵
誰能替你說話呢？	邊個會同你講話呢？
下班以前我會給你說清楚的。	落班以前我會同你講清楚嘅。
這件事我真為你擔心。	呢件事我真為你擔心。

普通話的“為…而高興（或難受、擔心等）”，廣州話口語還有一個詞“戥”，是“替、為”的意思，如：你爬上樹，我真戥你心驚膽震咯（你爬上樹，我真為你心驚肉跳）。你能升職，我都戥你高興（你能升職，我也為你高興）。

“戥”是借用字。

748 普 被、讓、給、叫 粵 畀 (béi^{2})、等、聽 (ting^{3})

表示遭受某種對待，普通話用“被、讓、給”等，廣州話一般多用“畀”。“畀”原意就是“給、給予”，但這裏表示的是，主體所接受的不是實物而是一種動作，或遭受某種對待。

普	粵
他經常被老師批評。	佢時時都畀老師批評。
這次的金牌又讓他奪了。	呢次嘅金牌又畀佢搶到咯。
你不要說給他聽。	你唔好講畀佢聽。
不要叫雨淋濕了衣服。	唔好畀雨淋濕件衫。
這事讓我做得了。	呢件事等我做得咯。

廣州話的“聽”來自普通話的“聽候”，有等待的意思，如：佢犯咗錯，就聽處分啦（他犯了錯，就等着處分吧）｜你亞媽知到你就聽鬧咯（你媽媽知道你就等着捱罵了）。

普 為甚麼　　粵 點解、為乜 (med¹)、為乜嘢 (yé⁵)、做乜嘢　　749

“為甚麼”，這是一個由介詞“為”組成的短語，表示疑問，詢問原因或目的，有的地區口語用“為啥”；廣州話用“點解”，迫切地追問時多用“為乜、為乜嘢、做乜嘢”，以加強語氣。

普	粵
普 你為甚麼不同意？	粵 你點解唔同意？
普 你為甚麼不學修理機器？	粵 你為乜唔學修理機器？
普 為甚麼會出現這種情況？	粵 為乜嘢會有呢種情況？

“乜”是借用字；“嘢”是方言字。

數量詞

750 普 兩個、倆 粵 兩個

數量詞“兩個”普通話口語說“倆”。廣州話沒有“倆”的說法，只說“兩個”。

普通話的“倆”後面不能再接用“個”或其他量詞。

751 普 三個、仨 粵 三個

數量詞“三個”普通話口語說“仨”。廣州話沒有“仨”的說法，只說“三個”。

普通話的“仨”後面不能再接用“個”或其他量詞。

十四、語氣助詞

語氣助詞

752 普 吧

粵 啦、喇 (la³)、吖 (a¹)、囉 (lo³)、咧 (lé⁴)、罷啦 (ba⁶⁻² la¹)、係啦 (hei⁶⁻² la¹)、啦嗎 (la¹ ma³)、囉喂 (lo³ wé³)、吖嗱 (a¹ na⁴)、啩 (gua³)、嘞啩 (lag³ gua³)、吖嗎 (a¹ ma³)、呢

普通話語氣助詞的“吧”用法很廣泛，廣州話根據其不同的用法，分別有不同的語氣助詞與之對應。

（一）普通話的“吧”用在祈使句末時，起着舒緩語氣的作用。廣州話與之對應的語氣助詞有：

“啦”，表示要求、甚至懇求，也可以帶有命令語氣。例如：唔該你話畀佢知啦（麻煩你告訴他吧）｜快啲啦（快點吧）｜好啦，你話點就點啦（好吧，你說怎麼樣就怎麼樣吧）｜你走開啦（你走開）！

表示要求、懇求的聲調讀高平，表示命令的聲調讀高降。

“喇”，帶有警告、提醒或不耐煩的意味。例如：快啲行喇（快點走吧）｜係噉先喇（就這樣吧）。

“吖”，表示同意、催促、教訓等意思。例如：好吖，我同意（好吧，我同意）｜攞吖，驚乜嘢嗜（拿吧，怕甚麼呢）！｜擗咗佢吖（扔了它吧）！

“囉”，表示催促。例如：快啲郁手囉（快點動手吧）｜去越秀山玩囉（去越秀山玩吧）。

“咧”，表示試探性的建議。例如：畀我試下咧（讓我試一試吧）｜出去行下咧（出去走走吧）｜你睇下咧（你看一看吧）。

“罷啦”表示建議，有“不如這樣”的意思。例如：好夜咯，早啲唞罷啦（很晚了，早點休息吧）。

“係啦”，表示安慰對方，或者退而求其次。例如：你放心係啦，我唔會呃你嘅（你放心吧，我不會騙你的）｜你都犯規咯，罰款係啦（你都犯規了，就罰款吧）。

“啦嗎”，表示鼓勵或理應如此。例如：去啦嗎，怕乜嘢（去吧，怕甚麼）！

“囉喂”，表示提醒、催促。例如：去囉喂（該去了吧）｜郁手囉喂（該動手了吧）。

“吖嗱”，表示建議、徵求意見或警告。例如：去我屋企坐下吖嗱（到我家坐一會兒吧）｜你敢過嚟吖嗱（你有膽就過來吧）！

（二）普通話的“吧”用在陳述句末時，表示說話人對所表達的意思不十分確定。廣州話與之對應的語氣助詞有：

“啩”。例如：等陣唔會落雨啩（過一會兒不會下雨吧）｜佢唔會唔嚟啩（他不會不來吧）。

“嘞啩”，表示猜度。過兩日會翻嚟嘞啩（過兩天大概會回來吧）。

（三）普通話的“吧”用在疑問句末時，可以加重猜測、估摸的意味。廣州話與之對應的語氣助詞有：

“啩”。例如：冇搞錯啩（沒搞錯吧）？｜唔係啩（不是吧）？

“吖嗎”，表示估計如此。例如：你冇嘢吖嗎（你沒事吧）？

另外，普通話的“吧”還可以在對舉而又表示兩難的句子裏起停頓的作用。廣州話一般用“呢”。例如：不說吧，心裏不舒服；說吧，又怕得罪人（唔話佢呢，個心又唔舒服；話佢呢，又怕得罪人）。

753 普 了 粵 咯 (lo³)、嘞 (lag³)、啦 (la⁴)、囉喎 (lo³ wo⁵)、喇吓 (la³ ha²)、㗎咋 (ga³ za³)、㗎嚹 (ga³ la⁴)、㗎喇 (ga³ la³)、囉咊 (lo³ wo⁴)、喇 (la³)、嗻 (zé¹)、囉 (lo³)、囉噃 (lo³ bo³)、啦嗎 (la¹ ma³)、嚟 (lei⁴)

普通話的語氣助詞“了”有兩個用法，廣州話也分別有與之對應的詞：

（一）表示動作已經結束、變化已經完成。廣州話與之對應的詞有：

“咯”。例如：佢還翻畀我咯（他還給我了）｜嗰批原料用完咯（那批原料用完了）｜真係畀佢激死咯（真給他氣死了）。

“嘞”，聲稱事已完成，可以放心。例如：我食咗飯嘞（我吃過飯了）｜我哋傾完嘞（我們談完了）。

“啦”，用於疑問句。例如：噉嘅嘢你都要啦（這樣的東西你也要了）？｜嗰幫人都走晒啦（那幫人全都走了）？

“囉喎”，用於轉達別人的意見。例如：佢話擠喺度就得囉喎（他說放在這兒就行了）。或者用語反詰語氣。例如：你以為畀晒你囉喎（你以為全都給你了）。

“喇吓”，帶有聲明的意味。例如：就剩翻咁多喇吓（就剩下這麼多了）。

“㗎咋”，表示數量不多。例如：就得幾十文㗎咋（就只有幾十塊錢了）。

“㗎嚹”，表示疑問。例如：你哋咁快就做完㗎嚹（你們那麼快就做完了）？

“㗎喇”，表示肯定或語氣加強。例如：佢改咗好多㗎喇（他改了很多了）｜唔快啲就趕唔切㗎喇（不快點就來不及了）。

"囉喎"，表示出乎意外。例如：先話咗佢一句啫，就喊囉喎（才說了他一句呢，就哭了）。

所表述的動作是預期的或假設的，普通話也可以用"了"；廣州話同樣有與之對應的詞有"喇"。例如：你可以休息喇（你可以休息了）｜你知到就得喇（你知道就行了）。

（二）表示變化或出現新的情況。廣州話與之對應的詞有：

"啦"，表示肯定某種情況。例如：都係噉啦（就是這樣了）。

"喇"，表示判斷。例如：我睇夠鐘上班喇（我想到時間上班了）｜佢就嚟嚟喇（他快要到了）。

"嗻"，表示確定。例如：實係佢嗻（就是他了）。

"囉"。例如：開會囉（開會了）。

"囉嚤"，帶有提醒對方注意某事的意思。例如：而家翻風囉嚤（現在起風了）｜好扯囉嚤（該走了）。

"啦嗎"，表示理該如此。例如：當然係你去啦嗎（當然是你去了）。

普通話的"了"放在句末或句中停頓的地方，可以表示催促或勸阻，提醒對方注意新情況的出現，廣州話與之對應的詞是"嚟"。例如：坐好嚟（坐好了）｜好聲啲，因住打爛嚟（當心，別給打破了）。

普 **啊**　　粵 **呀**(a3)、**嚤**(bo3)、**喎**(wo3)、**喎**(wo5)、**咧**(lé4)、**啫**(zég1)、**吓**(ha2)、**呀吓**(a3 ha2)、**呀**(a4)、**咋**(za4)　　754

普通話的語氣助詞"啊"用得很廣泛：

（一）用在感歎句末尾，可以加強語氣。廣州話與之對應的詞是"呀（a3）"。例如：嗰度啲風景真係靚呀（那裏的風景真美啊）！｜呢個人幾好呀（這個人多好啊）！

（二）用在陳述句末尾，使所表達的意思帶上感情色彩。廣州話與之對應的詞有：

"嚁"，表示有所發現。例如：你講得幾有道理嚁（你說得有道理啊）| 佢幾叻嚁（他真能幹啊）| 係嚁（可也是啊）。

"喎（wo³）"。例如：係喎，我諗起身嘞（對啊，我想起來了）。

"喎（wo⁵）"，表示嫌棄。例如：咁貴喎，我唔買（這麼貴啊，我不買）。

"咧"，表示肯定。例如：大家重讚你咧（大家還稱讚你啊）。

（三）用在祈使句末尾，加強、敦促、建議或提醒的意味。廣州話與之對應的詞有：

"啫"，有建議或勸說的意味。例如：唔好去啫（不要去啊）。

"吓"，有提醒的意味。例如：你睇真啲吓（你看清楚點啊）。

"呀吓"，有敦促的意味。例如：你食多啲青菜呀吓（你多吃些青菜啊）。

（四）用在疑問句末尾，起舒緩疑問語氣的作用。廣州話與之對應的詞有：

"呀（a⁴）"，用於提出問題希望對方回答。例如：你講你去唔去呀（你說你去不去啊）？

"啫"，用於提出問題希望對方回答，並帶有央求味道。例如：你肯唔肯參加啫（你到底同意還是不同意參加啊）？

"咋"，用於對數量或程度不理想，表示驚疑。例如：總共先三個人咋（總共才三個人啊）？| 叫個辦事員嚟負責咋（才叫個辦事員來負責）？

（五）用在句子中間停頓的地方，使人注意下面的內容。廣州話與之對應的詞是"呀（a³）"。例如：佢呀，係個好人（他啊，是個好人）| 洗衫呀，掃地呀，佢乜都做（洗衣服啊，掃地啊，他甚麼都幹）。

755　普 呀　　　粵 喎（wo³）、嚁（bo³）、呀（a³）、啫（zég¹）

普通話的語氣助詞"呀"，其實是"啊"受前一字除 u 以外的母音韻母的影響而發生的變音，因此它的用法和與廣州話語氣助詞的對應都與"啊"相同。

普	粵
普 這些菜味道都不錯呀。	粵 呢啲餸味道都唔錯喎。
普 他很關心你呀。	粵 佢好關心你噃。
普 你哥哥在不在家呀？	粵 你大佬喺唔喺屋企呀？
普 上哪兒去呀？	粵 去邊啫？（帶有追問的意思）

普 哪　粵 呀(a³)、喎(wo³)、吓(ha²)、啫(zég¹)、咋(za⁴)　756

普通話的語氣助詞"哪"，其實是"啊"受前一字 n 韻尾的影響而發生的變音，因此它的用法和與廣州話語氣助詞的對應，都與"啊"相同。

普	粵
普 誰敲門哪？	粵 邊個敲門呀？
普 哎唷，那麼深哪！	粵 哎吔，咁深喎！
普 你要小心哪！	粵 你要因住吓！
普 你幹不幹哪？	粵 你制唔制啫？
普 他才給你兩塊錢哪？	粵 佢淨係畀你兩文雞咋？

普 啦　粵 噃(bo³)、咧(lé⁴)、喎(wo³)、喇(la³)　757

普通話的語氣助詞"啦"，其實是"了（le）"和"啊"的合音，它兼有上面所述的"了"（二）和"啊"的作用，以及它們與廣州話語氣助詞的對應關係。

普	粵
普 媽媽可能來不了啦。	粵 媽媽可能嚟唔倒噃。
普 大家都表揚你啦。	粵 大家都表揚你咧。
普 記住啦！	粵 記住咯喎！
普 我們爬到山頂啦！	粵 我哋爬到山頂喇！

幾個普通話例句裏的"啦"，都可以看成"了＋啊"。

758 普 呢 粵 呢(né¹)、咩(mé¹)、吖(a¹)、嘅(gé²)、㗎(ga³)、呀(a³)、喎(wo³)、喎(wo⁵)、啫(zég¹)、噃(bo³)

普通話的語氣助詞“呢”有多個用法，廣州話也有相關的語氣助詞與之對應。

(一) 用在疑問句的末尾，廣州話與之對應的語氣助詞有：

“呢”。例如：點解佢唔嚟呢(為甚麼他不來呢)?| 你話點算好呢(你說怎麼辦呢)?

“咩”，表示嫌棄。例如：要咁多把鬼咩(要那麼多有甚麼用呢)?

“吖”。例如：使乜咁巴閉吖(何必那麼大驚小怪呢)? | 呢啲嘢你使乜咁志在吖(這些東西你何必那麼在乎呢)?

“嘅”，表示追問。例如：做乜唔得嘅(為甚麼不行呢)?

“㗎”，表示反詰。例如：噉點得㗎(這怎麼行呢)?

(二) 用在陳述句的末尾，表示對事實的確認，廣州話與之對應的語氣助詞有：

“呀”。例如：佢好中意你添呀(他很喜歡你呢)。

“喎(wo³)”，表示聲明、提醒。例如：佢唔喺度喎(他不在這兒呢)。

“喎(wo⁵)”，表示轉達情況。例如：佢話今晚唔翻嚟喎(他說今晚不回來呢)。

“啫”，説話的語氣比較客氣。例如：我話噉樣好啫(我說這樣好呢)。

(三) 用在陳述句的末尾，表示動作或情況還在繼續，廣州話與之對應的語氣助詞是“噃”，帶有提醒的語氣。例如：佢開緊會噃(他在開會呢) | 呢堂梯唔係幾穩陣噃(這把梯子不太牢靠呢)。

(四) 用在句子中間表示停頓，廣州話與之對應的語氣助詞是“吖”。例如：有乜嘢好睇吖，咁入迷(有甚麼好看呢，這麼入迷)!

普 嗎 粵 呀 (a⁴)、咋 (za⁴)、咩 (mé¹)、嘅咩 (gé³ mé¹)、嘛 (ma³) 759

普通話的語氣助詞“嗎”主要用於疑問句句末，廣州話與之對應的語氣助詞有：

“呀”。例如：係呀（是嗎）？｜你唔怕人哋話你呀（你不怕人家說你嗎）？

“咋”，表示對某一數量的懷疑。例如：一共先四個人咋（一共才四個人嗎）？｜你細佬先八歲咋（你弟弟才八歲嗎）？

普通話的“嗎”也常常用於疑問句和反詰句，廣州話與之對應的語氣助詞有：

“咩”，作反詰語氣時，語調要下降。例如：呢間屋好靚咩（這座房子很漂亮嗎）？｜佢唔喺屋企咩（他不在家裏嗎）？｜佢唔係你老豆咩（難道他不是你父親嗎）！

“嘅咩”，同“咩”。例如：噉都得嘅咩（這樣也行嗎）？

另外，“嗎”也可用於句子中間停頓的地方，使人注意下面的話。在日常使用中，這樣用法的“嗎”常被“嘛”替代。廣州話與之對應的語氣助詞是“呀”或“嘛”。例如：佢呀，就係噉樣嘅人咯（他嗎，就是這樣的一個人了）｜呢件事嘛，以後再傾（這件事嗎，以後再談）。

普 嘛 粵 吖 (a¹)、嗻 (zé¹)、喎 (gag³)、咧 (lé⁴)、嚤 (bo³)、啦 (la¹)、嘛 (ma³ 或 ma⁴) 760

普通話的語氣助詞“嘛”主要有以下用法，廣州話都有與之對應的語氣助詞：

（一）表示事實如此或從道理上說應當這樣，廣州話與之對應的是：

“吖”，表示肯定。例如：佢冇話你唔啱吖（他沒說你不對嘛）｜呢筆數冇錯吖（這筆數目沒錯嘛）。

"嗻"，表示說理。例如：噉亦得嗻（這樣也行嘛）| 你做得佢又做得嗻（你幹得了他也幹得了嘛）。

"咯"，表示本應如此，說話人胸有成竹。例如：噉至得咯（這樣才行嘛）。

"咧"表示果然如此。例如：真係唔得咧（真的不行嘛）。

"噃"表示申辯。例如：佢梗得啦，有人幫佢噃（他當然行啦，有人幫他嘛）。

（二）表示期望或勸告，廣州話與之對應的是"啦"。例如：食晒佢啦（吃光它嘛）| 行快啲啦（走快點嘛）| 對佢客氣啲啦（對他客氣點嘛）。

（三）用在句子中間，引出下面的話題。這種用法也可用"嗎"。廣州話與之對應的是：

"嗻"。例如：以前話你你唔聽，所以嗻，而家就蝕底嘞（以前說你你不聽，所以嘛，現在就吃虧了）。

"嘛（ma³ 或 ma⁴）"。例如：道理嘛，唔使我多講（道理嘛，不用我多說）。

普通話的"嘛"不用於疑問句。

---

761 普 **的** | 粵 **嘅**（gé³）、**嗻**（zé¹）、**咯**（gag³）、**個噃**（go³ bo³）、**嘅噃**（gé³ bo³）、**嘅嗻**（gé³ zé¹）、**㗎喇**（ga³ la³）

普通話作為語氣助詞的"的"，一般用在陳述句的末尾，表示肯定的意思。廣州話與之對應的語氣助詞通常是"嘅"。

普	粵
普 廣州的天氣是很熱的。	粵 廣州嘅天氣係好熱嘅。
普 爺爺每天早上都到茶館吃茶點的。	粵 亞爺朝朝都去飲茶嘅。
普 這件事跟他無關的。	粵 呢件事唔關佢事嘅。

此外，廣州話還有以下一些與之對應的語氣助詞：

“嘛”，表示解釋。例如：大家都一樣嘛（大家都一樣的）。

“喺”，表示的確如此。例如：佢親口講畀我知喺（他親口告訴我的）。

“個噃”，表示警告。例如：噉唔得個噃（這樣不行的）。

“嘅噃”，表示說理。例如：你都應該負一部分責任嘅噃（你也應該負一部分責任的）。

“嘅嘛”，表示徒勞而已。例如：同佢講嘥嘥氣嘅嘛（跟他說是白費勁的）。

“㗎喇”，表示必然如此。例如：實得㗎喇（一定行的）｜樹仔唔淋水就會死㗎喇（小樹不澆水就會死的）。

普 的呀　　粵 吖嘛(a¹ ma⁵)、個噃(go³ bo³)、嘅噃(gé³ bo³)、嘅囉喎(gé³ lo³ wo³)　762

普通話的複合語氣助詞“的呀”用於陳述句末尾，表示肯定的意思，而且帶有感情色彩。廣州話與之對應的語氣助詞有：

“吖嘛”，表示教訓、說理。例如：人心肉做呀嘛（人心是肉做的呀）！

“個噃”，表示提醒、告知。例如：嗰度好遠個噃（那裏很遠的呀）！

“嘅噃”，表示傳授經驗。例如：瞓梳化牀係好舒服嘅噃（睡沙發牀是很舒服的呀）。

“嘅囉喎”，表示提醒、聲明。例如：佢畀咗錢嘅囉喎（他給了錢的呀）。

763 普 **的了** 粵 **㗎喇** (ga³ la³)、**嘅囉** (gé³ lo³)、**㗎喇嗎** (ga³ la³ ma³)、**嘅喇** (gé³ la³)、**嘅囉咩** (gé³ lo³ mé¹)

普通話的複合語氣助詞“的了”一般用於陳述句句末，廣州話與之對應的語氣助詞有：

“㗎喇”，表示提醒。例如：唔快啲就趕唔切㗎喇（不快點就來不及的了）｜有 90 分就算優秀㗎喇（有 90 分就算優秀的了）。

“嘅囉”，表示自然合理、理應如此。例如：佢話個統計表就係噉嘅囉（他說那個統計表就是這樣的了）。

“㗎喇嗎”，表示說理、教育。例如：你噉做就唔得㗎喇嗎（你這樣做就不行的了）。

“嘅喇”，表示估計必然如此。例如：好瘡嘅喇，唞下啦（很累的了，休息一下吧）。

普通話的“的了”用於反詰句時，對應的廣州話語氣助詞一般用“嘅囉咩”。例如：你就乜都唔理嘅囉咩（你就甚麼都不管的了）？

764 普 **罷了** 粵 **嗻** (zé¹)、**咋** (za³)、**之嘛** (ji¹ ma⁵)

普通話的語氣助詞“罷了”用在陳述句的末尾，表示“只不過這樣而已”的意思。廣州話與之對應的語氣助詞是：

“嗻”。例如：而家先九點鐘嗻（現在才九點罷了）｜落好細雨嗻，唔使擔遮（下很小的雨罷了，不必打傘）。

“咋”，表示僅僅如此。例如：佢嘅人工一個月先八百文咋（他的工資一個月才八百元罷了）｜一個副組長咋（才一個副組長罷了）。

“之嘛”，表示無足輕重，不過如此。例如：十文雞之嘛，濕濕碎啦（十塊錢罷了，小意思）｜佢唔係冇，而係唔肯借畀你之嘛（他不是沒有，而是不肯借給你罷了）。

普 了吧 粵 咧 (lé⁵ 或 lé⁴)、啦嗎 (la¹ ma³)、囉可 (lo³ ho³) 765

普通話的複合語氣助詞"了吧"一般用在疑問句末尾，也用在祈使句末尾。廣州話與之對應的語氣助詞是：

"咧"，表示證實預測。例如：而家你知唔得咧（現在你知道不行了吧）？｜呢勻撞板咧（這回碰鍋了吧）？

"啦嗎"，表示讓對方確認。例如：你肯去啦嗎（你願意去了吧）？｜呢件事你應承啦嗎（這件事你答應了吧）？

"囉可"，也表示讓對方確認，但語氣要緩和些。例如：朝早嘅藥你食咗囉可（早上的藥你吃了吧）？

普 了嗎 粵 㗎啦 (ga³ la⁴)、喇咩 (la³ mé¹)、喇嘛 (la³ ma⁵)、囉 (lo¹)、囉咩 (lo³ mé¹) 766

普通話的複合語氣助詞"了嗎"一般用在疑問句（包括反詰句）末尾。廣州話與之對應的語氣助詞有：

"㗎啦"。例如：噉就得㗎啦（這樣就行了嗎）？

"喇咩"，表示讓對方確認。例如：你唔翻去喇咩（你不回去了嗎）？

"喇嘛"，表示讓對方確認。例如：你執晒嘢喇嘛（你收拾好東西了嗎）？

"囉"，表示啟發、教導。例如：噉唔係得囉（這不就行了嗎）？

"囉咩"，表示讓對方確認。例如：佢去咗北京囉咩（他去了北京了嗎）？｜佢考到大學囉咩（他考上大學了嗎）？

附錄：廣州話拼音方案

一、聲　母

廣州話有十九個聲母，列表如下：

b [p]	**p** [pʻ]	**m** [m]	**f** [f]	**w** [w]
d [t]	**t** [tʻ]	**n** [n]	**l** [l]	
z (j) [tʃ]	**c** (q) [tʃʻ]	**s** (x) [ʃ]	**y** [j]	
g [k]	**k** [kʻ]	**ng** [ŋ]	**h** [h]	
gu [kw]	**ku** [kʻw]			

聲母例字：

b	ba^1	巴	bin^1	邊
p	pa^1	趴	pin^1	偏
m	ma^1	媽	min^4	眠
f	fa^1	花	féi^1	飛
w	wa^1	蛙	wing^4	榮
d	da^2	打	din^1	癲
t	ta^1	他	tin^1	天
n	na^4	拿	nin^4	年
l	la^1	啦	lin^4	連
z	za^1	渣	zo^2	左
j	ji^1	資	ju^1	豬
c	ca^1	叉	céng^1	青（青菜）
q	qi^1	雌	qing^1	青（青年）
s	sa^1	沙	so^1	梳
x	xi^1	思	xu^1	書
y	ya^5	也	yü^1	於
g	ga^1	家	gin^1	堅
k	ka^1	卡	kung^4	窮
ng	nga^1	丫	ngeo^4	牛
h	ha^1	蝦	hin^1	牽
gu	gua^1	瓜	guo^2	果
ku	kua^1	誇	kuei^1	虧

聲母説明：

(1) b、d、g 分別是雙唇、舌尖、舌根不送氣的清塞音，相當於國際音標的 [p]、[t]、[k]。這三個音與普通話大體相同。英語音節的開頭沒有這些音。英語的 b、d、g 是不送氣的濁塞音，而 p、t、k 是送氣的清塞音，都與廣州話不同。只有出現在 s 之後英語的 p、t、k 才變成不送氣的清塞音，與廣州話的這三個音接近。如 speak(説)，stand(站)，sky(天空)，其中 s 後的 p、t、k 都不送氣。

(2) p、t、k 是送氣的 b、d、g，相當於國際音標的 [p‘]、[t‘]、[k‘]。這三個音與普通話和英語都大體相同。

(3) m、n、ng 是與 b、d、g 同部位的鼻音，相當於國際音標的 [m]、[n]、[ŋ]。m、n 這兩個音與普通話和英語都相同。ng 這個聲母普通話沒有。在連讀的時候，因為語音同化的關係，普通話偶爾會出現這個聲母，如"東安"、"平安"中的"安"，有一個近似 ng 的聲母。英語沒有以 ng 起頭的音節。

(4) f 是唇齒清擦音，相當於國際音標的 [f]。這個音與普通話及英語相同。

(5) l 是舌尖邊音，相當於國際音標的 [l]。這個音與普通話及英語都相同。

(6) h 是喉部清擦音，相當於國際音標的 [h]，與英語的 h 相同。普通話沒有這個聲母。漢語拼音方案的 h 是代表普通話的舌根清擦音 [x]，發音部位比廣州話的要前一些。説普通話的人發這個音時要把舌根放鬆，像呵氣的樣子即可發出來。

(7) z 和 j，c 和 q，s 和 x 是相同的聲母，是混合舌葉清塞擦音和擦音，相當於國際音標的 [tʃ]、[tʃ‘]、[ʃ]。本來只用 z、c、s 一套即可，為了使廣州話注音與普通話注音在形式上接近，便於互學，我們把出現在 i、ü 兩個元音之前的 z、c、s 改用 j、q、x，出現在其他元音之前則仍用 z、c、s。

普通話沒有相當於廣州話 z、c、s 的聲母。這三個聲母大概在普通話舌尖音 z、c、s 與舌面前音 j、q、x 之間。英語沒有與廣州話 z(或 j) 相當的音，但有與廣州話 c(或 q) 和 s(或 x) 相近似的音，如 charge(記賬)、she(她) 中的 ch [tʃ‘] 和 sh [ʃ]，分別近似廣州話的 c(或 q)、s(或 x)，但廣州話的發音部位比英語的還要靠前一些。

(8) w、y 屬半元音，發音時略帶摩擦，相當於國際音標的 [w]、

[j]。這兩個音與英語的 w、y 相同。普通話沒有這兩個聲母。漢語拼音方案的 w、y 屬元音性質，沒有摩擦成分。

（9）gu、ku 是圓唇化的舌根音 g、k，相當於國際音標的 [kw、k'w]。發音時雙唇收攏，g 和 u 或 k 和 u 要同時發出。u 在這裏是表示圓唇的符號，屬聲母部分，不是元音，不屬介音性質。這兩個聲母與以 u 開頭的韻母相拼時省去表示圓唇的符號 u，如“姑”是 gu ＋ u，“官”是 gu ＋ un，只記作 gu^{1} 和 gun^{1}。“箍”是 ku ＋ u，只記作 ku^{1}。但並不是說“姑”、“官”、“箍”等字的聲母是 g、k。在說廣州話的人看來，“姑”、“官”等字與“瓜”、“關”、“光”等字的聲母相同而與“家”、“艱”、“江”等字的聲母不同，前者屬 gu 聲母，後者屬 g 聲母。試比較下面兩組字：

孤 gu ＋ u	寡 gu ＋ a	孤 gu ＋ u	家 g ＋ a
觀 gu ＋ un	光 gu ＋ ong	觀 gu ＋ un	江 g ＋ ong
冠 gu ＋ un	軍 gu ＋ en	管 gu ＋ un	緊 g ＋ en

左欄兩字的聲母相同，右欄兩字的聲母各不相同。

再從聲母與韻母的結合關係看，也說明上面的看法是正確的。廣州話的 gu、ku 兩個聲母跟韻母的結合關係與 w 這個聲母完全一致。凡是能跟 w 相拼的韻母都能跟 gu 或 ku 相拼（ku 聲母的字少，有些音節無字），凡是不跟 w 相拼的韻母也不跟 gu、ku 相拼。據統計，跟 w 和 gu、ku 相拼的韻母有如下十八個：

	w-		gu-	
a	wa^{1}	蛙	gua^{1}	瓜
ai	wai^{6}	壞	guai^{1}	乖
an	wan^{1}	彎	guan^{1}	關
ang	wang^{4}	橫	guang^{6}	逛
ag	wag^{6}	劃	guag^{3}	摑
ei	wei^{1}	威	guei^{1}	龜

	w-		gu-	
en	wen^{1}	溫	guen^{1}	軍
eng	weng^{4}	宏	gueng^{1}	轟
ed	wed^{1}	屈	gued^{1}	骨
ing	wing^{4}	榮	guing^{2}	炯
ig	wig^{6}	域	guig^{1}	虢

o	wo^{1}	窩	guo^{2}	果
ong	wong^{2}	枉	guong^{2}	廣
og	wog^{6}	獲	guog^{3}	國
u	wu^{1}	烏	g(u)u^{1}	姑
ui	wui^{1}	煨	k(u)ui^{2}	潰
un	wun^{6}	換	g(u)un^{1}	官
ud	wud^{6}	活	k(u)ud^{3}	括

上表的“烏”字是聲母 w 加韻母 u，“姑”字應該是聲母 gu 加韻母 u。同樣，“潰”字是聲母 ku 加韻母 ui。所以，儘管為了簡便省去了表示圓唇聲母的符號 u，“姑”、“潰”、“官”、“括”等字的聲母也應看作是圓唇聲母 gu 或 ku，而不是 g、k。

廣州話中有些原屬 gu、ku 聲母 o、og、ong 韻母的字，如“過、郭、廣、礦、狂……”現在有好些人（特別是青少年）讀作 go^{3}、gog^{3}、gong^{2}、kong^{3}、kong^{4}……，消失了圓唇作用，這種現象可能成為一種發展趨勢。

（10）從歷史上看，廣州話有一個零聲母（即古影母開口一二等的字，現在有些人讀作元音開頭），廣州有部分人習慣把它讀成舌根鼻音 ng-[ŋ-]，如“丫”a^{1}、“埃”ai^{1}①、“坳”ao^{3}、“晏”an^{3}、“罌”ang^{1}、“鴨”ab^{3}、“壓”ad^{3}、“扼”ag^{3}、“歐”eo^{1}、“庵”em^{1}、“鶯”eng^{1}、“握”eg^{1}、“疴”o^{1}、“澳”ou^{3}、“安”on^{1}、“骯”ong^{1}、“惡”og^{3}、“甕”ung^{3}、“屋”ug^{1} 等字，又可以讀成 nga^{1}、ngai^{1}、ngao^{3}……，這種讀法又是一個普遍的趨勢。

與上述現象相反，廣州和香港有部分人（特別是香港的青少年）把 ng 聲母的字（主要是來自中古疑母陽調類的字）讀作零聲母，如“牙、牛、偶、眼、我、外……”。

二、韻　母

廣州話有五十三個韻母，另外還有三個是用於外來詞或象聲詞或形容詞後綴等音節的韻母（這三個韻母沒有字音，出現頻率又比較少，在下表中加括號）列表如下：

① “埃”本讀 oi^{1}，但現在廣州人習慣讀 ai^{1}。

元音 / 韻尾	a[a]		é[ɛ]	i[i]	o[ɔ]	u[u]	ü[y]	ê[œ]	
-i	ai[ai]	ei[ɐi]	éi[ei]		oi[ɔi]	ui[ui]			
-u	ao[au]	eo[ɐu]		iu[iu]	ou[ou]			êu[øy]	
-m	am[am]	em[ɐm]	(ém)[ɛm]	im[im]					m[m̩]
-n	an[an]	en[ɐn]		in[in]	on[ɔn]	un[un]	ün[yn]	ên[øn]	
-ng	ang[aŋ]	eng[ɐŋ]	éng[ɛŋ]	ing[ɪŋ]	ong[ɔŋ]	ung[ʊŋ]		êng[œŋ]	ng[ŋ]
-b	ab[ap]	eb[ɐp]	(éb)[ɛp]	ib[ip]					
-d	ad[at]	ed[ɐt]	(éd)[ɛt]	id[it]	od[ɔt]	ud[ut]	üd[yt]	êd[øt]	
-g	ag[ak]	eg[ɐk]	ég[ɛk]	ig[ɪk]	og[ɔk]	ug[ʊk]		êg[œk]	

韻母例字：

a [a] ba^{3} 霸 na^{4} 拿
ai [ai] bai^{3} 拜 dai^{3} 帶
ao [au] bao^{3} 爆 nao^{4} 錨
am [am] dam^{1} 擔 tam^{1} 貪
an [an] ban^{1} 班 dan^{1} 丹
ang [aŋ] pang^{1} 烹 lang^{5} 冷
ab [ap] dab^{3} 答 tab^{3} 塔
ad [at] bad^{3} 八 dad^{6} 達
ag [ak] bag^{3} 百 pag^{3} 拍
ei [ɐi] bei^{1} 跛 dei^{1} 低
eo [ɐu] deo^{1} 兜 teo^{1} 偷
em [ɐm] bem^{1} 泵 lem^{4} 林
en [ɐn] ben^{1} 賓 ten^{1} 吞
eng [ɐŋ] beng^{1} 崩 deng^{1} 燈
eb [ɐp] neb^{1} 粒 leb^{1} 笠
ed [ɐt] bed^{1} 不 ded^{6} 凸
eg [ɐk] beg^{1} 北 deg^{1} 德
é [ɛ] mé^{1} 咩 dé^{1} 爹
éi [ei] béi^{1} 悲 déi^{6} 地
(ém) [ɛm] gém^{1} □（指球賽）
éng [ɛŋ] béng^{2} 餅 déng^{1} 釘
(éb) [ɛp] géb^{1} □（鴨叫聲）

(éd)	[ɛt]	kéd^{1}	□（女孩笑聲）		
ég	[ɛk]	bég^{3}	壁	dég^{6}	笛
i	[i]	ji^{1}	脂	qi^{1}	癡
iu	[iu]	biu^{1}	標	diu^{1}	丟
im	[im]	dim^{2}	點	tim^{1}	添
in	[in]	bin^{1}	邊	din^{1}	癲
ing	[ɪŋ]	bing^{1}	兵	ding^{1}	丁
ib	[ip]	dib^{6}	疊	tib^{3}	帖
id	[it]	bid^{1}	必	tid^{3}	鐵
ig	[ɪk]	big^{1}	逼	dig^{6}	敵
o	[ɔ]	bo^{1}	波	do^{1}	多
oi	[ɔi]	doi^{6}	代	toi^{1}	胎
ou	[ou]	bou^{1}	煲	dou^{1}	刀
on	[ɔn]	gon^{1}	干	ngon^{6}	岸
ong	[ɔŋ]	bong^{1}	幫	dong^{1}	當
od	[ɔt]	hod^{3}	喝	god^{3}	割
og	[ɔk]	bog^{3}	駁	dog^{6}	鐸
u	[u]	fu^{1}	夫	wu^{1}	烏
ui	[ui]	bui^{1}	杯	pui^{3}	配
un	[un]	bun^{1}	般	pun^{1}	潘
ung	[ʊŋ]	pung^{3}	碰	dung^{1}	東
ud	[ut]	bud^{6}	勃	pud^{3}	潑
ug	[ʊk]	bug^{1}	卜	dug^{1}	督
ü	[y]	ju^{1}	朱	qu^{5}	柱
ün	[yn]	dün^{1}	端	jun^{1}	專
üd	[yt]	düd^{6}	奪	jud^{6}	絕
ê	[œ]	hê^{1}	靴	lê^{1}	㗎（吐出）
êu	[øy]	dêu^{1}	堆	têu^{1}	推
ên	[øn]	dên^{1}	敦	lên^{4}	輪
êng	[œŋ]	nêng^{4}	娘	lêng^{4}	良
êd	[øt]	lêd^{6}	律	zêd^{1}	卒
êg	[œk]	dêg^{3}	啄	lêg^{6}	略
m	[m̩]	m^{4}	唔		

ng	[ŋ]	ng4	吳	ng5	五

韻母說明：

(1) 廣州話有 a、e、é、i、o、u、ü、ê 八個元音。除了 e 之外，其餘七個元音都能單獨作韻母。

(2) 元音 a（包括單元音 a 和帶韻尾的 a）是長元音。ai、ao 中的韻尾 i、o(實際音值是 u) 很短。a、ai、ao、an、ang 幾個韻母與普通話的大致相同。

(3) 元音 e 不能單獨作韻母，相當於國際音標的 [ɐ]，發音時口腔比 a 略閉，舌頭也稍為靠後，而且時間短促，可以看作短的 a。但這兩個元音經常出現在相同的條件之下，對立非常明顯，因此，a [a] 與 e[ɐ] 是兩個不同的元音音位。普通話沒有 e[ɐ] 這個音，gen"根"、geng"更" 中的 e [ə] 近似廣州話的 [ɐ]，但開口度沒有 e[ɐ] 大。英語 gun(槍)、but(但是) 中的 u 與廣州話的 e[ɐ] 近似，但舌位沒有 e[ɐ] 那麼靠前。由於 e [ɐ] 是個非常短的元音，ei、eo 兩韻中的韻尾 i 和 o(實際音值是 u) 就顯得長。

(4) 元音 é 除了在 éi 中是短元音，開口度較閉，相當於國際音標的 [e] 之外，其餘各韻中的 é 都是長元音，開口度也較大，相當於國際音標的 [ɛ]。ém、éb、éd 三個韻母只出現在口語裏，含這個韻母的音節都是有音無字的。

(5) 元音 i 的讀音與普通話的 i 大致相同。i、iu、in 中的 i 是長元音。ing、ik 中的 i 是短元音，開口度稍大，比國際音標的 [ɪ] 還要開一點，接近 [e]。廣州話的 ing 與普通話的 ing 有明顯的不同。

(6) 元音 o 的讀音比普通話的 o 開口度大，相當於國際音標的 [ɔ]，但 ou 中的 o 較閉，相當於國際音標的 [o]。除 ou 外，其餘各韻中的 o 都是長元音。

(7) 元音 u 的讀音與普通話的 u 大致相同，相當於國際音標的 [u]，u、ui、un、ud 各韻中的 u 是長元音，前面三個韻母與普通話的 u、uei(ui)、uen(un) 大致相同。ung、ug 兩個韻中的 u 是短元音，開口度稍大，比國際音標的 [ʊ] 還要開一點，接近 [o]。廣州話的 ung 與普通話的 ung 有明顯的不同。

(8) 元音 ü 的讀音與普通話的 ü 大致相同，相當於國際音標的 [y]，單元音 ü 以及帶韻尾的 ü 都是長元音。

(9) 元音 ê 相當於國際音標的 [œ]，是圓唇的 [ɛ]，普通話和英語都沒有這個音。法語 neuf(九) 中的 eu 近似廣州話的 ê。ê、êng、êg 三個

韻母中的 ê 是長元音，êu、ên、êd 三個韻母中的 ê 是短元音，也較閉，相當於國際音標的 [ø]，近似法語 neveu“姪子”中的 eu。

（10）m、ng 是聲化韻母，是單純的雙唇鼻音和舌根鼻音，能自成音節，不與其他聲母相拼，相當於國際音標的 [m̩]、[ŋ̍]。

（11）以塞音 -b[-p]、-d[-t]、-g[-k] 為韻尾的韻母，普通話沒有。英語雖有以 -p、-t、-k、-b[-b]、-d[-d]、-g[-g] 為收尾的音節，但與廣州話的不同。廣州話的塞音韻尾 -b、-d、-g 不破裂（沒有除阻），發音時只作發這些音的姿勢而不必發出這些音，如 ab 韻，先發元音 a，然後雙唇突然緊閉，作發 b 的姿勢即停止，其餘類推。

（12）上面八個元音之中，é、i、o、u、ê 各有兩個音值：é[ɛ、e]、i[i、ɪ]、o[ɔ、o]、u[u、ʊ]、ê[œ、ø]，由於每個元音的兩個音值出現的條件各不相同，可以互補，兩個音值只作一個音位處理。

廣州話的 m、n、ng 韻尾本來是分得很清楚的，但是現在香港有不少青少年把部分原屬 ng 韻尾的字讀成 n 韻尾。例如“電燈”的“燈”deng^{1} 讀成“墩”den^{1}，“匙羹”的“羹”geng^{1} 讀成“根”gen^{1}，“學生”的“生”sang^{1} 讀成“山”san^{1}，“文盲”的“盲”mang^{4} 讀成“蠻”man^{4}。

三、聲　調

廣州話有六個舒聲調，三個促聲調。根據韻尾的不同，廣州話的音節可分兩類：韻尾為 -i、-u(-o)、-m、-n、-ng 的和不帶任何韻尾的，叫舒聲韻；韻尾為 -b、-d、-g 的叫促聲韻（又叫入聲韻，出現舒聲韻的聲調叫舒聲調，出現促聲韻的聲調叫促聲調（又叫入聲）。中古漢語的平、上、去、入四聲在廣州話已各分化為二，即陰平、陽平、陰上、陽上、陰去、陽去、陰入、陽入。另外，陰入裏頭又因為元音的長短，分化為兩個聲調，一個是原來的陰入（又叫上入），一個叫中入。這樣，廣州話目前一共有九個聲調。列表如下：

調類	舒聲調						促聲調		
	陰平	陽平	陰上	陽上	陰去	陽去	陰入	中入	陽入
調值	˥˧$_{53}$，˥$_{55}$	˩$_{11}$	˧˥$_{35}$	˩˧$_{13}$	˧$_{33}$	˨$_{22}$	˥$_{55}$	˧$_{33}$	˨$_{22}$
例字	分 思	墳 時	粉 史	憤 市	訓 試	份 士	忽 式	發 錫	佛 食

聲調説明：

(1) 上面的調號本來把“陰類調”的作單數調，“陽類調”的作雙數調比較合適（即陰平、陽平、陰上、陽上、陰去、陽去、陰入、陽入、中入分別作 1、2、3、4、5、6、7、8、9 調），但廣州話拼音方案聲調的次序已經用 1、2、3 表示陰平（和陰入）、陰上、陰去（和中入），用 4、5、6 表示陽平、陽上、陽去（和陽入），這裏採用廣州話拼音方案標音，調號也採用與之相同的辦法。列表如下：

調號	1	2	3	4	5	6
調類	陰平 陰入	陰上	陰去 中入	陽平	陽上	陽去 陽入
例字	分 fen^{1} 忽 fed^{1}	粉 fen^{2}	訓 fen^{3} 發 fad^{3}	墳 fen^{4}	憤 fen^{5}	份 fen^{6} 佛 fed^{6}

(2) 第 1 調包括陰平和陰入兩類聲調。陰平有高降 ˥˧$_{53}$ 和高平 ˥$_{55}$ 兩個調值。除少數字只讀高平調以外，大部分的字都可以讀高降調，或者兼讀高降和高平兩個調值（詳後）。高降調有點像普通話的去聲（第 4 聲），高平調與普通話的陰平（第 1 聲）相同。元音的長短影響入聲調值的長短。廣州話的陰入一般只出現短元音韻，所以陰入的調值應描寫作短的 ˥$_{\underline{55}}$。由陰入分化出來的中入只出現長元音，但在近幾十年來，一般人的口語裏，一些由短 a 構成韻母的陰入字有變讀長 a 的趨勢，而聲調仍然是高平調，因而陰入除了有一個短的高平 ˥$_{\underline{55}}$ 之外，又增加了一個長的高平 ˥$_{55}$。如“黑”、“握”、“測”、“乞”等字，原來讀 heg^{1}、eg^{1}（或 ngeg^{1}）、ceg^{1}、hed^{1}，屬短陰入，現在口語一般又讀 hag^{1}、ag^{1}（或 ngag^{1}）、cag^{1}、had^{1}，屬長陰入。後一種讀法元音都是長的 a，聲調也比前面一種讀法長，其他長元音韻母出現在這個聲調的字都屬長陰入調。

(3) 第 2 調屬陰上調，調值是高升 ˧˥$_{35}$，與普通話的陽平相當。在説話時，第 3、4、5、6 等調往往可以變讀為高升調（詳後）。

(4) 第 3 調陰去和中入調值是中平 ˧$_{33}$。中入是從陰入分化出來的一個調類。屬於這個調類的字原來都是長元音韻，但由於有些字與陰入有對立，如“必”bid^{1}，“鼈”bid^{3}；“戚”qig^{1}，“赤”qig^{3}（口語 cég^{3}），所以中入已從陰入分化出來，另成一個調類了。和陰入相似，這個屬長元音出現的中入也有少數字是短元音韻的，如上面的“赤”字，作讀書音時（如“赤米”）讀 cég^{3}，是長的中入。

(5) 第 4 調陽平的調值是低平 ˩$_{11}$，快讀時稍微有點下降，但一般以低平調為標準。第 5 調陽上的調值是低升 ˩˧$_{13}$，或稍高一點，接近 ˨˦$_{24}$，近似普通話上聲的後半截。

(6) 第 6 調包括陽去和陽入兩類聲調，調值是次低平 ˨$_{22}$。嚴格地說，陽入也有長短兩個調值，凡出現長元音韻母（ab、ad、ag、ég、ib、id、od、og、ud、üd、êg）的屬長陽入調，出現短元音韻母（eb、ed、eg、ig、ug、êd）的屬短陽入調，如"狹"hab^{6}、"辣"lad^{6}、"額"ngag^{6}、"石"ség^{6}、"葉"yib^{6}、"別"bid^{6}、"學"hog^{6}、"活"wud^{6}、"月"yüd^{6}、"藥"yêg^{6} 等屬長陽入調，"合"heb^{6}、"日"yed^{6}、"墨"meg^{6}、"敵"dig^{6}、"六"lug^{6}、"律"lêd^{6} 等屬短陽入調。考慮到陰入、陽入長短兩個調的調值高低相同，只是長短不同，而調的長短是由元音的長短引起的，屬條件變讀，因此可以把它們看作一個調的兩個變體。

(7) 陰平調的兩個調值，即高降 ˥˧$_{53}$ 和高平 ˥$_{55}$ 的分合問題，曾經有過各種論述。主要有兩種意見，一是認為陰平調的兩個調值已經分化為兩個不同的調類；一是認為這兩個調值是一個調類的兩個變體。

廣州話特殊字表

表內包括本詞典使用的三類字：

一、廣州話常用的方言字；

二、借來表示廣州話特殊音義的字，其中在群眾中比較通行或字形比較生疏的；

三、《新華字典》沒有收進去的古字。

每個字均注廣州話讀音。異體字加（　）號標明。

以筆畫多少分類。每類按、一｜丿乛起筆次序排列。

二畫

乜 med^{1}，mé^{1}

四畫

冇 mou^{5}

五畫

冚 hem^{6}，kem^{2}
曱 gad^{6}，ged^{6}
甴 zad^{6}，zed^{6}
叻 lég^{1}，lig^{1}
（仮） fan^{2}
甩 led^{1}
氹 tem^{5}

六畫

扤 nged^{1}，ngad^{6}
扱 keb^{1}
吖 a^{1}
曳 yei^{4}，yei^{5}
吔 ya^{2}
⿰犭及 keb^{6}
（启） dug^{1}
孖 ma^{1}

七畫

（圾） sab^{6}
抌 dem^{2}
扲 ngem^{4}
扻 hem^{2}
奀 ngen^{1}
呔 tai^{1}
吽 ngeo^{6}
⿰口夭 yiu^{1}
吪 fa^{4}
佢 kêu^{5}
㓟 pei^{1}

八畫

泅 neb^{6}
炆 men^{1}
⿰火冘 dem^{2}
坺 pad^{6}
⿰吉刂 ged^{1}
⿰扌永 wing^{6}
抰 yêng^{2}
拎 ning^{1}
⿰扌乖 kuai^{4}
拃 za^{6}
（杭） lam^{2}
杧 yen^{4}
（矺） zag^{3}
咇 bid^{1}
咗 zo^{2}
⿰口凸 ded^{1}
呬 nib^{1}
咁 gem^{3}
（呥） yem^{1}
肬 dem^{1}
乸 na^{2}

九畫

⿰米工 hong^{2}
⿰衤太 tai^{1}
⿰扌充 cung^{3}
（⿰扌戒） ngung^{2}，ung^{2}
歪 mé^{2}
迾 lad^{6}
咩 mé^{1}
咪 mei^{5}，mei^{1}
咭 ked^{1}，ged^{1}
哋 déi^{6}，déi^{2}
咯 log^{3}
（剕） pei^{1}
姣 hao^{4}

十畫

浭 gang^{3}
涌 cung^{1}
垽 ngen^{6}
烚 heb^{6}
冧 lem^{1}，lem^{3}
⿰扌豆 deo^{6}
挭 gang^{3}
（揤） zêd^{1}
莢 hab^{3}
剒 cog^{3}
（趷） ged^{6}
拲 ngung^{2}，ung^{2}
呤 lang^{4}，lang^{6}
唞 teo^{2}
⿰口豆 deo^{6}
唓 cé^{1}
哽 geng^{2}，ngeng^{2}
唔 m^{4}
⿰口妙 miu^{2}
晒 sai^{3}
（⿰貝乜） mé^{1}
⿰足叉 ca^{1}
⿰足乞 ged^{6}
戙 dung^{6}
⿰巾里 léi^{5}
舦 tai^{5}
（胵） qi^{3}
（破） cag^{3}

屘 méi1
孭 mé1

十一畫

湴 ban6
淰 nem4
痭 na1
粘 jim1
焫 nad3
焗 gug6
䘏 sêd1
掟 déng3
捽 zêd1
㨆 lem6
掗 nga6
掯 keng3
掂 din2
撾 wo5
掮 ngao1
揔 fed1
掹 meng1，meng3
埲 bung6
梘 gan2
（惗） nem2
（翻） yem4
玷 dim3
啄 dêng1
唪 bang4
嘓 wag1
啵 pé1
啩 gua3
喐 yug1
啱 ngam1
啋 coi1
啝 wo4
啲 di1，did1
𠱁 meng1
啡 fé1，fé4
（眲） ngag1，ngeg1
蛚 guai2
笪 dad3
鈒 zab6

脷 léi6
斛 cao1
婄 peo3

十二畫

渧 dei3
（焮） hing3
煀 wed1
𥧌 lang1
𧙕 tung2
搲 wa2
揞 ngem2
揇 nam5，nam3
揦 la2，la3，la5
揼 dem1
揜 deb6
𢰸 sang2
揾 wen2
搰 wed6
（揰） cung3
揗 ten4
揈 feng4
椗 ding3
棯 nim1
喑 ngem6
喫 yag3
嗒 dab1，dab6
喎 wo5
喺 hei2
㗎 ga3，ga4
喼 gib1
嘅 gé3，gé2
嗱 na1
跔 kê4
鈪 ngag3
翕 yeb6
傴 wu3
腍 nem4
（𦟨） nga6

十三畫

𤺥 meng2
摮 ngou4
摙 lin5
搣 mid1
（趌） ged6
哴 long2
嗌 ngai3
嗱 na4
嗲 dé2，dé4
嗰 go2
嗝 gag3
睩 lug1
（賉） xid6
蜫 méi1
跦 lêu1
罨 ngeb1
煲 bou1
腯 ded1
膇 dêu3
（倮） kêu5
嫋 nin1
匿 gued6

十四畫

（瘵） na1
熇 hug6
焳 hog3
髧 dem3
髯 yem4
蔃 gêng2
搴 kin2
摵 qig1
摼 heng1
擗 bed1
撻 dad3
摷 jiu6
槓 lung5
嘜 meg1
嘢 yé5
嘥 sai1
噉 gem2
睺 heo1
䟴 ngen3
踎 meo1
骲 bao6

䴴 nin1
膉 yig1
臁 ngong3
嫲 ma4

十五畫

（窞） tem5
䜲 tem3
諗 nem2
熠 sab6
褸 leo1
撍 qim4
撟 giu2
撚 nen2，nin2
（撏） qim4
罄 hing3
（瞸） deb1
（蔊） zao3
劏 tong1
嘭 pang4
嘁 kig1
嘣 bang4，bang6
噏 ngeb1
噃 bo3
㗱 zab6
（嚄） wag1
（嚸） zem6
瞓 fen3
螆 ji1
踭 zang1
箥 po1
艔 dou6
膶 yên6-2
嫽 liu4

十六畫

澌 jid1
𢊹 kuang1
燂 tam4
（㶨） hong6
（擝） meng1
𢶍 sab3

擙 ngou^{1}
𢷬 sog^{1}
擗 pég^{3}
薳 yun^{5}
噒 lên^{1}
𠽌 hê^{1}
𡃶 bud^{1}
𡅏 cêu^{4}
𨂽 nam^{3}
䭃 mem^{1}，ngem^{1}
䳰 za^{6}
壆 bog^{3}
（躽） yin^{2}
（膪） za^{6}
鮓 za^{2}

十七畫

𤶸 zeng^{2}
燶 nung^{1}
（𣚺） cên^{1}
𡃤 jid^{1}
（囁） ngeb^{1}
𡁷 bei^{6}

𠵈 ngei^{1}
矰 cang^{1}
蟝 kêu^{4}
蹁 xin^{3}
嬲 neo^{1}
篸 cam^{2}
簕 leg^{6}
餸 sung^{3}
餲 ngad^{3}
鍟 séng^{3}
鎅 gai^{3}
瓃 lê^{1}，lê^{2}
（韸） bung^{6}
顎 ngog^{6}
𩙪 bung^{6}
𥣟 lai^{1}

十八畫

癐 gui^{6}
㩧 bog^{1}
擸 lab^{3}
嚤 mo^{1}
嚡 hai^{4}
𡂊 kuag^{3}

嚟 lei^{4}，léi^{4}
𥋇 zong^{1}
矋 lei^{6}
蟧 lou^{4}
蠄 kem^{4}
躀 guan^{3}
餼 héi^{3}
鏳 cang^{1}
繑 kiu^{5}

十九畫

壢 lég^{6}
厴 yim^{2}
𡣵 yim^{2}
𤜵 lai^{2}
（鶡） hod^{3}
（𦢊） meg^{6}
𦟛 pog^{1}
韞 wen^{3}

二十畫

癦 meg^{6}
竇 deo^{3}
𧢌 lei^{6}

嚿 geo^{6}
嚹 la^{3}
𨭖 pang^{1}
劖 cam^{5}

二十一畫以上

癪 jig^{1}
趯 deg^{3}
𩞄 hin^{3}
纈 lid^{3}
攞 lo^{2}
𧐣 hin^{2}，hün^{2}
囉 lo^{1}，lo^{3}
𩟔 céi^{4}
黐 qi^{1}
（籖） qim^{1}
𡤺 zan^{2}
𤓓 lo^{3}
𪘏 yi^{1}
躝 lan^{1}
𢺳 man^{1}
𡆀 lo^{1}
（爩） wed^{1}

後　記

這本詞典是我們所編寫的廣州話系列字典、詞典中的一個新產品。

編寫這本兩種話的對比詞典不同於編寫單一語言的詞典，編寫時幾乎沒有甚麼可以參考的範例。這對我們來說是一個挑戰。我們三人早已超過"古稀"之年，雖然不敢說達到"從心所欲不逾矩"的境界，但至少可以說我們積累了一些編寫方言詞典的經驗，也掌握一定的材料。我們就是利用這有利條件去迎接這個挑戰的。這個新產品到底怎麼樣，要靠讀者來評判了。

30多年來，我們同心合力編寫廣州話系列字典、詞典，目的是挖掘粵方言的詞彙寶庫，向世人展示這座寶庫的豐富寶藏，為廣州話詞彙研究做些基礎工作。我們這個組合三人各有所長，在通力合作中彼此發揮着各自的作用。像以往一樣，這本詞典編寫的每一步驟，包括詞典的"立項"、宗旨的確立、提綱的擬製、體例的設計、版式的安排、條目的確定、釋文的撰寫、文稿的定奪等，無一不是三人一起商量一起完成的。我們各自手頭上都有別的研究、編寫工作，但都儘量主動為詞典多承擔點任務。我們有分工，但是並不分割，大家都把編寫詞典的每項工作當做自己的本份。我們有爭論，是在學術範圍之內，只要經過認真的討論，最終都能達到意見的統一。所以，我們雖然身處三地，彼此相隔千里甚至萬里之遙，也能長期合作。

最後我們要感謝我們各自的賢內助：蘇國璋老師、鄭貽青老師、周之英老師。她們在我們忙碌的時候承擔了全部的家務不必說，就是我們遇到疑難時也能為我們解惑、查找資料，並代為校對、審閱部分稿子，提出過中肯的修改意見，為提高本書品質作貢獻。

這本詞典面世了，我們衷心期待讀者和專家們不吝賜教。

編者識

2011年7月

商務印書館 讀者回饋咭

請詳細填寫下列各項資料，傳真至2565 1113，以便寄上本館門市優惠券，憑券前往商務印書館本港各大門市購書，可獲折扣優惠。

所購本館出版之書籍：________________

購書地點：________________ 姓名：________________

通訊地址：________________

電話：________________ 傳真：________________

電郵：________________

您是否想透過電郵或傳真收到商務新書資訊？ 1□是 2□否

性別：1□男 2□女

出生年份：______年

學歷： 1□小學或以下 2□中學 3□預科 4□大專 5□研究院

每月家庭總收入：1□HK$6,000以下 2□HK$6,000-9,999
3□HK$10,000-14,999 4□HK$15,000-24,999
5□HK$25,000-34,999 6□HK$35,000或以上

子女人數（只適用於有子女人士） 1□1-2個 2□3-4個 3□5個以上

子女年齡（可多於一個選擇） 1□12歲以下 2□12-17歲 3□18歲以上

職業： 1□僱主 2□經理級 3□專業人士 4□白領 5□藍領 6□教師 7□學生
8□主婦 9□其他

最多前往的書店：________________

每月往書店次數：1□1次或以下 2□2-4次 3□5-7次 4□8次或以上

每月購書量：1□1本或以下 2□2-4本 3□5-7本 2□8本或以上

每月購書消費：1□HK$50以下 2□HK$50-199 3□HK$200-499 4□HK$500-999
5□HK$1,000或以上

您從哪裏得知本書：1□書店 2□報章或雜誌廣告 3□電台 4□電視 5□書評/書介
6□親友介紹 7□商務文化網站 8□其他（請註明：________________）

您對本書內容的意見：________________

____

您有否進行過網上購書？ 1□有 2□否

您有否瀏覽過商務出版網（網址：http://www.commercialpress.com.hk）？1□有 2□否

您希望本公司能加強出版的書籍：1□辭書 2□外語書籍 3□文學/語言 4□歷史文化
5□自然科學 6□社會科學 7□醫學衛生 8□財經書籍 9□管理書籍
10□兒童書籍 11□流行書 12□其他（請註明：________________）

根據個人資料「私隱」條例，讀者有權查閱及更改其個人資料。讀者如須查閱或更改其個人資料，請來函本館，信封上請註明「讀者回饋咭-更改個人資料」

請貼
郵票

香港筲箕灣
耀興道3號
東滙廣場8樓
商務印書館（香港）有限公司
顧客服務部收